Maeve Binchy
Das Herz von Dublin

Maeve Binchy

# DAS HERZ VON DUBLIN

## Neue Geschichten aus Irland

Aus dem Englischen von
Christa Prummer-Lehmair und
Sonja Schuhmacher
(Kollektiv Druck-Reif)

Droemer

Titel der Originalausgabe: Dublin 4
Originalverlag: Arrow Books/Random House, London

Besuchen Sie uns im Internet:
www.droemer.de

Copyright © 1982 by Maeve Binchy
Copyright © 2002 der deutschsprachigen Ausgabe bei
Droemersche Verlagsanstalt Th. Knaur Nachf., München
Alle Rechte vorbehalten. Das Werk darf – auch teilweise –
nur mit Genehmigung des Verlages wiedergegeben werden.
Umschlaggestaltung: ZERO Werbeagentur, München
Umschlagabbildung: Tony Stone, München
Satz: Ventura Publisher im Verlag
Druck und Bindung: Clausen & Bosse, Leck
Printed in Germany
ISBN 3-426-19519-4

2 4 5 3 1

*Für Gordon in Liebe*

# DINNER IN DONNYBROOK

Sie zeichnete die Sitzordnung sechsmal auf, aber immer kam dasselbe heraus. Wenn man den Gastgeber an das eine Ende der Tafel setzte und die Gastgeberin ans andere, ging es nicht auf. Sie würde mit dem Rücken zum Fenster sitzen und zu beiden Seiten einen Herrn haben. Ihr gegenüber säße dann Dermot mit einer Dame zu beiden Seiten. So weit, so gut, aber wie sollte man die Plätze dazwischen verteilen? Wie man es auch anstellte, stets saß am Ende ein Herr neben einem Herrn und eine Dame neben einer Dame.
Verwirrt schüttelte sie den Kopf. Das Problem glich einer dieser Knobelaufgaben, die sie von der Schule her kannte: Wenn auf einer Insel drei Missionare und drei Kannibalen sitzen und im Boot nur zwei Mann Platz haben ... So wichtig war es natürlich nicht, und wenn jemand gewußt hätte, wieviel Zeit sie damit zugebracht hatte, sich darüber den Kopf zu zerbrechen, hätte er sie bestimmt für verrückt gehalten. Aber ärgerlich war es trotzdem. Es mußte doch eine Lösung geben.
»Gibt es auch«, sagte ihre Tochter Anna. Sie hatte Anna wegen einer anderen Sache angerufen und dann

das Gespräch auf die verwickelte Sitzordnung gelenkt. »Bei einem Essen für acht Personen können Gastgeber und Gastgeberin einander eben nicht gegenübersitzen. Vis-à-vis von dir muß die wichtigste Dame sitzen … und Dad bekommt den Platz links von dieser Dame.« Anna hatte inzwischen das Thema gewechselt, doch sie konnte nicht wissen, daß ihre Mutter nun erneut die Tafel zeichnete, wobei die wichtigste Dame ihr gegenüber am anderen Ende des Tisches saß und links von ihr Dermot mit Blick aufs Buffet.

»Alles in Ordnung, Mutter?« fragte Anna. Normalerweise nannte Anna sie »Mum«, aber seit neuestem sagte sie »Mutter«, und zwar mit einem scherzhaften Unterton, als sagte sie »gnädige Frau«. Es klang, als wäre das Wort Mutter ebenso unpassend.

»Mir geht es gut, Liebes«, erwiderte Carmel. Sie fand es ärgerlich, wenn die Leute sie fragten, ob alles in Ordnung sei. Nie wäre sie auf die Idee gekommen, andere zu fragen, ob alles in Ordnung sei, selbst wenn sie sehr merkwürdig oder zerstreut wirkten. Jeder glaubte, sie herablassend behandeln zu können, als wäre sie ein Kind. Sogar ihre eigene Tochter.

»Dann ist es ja gut. Du hast so geklungen, als wärst du in Gedanken ganz woanders. Jedenfalls sind wir, wie gesagt, am Wochenende im Cottage, und du mußt mir dann erzählen, wie es dir mit deinen Gästen ergangen ist. Freut mich, daß du und Dad Leute einladet. Schön, daß sich bei euch etwas rührt und ihr auch einmal etwas unternehmt.«

Wieder fragte sich Carmel, warum Dermot nach wie vor »Dad« hieß, und nicht »Vater«, und was daran schön sein sollte, wenn sich »etwas rührte«. Warum sollte sich eigentlich etwas rühren? Beim Kochen ja, aber bei Menschen? Allzuviel Rühren tat nicht gut, sie sollten lieber köcheln oder abkühlen oder sogar eine Kruste bilden, wenn ihnen danach war. Doch diese Gedanken teilte sie ihrer ältesten Tochter nicht mit.

»Aber nein, Liebes, die Dinnerparty ist nicht dieses Wochenende. Sie ist in einem Monat ... ich habe nur ein wenig vorausgeplant.«

Anna lachte schallend. »Mutter, du bist wirklich für Überraschungen gut. In einem Monat! Nicht einmal James würde so lange vorausplanen. Auf jeden Fall haben wir dann ja noch jede Menge Zeit, um darüber zu reden.« Anna sprach in einem Tonfall darüber, als ginge es darum, in der Beschäftigungstherapie Körbe zu flechten. Aber Carmel ließ sich ihren Ärger nicht anmerken und wünschte ihnen ein schönes Wochenende. Der Wetterbericht war gut, vor allem für den Südwesten.

Ihrer Meinung nach waren Anna und James nicht ganz bei Trost, wenn sie am Freitag nachmittag 334 Kilometer hin- und am Sonntag dieselbe Entfernung wieder zurückfuhren. Was hatten sie denn von ihrem Haus mit Garten in Sandycove, wenn sie kaum je das Wochenende dort verbrachten? Das Cottage in Kerry war doch nur ein Klotz am Bein, fand Carmel. Daß eine Fahrt von fünf Stunden angenehm war, konnte sie sich nicht vorstellen. »Vier Stunden und fünfunddreißig Minuten, Großmama, wenn man die Abkürzungen kennt …« James mit seinem »Großmama« war nun wirklich albern; da hätte er ebensogut »Großherzogin« sagen können. Aber Anna beklagte sich nie, sondern erzählte voller Begeisterung: »Mutter, es ist einfach toll, wir kommen gegen halb zehn an, machen Feuer, holen die Steaks heraus und öffnen den Wein, die Kinder sind schon halb eingeschlafen und brauchen bloß noch einen Gutenachtkuß … man fühlt sich so frei … auf dem Land … in unserem Häuschen … du kannst es dir nicht vorstellen!«

Auch Anna hatte den Wetterbericht gehört. »Ja, ich bin froh, weil wir am Sonntag eine Menge Leute zum Mittagessen da haben, und es ist viel schöner, wenn wir alle draußen sitzen können.«

Eine Menge Leute zum Mittagessen, in dieser Hütte, in Kerry, also praktisch in der Wildnis, meilenweit entfernt von ihrer Küche, ihrer Tiefkühltruhe, ihrer Geschirrspülmaschine. Kein Wunder, daß Anna wenig Verständnis dafür hatte, daß sie, Carmel, sich den Kopf über die Sitzordnung einer Abendgesellschaft zerbrach, die in einem Monat stattfand. Aber natürlich hatte Anna andere Sorgen. Anna hätte sich nie in eine Situation begeben, in der solche Probleme auftauchten.

Noch einmal zeichnete Carmel die Tafel und trug sorgfältig die Namen der Gäste ein. Am oberen Ende des Tisches, mit dem Rücken zum Fenster, schrieb sie *Carmel,* und am Kopfende *Ruth O'Donnell ,Wichtigste*

12

*Dame.* Dann setzte sie die anderen Namen ein und schrieb unter jeden noch eine Bemerkung. *Dermot, Liebevoller Ehemann. Sheila, Kluge Freundin. Ethel, Vornehme Freundin. Martin, Netter Mann der klugen Freundin. David, Aufgeblasener Mann der vornehmen Freundin.* Und dann, rechts neben *Ruth O'Donnell*, schrieb sie mit Bedacht: *Joe, Lebensretter.* Lange Zeit saß sie da und betrachtete den Plan. Nun war er nicht länger die Zeichnung eines Rechtecks mit kleinen Quadraten rundherum, in denen Namen und Bemerkungen standen. Er wurde zu einem Tisch mit Gläsern und Blumen, gutem Porzellan und glänzendem Tafelsilber. Beinahe roch sie schon den Duft der Speisen und hörte, was gesprochen wurde. Sie lernte die Sitzordnung auswendig, so wie sie früher als Kind die Großen Seen oder die Städte der Grafschaft Cavan auswendig gelernt hatte. Ganz mechanisch, mit geschlossenen Augen, prägte sie sich Namen ein, so wie sie dastanden – mit den realen Menschen hatte das nichts zu tun.

Dann nahm sie all die Zettel und legte sie in den offenen Kamin. Vom Feuer des vergangenen Abends war noch Schlacke und ein wenig Glut übrig, aber darauf vertraute sie nicht. Sie nahm einen halben Feueranzünder aus der Packung und zündete ihn an. Und hier, in dem Raum, in dem sie in einem Monat ihre Abendgesellschaft geben würde, saß sie nun und beobachtete, wie die Flammen die Listen und Sitzordnungen verzehrten, bis nur noch feine Asche auf der Schlacke des Vorabends zurückblieb.

»Ich glaube, Carmel Murray verliert allmählich den Verstand«, bemerkte Ethel beim Frühstück.

David brummte nur, denn er las gerade seine eigene Post und wollte sich von Ethels Worten nicht ablenken lassen.

»Nein, im Ernst, hör dir das an …« Ethel schickte sich an, ihm den Brief vorzulesen.

»Einen Augenblick, Ethel …«

»Nein, dann springst du auf und bist weg. Ich möchte, daß du dir das anhörst.«

Er sah sie an und begriff, daß es besser war nachzugeben. Ethel setzte ohnehin immer ihren Kopf durch, und wenn man das akzeptierte, war das Leben leichter.

»Carmel hat den Verstand verloren? Sprich weiter.«

»Ja, ganz bestimmt. Sie hat uns geschrieben. Eine schriftliche Einladung zu einer Abendgesellschaft … nächsten *Monat* … kannst du dir das vorstellen?«

»Ja, das ist aber nett von ihr«, meinte David ausweichend. »Vermutlich können wir uns doch aus der Affäre ziehen. Warum regst du dich auf? Was ist denn so verrückt daran? Es ist üblich, daß man Abendgesellschaften gibt. Das macht doch jeder.«

Ihm war klar, daß er sich mit dieser superklugen Antwort bei Ethel nur Ärger einhandeln würde. Und er irrte sich nicht; es war ein Fehler gewesen.

»Ich weiß, daß jeder Abendgesellschaften gibt, Schatz«, sagte sie. »Aber Carmel Murray hat es noch nie getan. Die arme Carmel, zu der wir nett sein müssen, weil Dermot so ein guter Kerl ist … deshalb ist es ungewöhnlich. Und hast du jemals etwas so Merkwürdiges gehört? Eine schriftliche Einladung, wo sie doch nur fünf Minuten entfernt wohnt! Schließlich gibt es Telefone.«

»Ja, ja, das ist seltsam. Stimmt. Mach einfach, was du möchtest, sag, daß wir nicht da sind, sag, es ist schade ... ein andermal. Ja?«

»Sie weiß, daß wir hier sind. Das ist ja das Merkwürdige, das Essen ist an dem Tag, an dem Ruth O'Donnells Ausstellung eröffnet wird. Carmel weiß, daß wir diesen Termin auf keinen Fall versäumen werden ...«

»Woher weißt du, daß es am selben Tag ist?«

»Weil sie es in ihrer Einladung selbst sagt ... sie schreibt, daß sie Ruth ebenfalls eingeladen hat. Verstehst du jetzt, warum ich glaube, daß sie nicht alle Tassen im Schrank hat?«

Ethel war die Röte in die Wange gestiegen, und sie blickte ihn triumphierend an. Wieder einmal hatte sie bewiesen, daß sie recht hatte. In ihrem seidenen Kimono thronte sie am Tisch und wartete darauf, daß sich ihr Mann entschuldigte, was er auch tat.

»Sie lädt Ruth ein ... Herrje. Jetzt begreife ich, was du meinst.«

Während des Unterrichts ließ sich Sheila nur ungern stören. Es machte die Nonnen nervös, wenn sie jemanden ans Telefon rufen mußten. Was Kommunikation betraf, lebten sie noch in der Steinzeit, das Telefon befand sich nach wie vor in einer kalten zugigen Zelle in der Eingangshalle, was für alle unbequem war. Beunruhigt hörte sie, daß ihr Mann sie sprechen wollte …

»Martin, was ist los, was ist passiert?« fragte sie.

»Nichts. Ist schon gut, beruhig dich.«

»Nichts? Was soll das bedeuten? Was ist los?«

»Reg dich nicht auf, Sheila, es ist nichts.«

»Du hast mich also wegen nichts aus der dritten Klasse herunterholen lassen? Schwester Delia erweist mir einen großen Gefallen und vertritt mich für ein paar Minuten. *Was ist los*, Martin? Ist etwas mit den Kindern …?«

»Hör mal, ich dachte mir, du solltest wissen, daß wir einen sehr merkwürdigen Brief von Carmel bekommen haben.«

»Einen was … von Carmel?«

»Einen Brief. Ja, ich weiß, das ist nicht ihre Art, da dachte ich mir, vielleicht stimmt etwas nicht und es wäre besser, wenn du Bescheid weißt …«

»Ja, gut, was hat sie geschrieben, was fehlt ihr?«

»Nichts, das ist ja das Problem. Sie lädt uns zum Essen ein.«

»Zum Essen?«

»Ja, ist doch komisch, oder? Als ob sie nicht ganz gesund wäre oder so. Jedenfalls wollte ich es dir sagen, nur für den Fall, daß sie sich bei dir meldet.«

»Hast du mich wirklich deshalb herunterholen lassen? Die dritten Klassen sind im obersten Stockwerk, weißt du. Ich dachte schon, das Haus sei abgebrannt! Na warte, wenn ich heimkomme, kannst du was erleben.«

»Das Essen ist erst in einem Monat, und sie schreibt, sie hätte Ruth O'Donnell eingeladen.«

»Du meine Güte.«

Henry rief zu Joe hinaus: »He, der Brief aus Irland ist da. Bestimmt hat sie den Termin festgelegt, die arme alte Tante.«

Joe kam herein und öffnete den Umschlag.

»Ja, es ist in einem Monat, sie schreibt, alles soll planmäßig ablaufen. Sie hat das Ticket und das Geld geschickt.«

»Sie ist in Ordnung, stimmt's?« Henry schien zufrieden.

»Oh, wirklich schwer in Ordnung, und ich habe ihr viel zu verdanken, sehr viel sogar. Jedenfalls werde ich die Sache regeln …«

»Wenn du das nicht zustande bringst, wer dann?« meinte Henry voller Bewunderung, und Joe erwiderte sein Lächeln, als er die Kaffeemaschine herbeiholte.

»Ich glaube, Mutter geht jetzt etwas mehr aus sich heraus, Liebling«, sagte Anna zu James, als sie im Nachmittagsverkehr dahinschlichen.

»Schön. Kein Wunder, daß dieses Land vor die Hunde geht! Schau dir mal an, was hier auf den Straßen los ist, und es ist noch nicht mal vier. Anscheinend nimmt sich die Hälfte der Leute ab Mittag frei. Macht nichts, in ein paar Minuten sind wir da raus. Was hast du gerade über Großmama gesagt?«

»Sie hat mir erzählt, daß sie eine Abendgesellschaft geben will, mit einer festlich gedeckten Tafel und einer Sitzordnung. Das hört sich gut an.«

»Ich habe schon immer gesagt, daß sie gar nicht so langweilig ist, wie du und Bernadette immer behaupten. Mir geht mit ihr nie der Gesprächsstoff aus.«

»Nein, dir nicht, du redest auf sie ein … und sie steht ganz in deinem Bann, weil du so interessant bist, aber ein echtes Gespräch ist das nicht.«

James war anderer Meinung. »Da irrst du dich, sie erzählt mir auch so manches. Nein, im Moment fällt mir nichts ein … das ist doch albern, Beispiele zu verlangen. Aber ich verstehe mich gut mit ihr … sie braucht nur hin und wieder ein Kompliment, etwas Aufmunterndes. ›Du siehst toll aus, Großmama‹, und schon strahlt sie … sie mag es einfach nicht, wenn man ihr sagt, sie sei albern.«

Anna dachte eine Weile nach.

»Wahrscheinlich bekommt sie das wirklich oft zu hören. Ja, du hast recht. Ich sage immer ›Sei nicht albern, Mutter‹, aber so meine ich das nicht. Es ist nur, weil sie sich oft unnötig aufregt, und ich glaube, wenn ich ihr sage ›sei nicht albern‹, dann beruhigt sie sich ein wenig. Und bei ihrer lächerlichen Dinnerparty werde ich sie mit Rat und Tat unterstützen.«

James tätschelte ihr Knie.

»Du bist großartig, Schätzchen. Und weil wir gerade über Partys reden, erzähl mir doch, was du für Sonntag vorbereitet hast …«

18

Anna lehnte sich zufrieden zurück und berichtete von den guten Sachen, die in Folie eingeschweißt, vakuumversiegelt und luftdicht verpackt in der riesigen Schachtel lagen, die sie behutsam im Kofferraum verstaut hatten.

»Das ist toll, Mama«, sagte Bernadette. »Wirklich toll. Es wird sicher ein wunderbarer Abend.«

»Ich dachte nur, daß es dich vielleicht interessiert …«, meinte Carmel.

»Ja, natürlich bin ich begeistert, Mama. Ist es heute abend oder wann?«

»Aber nein, Liebes, es ist eine Abendgesellschaft … sie findet erst in einem Monat statt.«

»In einem *Monat!* Mama, geht es dir gut?«

»Ja, Liebes, es könnte nicht besser gehen.«

»Oh. Ich meine, soll ich vielleicht … möchtest du, daß ich komme und dir bei der Planung helfe oder so?«

»Nein, nein, es ist schon alles geplant.«

»Oder soll ich servieren? Weißt du, dann hast du deine Ruhe und mußt dich an dem Abend nicht unnötig aufregen?«

»Nein, nein, Liebes, vielen Dank, aber ich werde mich überhaupt nicht aufregen.«

»Das ist toll, Mama! Und freut sich Daddy, daß du nun häufiger Leute einlädst?«

»Ich lade nicht häufiger Leute ein … es handelt sich um eine einzige Abendgesellschaft.«

»Du weißt schon, was ich meine. Ist Daddy begeistert?«

»Ich habe es ihm noch nicht gesagt.«

»Mama, bist du sicher, daß es dir gutgeht? Du bist doch nicht durcheinander, so wie …«

»Wie was, Liebes?«

»So wie damals, als du ganz durcheinander warst.«

»Aber nein, Liebes, natürlich nicht. Damals hatte ich ja die Schlafstörungen, da war ich völlig aus dem Lot … Nein, davon bin ich Gott sei Dank geheilt. Das weißt du doch, Bernadette. Jetzt schlafe ich nachts wie ein Stein. Nein, nein, das ist vorbei, dem Himmel sei Dank.«

Bernadette wirkte besorgt.

»Dann ist es ja gut. Paß auf dich auf, Mama. Du regst dich oft über ganz alberne Sachen auf. Ich möchte nur nicht, daß du wegen dieser Party nervös wirst …«

»Du hast mich nicht ganz verstanden, Kind, ich freue mich darauf.«

»Gut, und wir kommen dich bald besuchen. Es ist ja eine Ewigkeit her.«

»Jederzeit, wenn es dir paßt, Liebes. Ruf aber zuerst an, denn in den nächsten Wochen werde ich öfter außer Haus sein …«

»Tatsächlich, Mama? Wo gehst du denn hin?«

»Hierhin und dorthin, Bernadette. Jedenfalls freue ich mich, dich zu sehen. Wie geht's Frank?«

»Ganz gut, Mama. Paß auf dich auf, ja?«

»Ja, Bernadette. Danke, Liebes.«


Dermot fand, daß Carmel an diesem Morgen vollkommen geistesabwesend wirkte. Schon zweimal hatte er gesagt, es könne spät werden, und sie solle sich keine Sorgen machen, wenn er auf dem Heimweg noch im Golfclub vorbeischaute. Er müsse mit ein paar Leuten reden, und dort sei der geeignete Ort dafür. Zweimal hatte sie liebenswürdig und unbeteiligt genickt, als hätte sie nicht gehört oder nicht verstanden, was er sagte.

»Ist das in Ordnung? Was hast du heute vor?« fragte er, was sonst nicht seine Art war.

Sie lächelte. »Komisch, daß du das fragst. Ich dachte gerade, daß ich den ganzen Tag nichts zu tun habe, also könnte ich einen Einkaufsbummel durch die Innenstadt machen. Das ist doch beinahe eine Sünde ... wenn man den Tag so vertrödelt ...«

Dermot hatte ihr Lächeln erwidert. »Eine solche Sünde steht dir zu. Mach dir einen schönen Tag. Und wie gesagt, es kann spät werden, und dann brauchst du nichts mehr für mich zu kochen. Vielleicht gehen wir ein Steak essen ... du weißt schon. Reg dich nicht auf, mach dir wegen mir keine Umstände.«

»Nein, ist schon gut«, hatte sie gesagt.

Und als er in der Morehampton Road im Verkehr festsaß und hörte, wie der Rundfunksprecher blöderweise genau das sagte, was er schon wußte, nämlich daß die Morehampton Road dicht war, dachte Dermot an Carmel, und es war ihm nicht ganz wohl dabei. Aber er schüttelte den Kopf und verscheuchte den Gedanken.

»Allmählich werde ich neurotisch«, sagte er sich. »Wenn sie mich über jeden Schritt ausfragt und mir in aller Ausführlichkeit ihren simplen Tagesablauf erzählt, werde ich ärgerlich. Und jetzt fühle ich mich unbehaglich, weil sie es nicht tut. Mir kann man es wirklich nicht recht machen.« Weil für seinen Geschmack auf Radio Eireann allzu muntere Töne angeschlagen wurden, schaltete er auf BBC um, wo es ernster zuging. Das paßte besser zu den Gedankengängen eines Mannes, der morgens ins Büro fuhr.

Ruth O'Donnell hatte ihre Einladung noch nicht erhalten, weil sie auf Reisen war. Sie hatte sich in ein Bauernhaus in Wales zurückgezogen, um einmal richtig auszuspannen. Ebensogut hätte sie in Irland aufs Land fahren können, aber sie wollte keinen Bekannten begegnen. Wenn sie Leute traf, hätte sie nicht vollkommen ausspannen können. Sie wollte absolut allein sein.

Carmel wartete, bis Gay Byrnes Sendung vorüber war. Während *Living Word* lief, zog sie den Mantel an und holte ihren Einkaufskorb auf Rädern heraus. Gay wollte sie nicht versäumen; einmal hatte sie ihm einen kleinen Kocher für eine alleinerziehende Mutter überlassen können. Mit ihm persönlich hatte sie nicht gesprochen, aber das Mädchen beim Sender war sehr nett gewesen, und ein weiteres nettes Mädchen war erschienen, um den Kocher abzuholen; vielleicht kam sie aber auch von der Organisation, die darum gebeten hatte. Das war nicht ganz klargeworden. Carmel hatte sich auch ein-, zweimal beworben, um bei der »geheimnisvollen Stimme« mitzuraten, aber man hatte sie nie angerufen. Vor dem *Living Word* verließ sie nicht gern das Haus. Es wäre unhöflich gegenüber Gott gewesen, wenn sie ausgerechnet während des kurzen religiösen Beitrags hinausging.

Auch die anschließenden Sendungen wie *Day by Day* hätte sie eigentlich anhören sollen, um auf dem laufenden zu bleiben, aber seltsamerweise schweiften ihre Gedanken immer wieder ab, und sie begriff nicht ganz, warum sich die Leute über irgendwelche Themen so ereiferten. Einmal hatte sie zu Sheila gesagt, es wäre schön, wenn jemand neben einem sitzen und erzählen würde, was in der Welt passierte, aber Sheila hatte erwidert, sie solle den Mund halten, sonst würde jeder sagen, sie hätten nach all den Jahren bei den Loreto-Nonnen nichts gelernt ... Carmel dachte, daß Sheila an diesem Tag etwas durcheinander gewesen war, aber mit Sicherheit ließ sich das nicht sagen.

Draußen war es heiter und sonnig, ein schöner Herbsttag. Sie schob ihre tartanbezogene Einkaufstasche vor sich her und dachte an die Zeit zurück, als sie noch mit dem Kinderwagen unterwegs gewesen war. Damals hatte sie viel mehr Leute gekannt. Immer wieder war sie stehengeblieben und hatte sich mit Passanten unterhalten, nicht wahr? Oder spielte ihr das Gedächtnis einen Streich, so wie sie glaubte, die Sommer seien in ihrer Kindheit immer heiß gewesen und sie hätten ihre ganze Freizeit am Killiney-Strand verbracht? Das traf nicht zu; laut ihrem jüngeren Bruder Charlie waren sie während des Sommers nur zwei-, dreimal hingefahren;

möglicherweise stimmten andere Erinnerungen auch nicht. Vielleicht war sie gar nicht unten an der Eglinton Road stehengeblieben und hatte den Mädchen gezeigt, wo die Busse im Depot schlafen gingen; vielleicht hatte sie auch damals kaum Bekannte gehabt ...

An der Weinhandlung machte sie halt und begutachtete die Preise; einige Sorten schrieb sie sich auf, damit sie später eine Liste aufstellen und eine Auswahl treffen konnte. Dann verbrachte sie eine vergnügliche Stunde in einem großen Buchladen, wo sie sich Kochbücher ansah. Ein Rezept nach dem anderen schrieb sie sich in ihr kleines Notizbuch ab. Von Zeit zu Zeit fing sie einen Blick von den Buchhändlern auf, aber da sie anständig aussah und niemanden störte, sagten sie nichts. In ihr Gedächtnis eingebrannt hatte sich eine Bemerkung Ethels über ein Haus, in dem sie zu Gast gewesen war: Die Frau hat keine Phantasie. Ich begreife nicht, warum man Leute einlädt, um dann Krabbencocktail und Roastbeef aufzutischen ... Ich meine, warum sagt man ihnen nicht gleich, sie sollen zu Hause essen und anschließend auf einen Drink vorbeikommen? Krabbencocktail aß Carmel schrecklich gern, und sie hatte kleine Glasschalen, in denen er sehr gut aussehen würde. Als sie ein Kind war, hatten sie daraus die Nachspeise gegessen. Die Schalen waren an Carmel gegangen, als Charlie und sie den Hausrat der Eltern aufteilten, aber sie benutzte sie nie. Acht Stück waren es; sie standen hinten im Küchenschrank und setzten Staub an. Als Vorspeise würde sie etwas anderes auswählen, keinen Krabbencocktail, aber die Glasschalen würde sie dafür verwenden, ganz gleich wofür sie sich entschied. Grapefruit kam nicht in Frage. Sie ging das Problem systematisch an. Pastete schied ebenfalls aus, denn sie mußte auf einem Teller serviert werden; Suppe konnte man nicht in Glasschalen auftischen, Fisch natürlich auch nicht ... nein, es mußte etwas Kaltes sein, das man löffeln konnte.

Das Passende würde sich schon noch finden, schließlich hatte sie den ganzen Tag Zeit, noch volle neunundzwanzig Tage ... kein Grund zur Eile. Sie brauchte sich nicht aufzuregen. Nun hatte sie es. Orangen in Vinaigrette. Da konnte Ethel wirklich nicht behaupten, sie sei phantasielos ... man schnitt Orangen in Stücke, außerdem schwarze Oliven, Zwiebeln und frische Minze ... hörte sich toll an, dann gab man die Vinaigrettesoße darüber ... perfekt. Carmel lächelte zufrieden. Sie hatte die richtige Entscheidung getroffen. Es kam nur darauf an, mit Bedacht vorzugehen.

Jetzt würde sie heimgehen und sich ausruhen; morgen wollte sie dann ein Hauptgericht auswählen, und zuletzt stand die Entscheidung über die Nachspeise an. Zu Hause wartete auch noch Arbeit auf sie. Joe hatte gesagt, wenn er kommen und ihr helfen solle, müsse sie aber auch das ihre dazutun. Sie durfte nicht wie eine in die Jahre gekommene Vogelscheuche aussehen; elegant und bezaubernd und geschmackvoll zurechtgemacht sollte sie sein. Um das zu erreichen, hatte sie dreißig Nachmittage zur Verfügung.

Auf dem Heimweg von der Schule schaute Sheila bei ihr vorbei. Offensichtlich erleichtert stellte sie fest, daß Carmel daheim war. Sie machte ein besorgtes Gesicht.

»Ich bin ein bißchen beunruhigt. Martin hat mir erzählt, daß du uns geschrieben hast.«

»Es war nur eine Einladung.« Carmel lächelte. »Komm doch rein und trink einen Kaffee mit mir. Ich bin gerade dabei, die Schränke auszumisten … eine Menge Kleider habe ich da, die nur noch für die Altkleidersammlung taugen … aber du weißt ja, wie das ist, man schämt sich, sie in diesem Zustand wegzugeben, also läßt man sie erst einmal reinigen. Und wenn sie aus der Reinigung zurückkommen, sehen sie besser aus als die restlichen Sachen im Schrank, und man behält sie am Ende doch.« Mit einem vergnügten Lachen ging Carmel in die Küche, um Wasser aufzusetzen.

»Es kam mir nur merkwürdig vor, daß du schreibst, wo wir uns doch fast täglich sehen …«

»Wirklich? Ach, ich weiß nicht, weil ich so eine miserable Gastgeberin bin, dachte ich mir, ich muß eine schriftliche Einladung rausgeben, sonst glaubt mir sowieso niemand. Vermutlich habe ich aus diesem Grund geschrieben. Ich hätte es dir auf jeden Fall noch gesagt.«

»Aber gestern hast du es nicht erwähnt.«

»Da muß ich es wohl vergessen haben.«

»Ist alles in Ordnung, Carmel? Es geht dir doch gut, oder?«

Carmel hatte Sheila den Rücken zugewandt. Mit Bedacht entspannte sie ihre Schultern und widerstand dem Impuls, die Fäuste zu ballen. Niemand sollte ihr anmerken, wie sehr es sie ärgerte, wenn andere sie in diesem Tonfall fragten, ob alles in Ordnung sei.

»Gewiß geht es mir gut. Warum auch nicht – schließlich führe ich ein ruhiges, streßfreies Leben. Du bist diejenige, die eigentlich erschöpft sein müßte, nachdem du dich den ganzen Tag mit diesen kleinen Teufeln herumgeschlagen hast. Und dazu noch der Lärm! Man sollte dich heiligsprechen.«

»Erzähl doch mal von deiner Dinnerparty«, forderte Sheila sie auf.

»Ach, die ist erst in einem Monat«, lachte Carmel.

»Ich weiß.« Sheila verlor langsam die Geduld. »Ich weiß, daß sie erst in einem Monat ist, aber da du zur Feder gegriffen und uns geschrieben hast, dachte ich, es ist etwas Größeres.«

»Nein, nein, wir sind nur zu acht, das steht auch in meinem Brief.«

»Ja, Martin hat es mir gesagt. Ich war nämlich nicht zu Hause, als der Brief ankam.«

»Er hat dich eigens angerufen? Wie nett von ihm. Es wäre aber nicht nötig gewesen. Du hättest mir auch später Bescheid geben können.«

»Und du hättest *mir* auch Bescheid geben können.« Sheila machte ein besorgtes Gesicht.

»Natürlich. Meine Güte, was machen wir beide für ein Theater darum! Wenn man bedenkt, wie oft Ethel auf Partys geht oder auch selbst welche gibt …«

»Schon, aber Ethel ist Ethel.«

»Und ihr, ich meine du und Martin, ihr habt doch auch hin und wieder Gäste, oder? Ihr erzählt mir so oft, daß ihr Besuch hattet.«

»Ja, aber das ist immer eine ganz zwanglose Sache.«

»Bei uns geht es auch zwanglos zu. Hauptsächlich Leute, die wir gut kennen.«

»Nur Ruth … Ruth O'Donnell … die kennen wir nicht besonders gut. Und ehrlich gesagt, glaube ich, daß am selben Tag ihre Ausstellung eröffnet wird – ich bin mir sogar ganz sicher.«

»Ja, das weiß ich, ich habe es auch in dem Brief geschrieben. Hat Martin es dir nicht gesagt? Also werden wir alle dort sein … aber die Vernissage ist um vier Uhr … um sechs ist sie spätestens vorbei, und sogar wenn die Leute anschließend noch etwas trinken … die Party hier beginnt erst um acht und das Essen um halb neun.«

»Ja, aber glaubst du nicht, daß sie am Abend ihrer Vernissage mit ihren eigenen Freunden ausgehen möchte?«

»Aber wir sind doch gewissermaßen ihre Freunde.«

»Eigentlich nicht, oder? Bist du etwa mit ihr befreundet? Normalerweise kommt sie doch nicht zu dir?«

»Nein, ich glaube nicht, daß sie je hier gewesen ist. Aber ich dachte mir, es wäre schön für sie … und sie wohnt in der Nähe, in diesem neuen Wohnblock, also hat sie es nicht weit, wenn sie sich umziehen will.«

Sheila setzte ihren Kaffeebecher ab.

»Meiner Meinung nach ist das keine gute Idee. Wir kennen sie schließlich nicht. Warum lädst du jemanden, den wir kaum kennen, zu einer Dinnerparty ein? Treffen wir uns doch einfach zu sechst ... das wäre viel angenehmer.«

»Nein. Außerdem habe ich die Einladung schon abgeschickt. Ich weiß nicht, warum ausgerechnet du das vorschlägst, du sagst doch selbst immer, ich sollte mehr ausgehen und Leute kennenlernen.«

»Damit habe ich aber nicht gemeint, daß du bekannte Künstlerinnen zum Abendessen einladen sollst«, murrte Sheila.

»Halte mir jetzt bitte keine Strafpredigt«, meinte Carmel lachend, und Sheila mußte sich eingestehen, daß ihre Freundin vergnügter und besser aussah als die ganze letzte Zeit. Sie war beinahe wieder ganz die alte.

»In Ordnung, ich halte mich zurück. Laß mich mal sehen, was du aus deinen Schränken ausmusterst. Vielleicht könntest du das eine oder andere mir geben, anstatt es für wohltätige Zwecke zu spenden. Ich könnte schon etwas gebrauchen. Als Lehrer sind wir ziemlich unterbezahlt, wenn man bedenkt, daß wir tagtäglich unser Leben aufs Spiel setzen.«

»Wie geht's Martin?«

»Ach, er kommt gut zurecht. Weißt du, er ist einfach toll, er beklagt sich nie. Bestimmt hat er die Nase voll, aber er beklagt sich nicht.« Martin war vor zwei Jahren im Zuge einer Unternehmensfusion entlassen worden. Man hatte ihm eine Abfindung gegeben. Mit seinen zweiundfünfzig Jahren hatte er zunächst gehofft, wieder Arbeit zu finden; dann nahm er sich vor, ein Buch zu schreiben. Alle glaubten, er schriebe tatsächlich eins, aber Sheila schenkte Carmel reinen Wein ein. Vor ihrer Freundin gab sie zu, daß Martin das Haus sauberhielt und einkaufen ging. Sie taten so, als freue es Sheila, daß sie wieder unterrichten konnte. Die wenigsten wußten, wie sie ihren Beruf haßte. Auch ihre Kinder hatten keine Ahnung, und nicht einmal Martin war sich darüber im klaren. Carmel ahnte etwas, aber sie war eine alte Freundin, und wenn sie etwas wußte, war es nicht schlimm. Besorgniserregend schien nur, was sie gelegentlich anstellte, zum Beispiel, daß sie diese Frau zu einer Dinnerparty einlud. War es denkbar, daß Carmels Nerven wieder nachließen? Sie sprach ganz vernünftig und wirkte gesund und munter. Aber auf solche Ideen kamen nur Verrückte.

»Du leistest ja gründliche Arbeit. Der ganze Schrank ist leer geräumt. Welcher Stapel soll zur Altkleidersammlung?«

»Ich weiß nicht, für mich sehen die Sachen alle gleich aus, wie Mäusekostüme, findest du nicht? Erinnerst du dich noch an die Theateraufführung, die wir vor Jahren besucht haben? Die Darsteller trugen Mäuse- und Rattenkostüme … genauso kommen mir die Kleider vor!«

»Carmel, das ist doch absurd! Deine Sachen sind doch toll. Hast du von diesen blauen Strickjacken zwei Stück?«

»Ich glaube, ich habe sogar drei. Wenn ich in ein Geschäft gehe, kann ich mich für nichts entscheiden, also nehme ich immer blaue Strickjacken und graue Röcke. Nimm dir von jedem eins.«

»Das meine ich ernst. Es ist vollkommen absurd.«

Carmel lächelte erfreut. Andere Leute sagten »Sei nicht albern«; Sheila dagegen nannte es absurd. Das klang doch viel netter.

»Und?« Martin wollte wissen, was los war.

»Ich glaube, alles ist in Ordnung. Es läßt sich schwer beurteilen.«

»Du meinst, die Einladung war ein Scherz?«

»Nein, es ist ihr ernst damit. Die Party steigt. Carmel will nur nicht darüber reden.«

»Dann stimmt etwas nicht.«

»Kann sein, aber sie wirkt völlig normal. Sie hat mir einen Rock und eine Strickjacke geschenkt.«

»Und deshalb wirkt sie schon normal?«

»Nein, du weißt schon, was ich meine. Sie hat über ganz gewöhnliche Dinge gesprochen, hat sich überhaupt nicht in irgendwelche Phantasien verstiegen …«

»Also hast du es ihr ausgeredet?« wollte Martin wissen.

»Das ging nicht. Sie wollte überhaupt nicht darüber diskutieren. Das habe ich dir doch gesagt.«

»Na großartig«, seufzte er. »Das hat uns gerade noch gefehlt. Du bist doch ihre Freundin, lieber Himmel.«

»Martin, ich hatte heute einen scheußlichen Tag, und er war nicht nur ein bißchen scheußlich, sondern von

31

vorne bis hinten miserabel. Und jetzt will ich nicht mehr darüber reden. Ich habe mein Bestes getan und mit Carmel gesprochen, aber sie ist nicht darauf eingegangen. Könntest du mich bitte in Ruhe lassen!«

»Ja, ist schon klar, ich hätte dich vor dem Kaminfeuer mit einem Drink empfangen sollen, damit du deine Sorgen schnell vergißt … wie eine richtige Hausfrau. Tut mir leid, daß ich die Rolle nicht besser ausfülle. Du brauchst mir das nicht zu sagen.«

»Meine Güte, Martin, wenn du ausgerechnet heute darüber jammern willst, daß du nicht einmal deine Familie ernähren kannst, dann hast du den Zeitpunkt falsch gewählt. Hör bitte auf und setz dich. Ich liebe dich und lege keinen Wert darauf, daß du hier herumblödelst und mir schöntust, nur weil mein Laden noch nicht dichtgemacht wurde … verstehst du mich?«

Er wirkte zerknirscht.

»Tut mir wirklich leid. Ich habe mir nur Sorgen gemacht, das ist alles.«

»Ich auch.«

»Glaubst du, sie weiß über Ruth Bescheid? Ob sie wohl etwas gehört hat …?«

»Wo sollte sie es gehört haben? Mit wem kommt sie schon zusammen? Sie geht doch kaum aus. Wenn sie es nicht im Radio gebracht haben, bei Gay Byrne, oder im *Evening Press Diary*, dann weiß sie bestimmt nichts.«

»Was sollen wir tun?«

»Ich habe nicht die leiseste Ahnung.«

»Entschuldige, daß ich so spät komme«, rief David.
»Der Verkehr war grauenhaft. Heutzutage ist es völlig unsinnig, Auto zu fahren, das habe ich schon immer gesagt.«
»Meine Rede! Und die Linie 10 hält praktisch vor deiner Haustür.«
»Den Bus kann ich nicht nehmen, man muß endlos warten, und wenn er kommt, ist er voll.«
»Wozu kauft man auch ein großes Auto, wenn man dann nicht damit angeben kann?«
»Was?«
»Nichts. Du sagtest, es tut dir leid, daß du so spät kommst. Also beeil dich ein bißchen, wenn du dich noch umziehen oder frisch machen willst …«
»Wozu?« David klang gereizt. »Großer Gott, das hatte ich vergessen. Müssen wir? Können wir nicht …?«
»Wir müssen. Wir können *nicht* anrufen und behaupten, wir seien verhindert. Schließlich haben wir schon vor zwei Wochen zugesagt.«
»Für dich ist das ja kein Problem.« Mißmutig stapfte David die Treppe hinauf. »Du hast den ganzen Tag nichts anderes zu tun, als dich herauszuputzen.«
»Vielen Dank«, sagte Ethel kalt.
Sie setzte sich an den Frisiertisch im gemeinsamen Schlafzimmer. Die Tür zum Bad stand offen, und sein Blick fiel auf die dicken bunten Handtücher, die sich auf der Kommode stapelten. Bestimmt würde es ihm besser gehen, wenn er ein Bad nahm. Und seiner Frau die Schuld zu geben war wirklich unfair, das wußte er.

»Tut mir leid«, sagte er. Er trat an den Frisiertisch und küßte sie. Sie roch den Whiskey.

»Werden im Verkehrsstau jetzt schon Cocktails serviert?« bemerkte sie.

Er lachte. »Du bist mir auf die Schliche gekommen. Ich war noch auf einen Sprung im Club«, gab er mit reumütiger Miene zu.

»Und der liegt natürlich auf dem Heimweg.« Sie war immer noch nicht ganz aufgetaut.

»Nein, natürlich nicht, aber ich habe die untere Straße genommen. Verdammt, es waren nur zwei, die ich mir genehmigt habe. Aber rate mal, wen ich dort getroffen habe? Du kommst nie drauf, was passiert ist.«

Das machte sie neugierig. Es kam selten vor, daß er etwas Interessantes zu berichten hatte. Sonst mußte sie ihm alles aus der Nase ziehen, wenn sie wissen wollte, ob es irgend etwas Neues gab. Sie folgte ihm ins Badezimmer, wo er das Jackett ablegte und sich mit seinem Hemd abmühte.

»Ich habe Dermot getroffen, Dermot Murray.«

»Ach ja?« Jetzt war sie wirklich gespannt, und ihr Ärger war verflogen. »Was hat er gesagt?«

»Es ist erstaunlich, wirklich erstaunlich.«

»Ja? Was denn?«

»Er saß da und unterhielt sich mit ein paar Leuten. Wer sie sind, weiß ich nicht. Nur einem bin ich schon einmal begegnet, ganz seriös, im Immobiliengeschäft, glaube ich, von der Northside ... jedenfalls saß er mit ihnen an diesem Ecktisch.«

»Ja … und was hat er gesagt?«

»Einen Moment, ich erzähle es dir.« David hatte unterdessen begonnen, die Badewanne vollaufen zu lassen. Das Wasser schoß mit Wucht aus beiden Hähnen, und der Raum füllte sich innerhalb von Minuten mit Dampfschwaden.

»Ich sagte zu ihm: ›Wie geht's, Dermot?‹«

David stand in der Unterhose da und spannte seine Frau auf die Folter, indem er umständlich jede Einzelheit des Gesprächs berichtete. Sie beschloß, ganz ruhig zu bleiben.

»Ich setze mich hier aufs Klo und warte, bis du so weit bist, es mir zu erzählen.«

Bevor er in die Wanne stieg, zog er den Duschvorhang zu. Solche schamhafte Zurückhaltung erlegte er sich auf, seit er einen Bauch angesetzt hatte. Als sie noch jünger gewesen waren, hatten sie oft miteinander gebadet und sich ohne Scheu ausgezogen, wenn sie in die Wanne gingen.

»Nein, es ist wirklich seltsam«, fuhr David hinter dem Duschvorhang fort. »Ich sagte: ›Vielen Dank für die Einladung?‹, und er sagte: ›Welche Einladung?‹ Ich war so schockiert, daß ich die Sache ins Scherzhafte zog. Du weißt schon. Also sagte ich: ›Komm schon. Jetzt gibt es kein Zurück mehr, eine Einladung ist eine Einladung.‹«

»Und wie hat er reagiert?«

»Er sagte: ›Da hast du mich falsch verstanden, David. Ich weiß wirklich nicht, wovon du redest.‹ Dabei wirkte er so ehrlich erstaunt, daß ich mir wie ein Idiot vorkam. Dann habe ich mich irgendwie herausgeredet – ich hätte mich wahrscheinlich geirrt oder du hättest den Brief nicht richtig gelesen.«

»Vielen Dank auch«, warf Ethel ein.

»Irgend etwas mußte ich ja sagen. Jedenfalls fragte er: ›Brief? Was für ein Brief?‹ Jetzt saß ich richtig in der Patsche. Also erklärte ich: ›Das muß ein Irrtum sein. Ich dachte, wir hätten einen Brief von dir und Carmel bekommen, eine Einladung zu einer Dinnerparty. Das muß ich wohl falsch verstanden haben.‹ Daraufhin meinte er, es sei höchst unwahrscheinlich, daß sie Leute eingeladen habe, ohne es ihm zu sagen. Aber vielleicht sei es ja eine Überraschungsparty.«

»Eine Überraschung, das kann man wohl sagen!« rief Ethel.

»Das habe ich mir auch gedacht, also erwähnte ich das Datum, es sei am Achten. Und er sagte: ›Ich hatte keine Ahnung. Vielleicht ist es eine Geburtstagsparty, und ich hätte es nicht erfahren sollen.‹ Aber er machte ein besorgtes Gesicht und wiederholte noch einmal: ›am Achten‹, als wäre ihm der Termin vertraut. Dann sagte er: ›Doch nicht am Achten?‹ Und weil ich nervös wurde, erwiderte ich: ›Bestimmt habe ich mich getäuscht.‹ …«

»Er weiß es nicht. Sie hat es gemacht, ohne ihn einzuweihen. Wir alle wurden von ihr eingeladen, um Zeugen eines schrecklichen Dramas zu werden. Das ist der Hintergrund der ganzen Sache.« Ethel machte ein betrübtes Gesicht, obwohl die Sache an sich aufregend wirkte … ein öffentlicher Ehekrach, ein Skandal. Aber nicht mit Carmel Murray. Die arme Carmel war einfach zu sensibel.

David stieg aus der Wanne und trocknete sich mit einem der gelben Badetücher kräftig ab.

»Er weiß wirklich nicht, daß sie die Party gibt, der arme Kerl. Ist das nicht schrecklich? Gott sei Dank habe ich etwas gesagt, obwohl ich das Gefühl habe, ins Fettnäpfchen getreten zu sein. Wenigstens hat er jetzt ein bißchen Zeit, um sich zu überlegen, was er unternehmen soll.«

»Aber sie kann über Ruth nicht Bescheid wissen! Das ist doch ausgeschlossen«, meinte Ethel nachdenklich.

»Vielleicht hat ihr jemand einen bösen Brief geschrieben – du weißt schon: ›Ich glaube, Sie sollten wissen‹« … David trocknete sich immer noch ab.

»Du rubbelst dir noch die Haut vom Rücken. Komm schon, zieh dich an. Sie kann es nicht wissen, denn wenn sie es wüßte, würde sie doch nie im Leben die andere zum Essen einladen, oder?«

Joe und Henry kochten für ein Fest. Sie betrieben nebenher einen kleinen Partyservice, das war leicht verdientes Geld. Die Kanapees bereiteten sie vor, während der Fernseher lief, anschließend kam alles in die Gefriertruhe. Aus dem Hotel, in dem Henry arbeitete, bekamen sie kostenlos Frischhaltefolien, und zum Ausliefern benutzten sie einen Firmenwagen des Fremdenverkehrsbüros, für das Joe tätig war.

»Warum läßt dich die Alte nicht für ihr Fest kochen, wenn sie so nervös ist? Du könntest doch ohne weiteres in zwei Stunden ein Menü zaubern.«

»Nein, es gehört auch dazu, daß sie alles selbst vorbereitet.«

»Wie sieht sie denn aus? Vermutlich ein Häufchen Elend, stimmt's?«

»Keine Ahnung«, sagte Joe. »Ich habe sie seit zwanzig Jahren nicht mehr gesehen. Da kann sie sich natürlich stark verändert haben.«

»Hallo, Carmel, bist du's?«

»Natürlich, mein Lieber, wer denn sonst?«

»Carmel, ich bin im Club, das habe ich dir doch gesagt. Ich mußte mit ein paar Leutchen reden, weißt du.«

»Ich weiß, daß du es mir gesagt hast.«

»Also komme ich nicht nach Hause, das heißt, ich wollte nicht nach Hause kommen. Hast du schon zu Abend gegessen?«

»Zu Abend?«

»Carmel, es ist acht Uhr. Ich rufe dich aus dem Club an, um dir eine einfache Frage zu stellen: Hast du schon zu Abend gegessen oder nicht?«

»Ja, ich habe einen Teller Suppe gegessen, Dermot, aber es ist noch Steak und Blumenkohl da … ich kann für dich zubereiten, was du magst.«

»Hast du David geschrieben?«

»WAS? Ich verstehe dich schlecht. Im Hintergrund ist ein solcher Lärm.«

»Vergiß es. Ich komme heim.«
»Ja, gut. Möchtest du, daß ich ...?«
Er hatte aufgelegt.

Auf dem Heimweg sagte er sich immer wieder vor, es sei völlig unmöglich, sie hatte doch bestimmt nicht beschlossen, eine Abendgesellschaft zu geben, ohne ihn einzuweihen, und wenn sie tatsächlich auf die alptraumartige Idee verfallen war, alle gemeinsamen Freunde einzuladen, um Zeugen ihres häuslichen Glücks zu werden ... warum hatte sie ausgerechnet den achten Oktober dafür ausgesucht?

Es war Ruths Geburtstag, sie wurde dreißig. Er hatte sie überredet, ihre Ausstellung an diesem Tag zu eröffnen, um allen zu zeigen, daß sie eine arrivierte Künstlerin war. Ruth hatte eingewandt, daß sie keine öffentliche Ausstellung, keine Demonstration ihres Erfolges wollte, solange er nicht an ihrer Seite stand. Von dem Versteckspiel und dem So-tun-als-ob hatte sie genug. Wenn die Reporter sie bei Interviews fragten, warum sie nicht verheiratet sei, wollte sie nicht mehr mit einem abwehrenden Lachen reagieren. Wie albern kam sie sich vor, wenn sie den Leuten erzählte, die Kunst sei ihr Leben. Es klang so hohl, so nach Notlösung, so verlogen. Sie hätte ihnen so gerne gesagt, daß sie liebte und geliebt wurde. Und daß sie daraus die Kraft zum Malen gewann.

Widerwillig hatte sie dann doch zugestimmt. Eine Galerie zu finden stellte kein Problem dar. Die Leute rissen sich darum, die Arbeiten von Ruth O'Donnell auszustellen. Alles war vorbereitet, aber Ruth war am Ende ihrer Kraft. Sie hatte ihm erklärt, daß sie Zeit für sich brauchte, weit weg von ihm. Nein, sie würde die Tage nicht nutzen, um sich auf die Trennung von ihm vorzubereiten, das versicherte sie ihm, und er glaubte ihr. Sie wollte nur frei sein, sich erholen und sich nicht verstecken müssen. Er versprach, sie weder anzurufen noch zu schreiben. Das wäre dasselbe, als wenn sie zusammen wären, sagte sie. Welchen Sinn hatte eine Trennung, wenn man Stunden damit zubrachte, einen Brief zu schreiben und auf die Post zu warten?

Sie würde am Ersten wiederkommen, eine ganze Woche vor der Vernissage. So blieb ihr noch genügend Zeit, um dafür zu sorgen, daß die Bilder richtig hingen. Erst gestern war sie abgereist. Es war doch nicht möglich, daß ein grausamer Zufall ihm diesen Abend verdarb und er Carmels Tränen trocknen mußte! Bei Gott, wenn sie tatsächlich für den Achten eine Abendgesellschaft geplant hatte, dann würde sie ihre Pläne eben wieder ändern, und zwar rasch. Aus diesem Grund hatte er die beiden Auktionatoren im Club wie Idioten sitzenlassen. Die Sache mußte sofort geklärt werden.

»Ich glaube, Mama ist ein bißchen einsam«, sagte Bernadette zu Frank.

»Einsam sind wir alle. Das ist das Schicksal eines jeden Menschen. Im Grunde geht jeder allein durchs Leben.

Man glaubt zwar, man hätte Freunde, aber eigentlich wimmelt man die anderen nur ab.«

»Ich meine es ernst«, erwiderte Bernadette. »Zu uns ist sie so nett, Frank. Sie tut so, als hätte sie nichts dagegen, daß wir zusammenleben, aber im Grunde macht es ihr doch etwas aus.«

»Unsinn. Solange wir uns nicht vor ihren ganzen Freunden öffentlich dazu bekennen, stört es sie kein bißchen.«

»Ihren ganzen Freunden? Sie hat keine Freunde.«

»Sicher hat sie welche. Mit dem feudalen Haus im Herzen der guten Gesellschaft ... da hat man Freunde. Hast du mir nicht erst heute abend erzählt, daß sie Monate im voraus Abendgesellschaften plant?«

»Gerade das gefällt mir nicht.«

»Dir kann man es wirklich nicht recht machen! Ständig piesackst du mich! Sag, was du willst, und ich überlege, ob wir es tun oder nicht. Möchtest du, daß wir sie entführen und sie lebenslänglich hier im Badezimmer einsperren, mit dem Morgenmantelgürtel gefesselt?«

»Nein«, lachte sie.

»Was willst du dann, Bernadette?«

»Ich habe mir überlegt, daß wir heute abend auf dem Weg zu der Party bei ihr vorbeischauen könnten. Bitte.«

»O Gott«, stöhnte er.

»Nur ganz kurz«, bettelte sie.

»Dann verbringen wir den ganzen Abend dort«, sagte er.

»Bestimmt nicht. Wir springen nur aus dem Bus, laufen hin, reden ein paar Worte mit ihr und verdrücken uns dann wieder.«

»Das ist schlimmer, als wenn man überhaupt nicht hingeht.«

»Nein, es würde mich beruhigen.«

»Also gut, zehn Minuten?«

»Eine halbe Stunde, okay?«

»Zwanzig Minuten.«

»Abgemacht.«


»Bitte erzähl den O'Briens nichts davon«, bat Ethel, als sie im Wagen saßen.

»Was sollte ich schon erzählen? Für Tratsch habe ich mich noch nie interessiert, ich rede nicht über andere Leute. Du bist doch diejenige, die immer an Neuigkeiten interessiert ist.«

David heftete den Blick auf die Straße, aber er wußte, daß seine Frau ein finsteres Gesicht machte. »Nein, ich erzähle es niemandem. Meine Güte, findest du nicht, wir sollten etwas unternehmen oder etwas sagen? Wir können doch nicht die Hände in den Schoß legen und zusehen, wie das Schicksal seinen Lauf nimmt!«

»Was könnten wir schon tun, um die Sache abzuwenden, lieber Himmel? Bist du Superman oder der Erzengel Gabriel? Was können wir schon ausrichten?«

»Zum Beispiel könnten wir mit Carmel reden und ihr erklären, es sei keine gute Idee, sie sollte es sich noch einmal überlegen.«

»Es wundert mich wirklich, wie du es schaffst, dich im Geschäftsleben zu behaupten«, entgegnete Ethel sarkastisch.

»Das habe ich alles der treuen kleinen Frau zu verdanken, die hinter mir steht und als einzige stets an mich geglaubt hat«, spottete er im Tonfall eines Country-and-Western-Sängers.

»Sehr witzig. Aber eins verspreche ich dir: Wenn ich jemals der Frau begegne, die hinter dir steht, dann werde ich sie ganz bestimmt nicht mit all unseren Freunden zu einer Dinnerparty einladen«, sagte Ethel, und für den Rest der Fahrt zu den O'Briens schwiegen sie.

Frank und Bernadette gingen gerade, als Dermot vorfuhr.

»Vielleicht bringt er uns mit dem Auto hin«, meinte Frank optimistisch.

»Da machst du dir vermutlich zu große Hoffnungen. Ich würde ihn nicht fragen«, sagte Bernadette. »Hallo, Dad.«

»Offensichtlich stattet ihr uns euren jährlichen Besuch ab«, erwiderte Dermot.

»Tag, Mr. Murray«, sagte Frank.

»Guten Tag …« Dermot überlegte verzweifelt, wie der junge Mann hieß.

Bernadette ballte die Faust in der Jackentasche. »Wir haben nur ein bißchen mit Mama geplaudert. Jetzt gehen wir auf eine Party.«

»Dann will ich euch nicht aufhalten«, entgegnete Dermot.

»Ach, Daddy, du bist manchmal wirklich grob«, sagte Bernadette. »Warum kannst du nicht mal nett und entspannt und ...«

»Das weiß ich nicht. Wahrscheinlich hat es damit zu tun, daß man ins Büro geht, den Lebensunterhalt verdient und Verantwortung übernimmt.«

»Wir arbeiten auch, Daddy.«

»Haha«, brummte Dermot.

»Nett, Sie gesprochen zu haben, Mr. Murray«, sagte Frank mit geziertem amerikanischen Akzent.

»Tut mir leid«, entschuldigte sich Dermot. »Ich bin schlecht gelaunt. Natürlich arbeitet ihr beide. Kommt noch einmal mit ins Haus, dann spendiere ich euch einen Drink.«

»Das ist supernett von Ihnen, Sir«, meinte Frank.

»Nein, Dad, wir müssen weiter. Wir sind nur auf einen Sprung vorbeigekommen, um zu sehen, wie es Mama geht.«

»Es geht ihr doch gut, oder?« fragte Dermot beunruhigt.

»Aber ja«, erwiderte Bernadette ein wenig zu rasch. »Alles in bester Ordnung.«


»Ich habe eure Stimmen gehört. Hast du sie in der Auffahrt getroffen?« fragte Carmel.

Dermot fand es von jeher ärgerlich, wenn sie die wenigen Meter bis zum Tor »Auffahrt« nannte: es waren elf

44

große Schritte von der Haustür bis zum Gartentor, und das äußerste, was man herausschinden konnte, waren zwanzig kleine.

»Ja. Was haben sie gewollt?«

»Ach, Dermot, sie haben nur vorbeigeschaut. Wirklich nett von ihnen.«

»Sie sagten, sie seien gekommen, um zu sehen, wie es dir geht. Wie sind sie nur auf diese Idee gekommen?«

»Das ist doch der Grund, warum man andere Leute besucht, mein Lieber.«

Sie machte einen fröhlichen, gelassenen Eindruck. Wie eine in ihr Schicksal ergebene Märtyrerin sah sie jedenfalls nicht aus. Sie machte weder irgendwelche Witzchen, die nicht komisch waren, noch hatte sie verweinte Augen.

»Wollen wir richtig am Tisch zu Abend essen oder möchtest du lieber eine Kleinigkeit vor dem Fernseher?« fragte sie. »Es war ein Knistern in der Leitung, und wegen der Stimmen im Hintergrund habe ich nicht verstanden, ob du schon gegessen hast oder nicht. Du hast immerfort gefragt, ob ich …«

»Setz dich, Schatz«, sagte er.

»Ja, gleich, aber was wolltest du …«

»Setz dich jetzt, Carmel. Ich will mit dir reden, und nicht mit deinem Rücken, während du aus der Tür verschwindest.«

»Schon gut, Dermot, schon gut. So, ist es jetzt recht?«

»Hast du nun für den achten Oktober eine Menge Leute hierher eingeladen oder nicht?«

»Ganz gewiß nicht.«

»Also nicht?« Erleichterung überwältigte ihn; man konnte es seinem Gesicht ansehen. »Tut mir leid, Schatz. Es war ein dummes Mißverständnis.«

»Nein. Ich habe nur unsere Freunde hergebeten und beschlossen, daß wir uns einen netten Abend machen und ein schönes Essen kochen. Du hast doch selbst schon oft gesagt ...«

»Was soll das heißen ...?«

»Du hast oft gesagt, daß wir häufiger Gäste haben sollten, und ich habe mich dem nicht gewachsen gefühlt. Aber jetzt finde ich, daß du recht hast, also habe ich einfach ein paar Leute ... zum Essen eingeladen.«

»Wann? Wann?«

»Ach, das ist noch eine ganze Weile hin. Am achten, wie gesagt, am achten Oktober. Nur ein einfaches Abendessen.«

»Wen hast du eingeladen?«

»Nur Freunde. Sheila und Martin, David und Ethel und ...«

»Du hast sie alle für den achten eingeladen?«

»Ja. Und außerdem diese nette Ruth O'Donnell, du weißt schon, die Künstlerin.«

»Carmel. Was hast du ...?«

»Du kennst sie doch. Wir haben sie schon oft gesehen, und du hast mir erzählt, wie gut sie ist. Jetzt haben wir sie schon eine Ewigkeit nicht mehr getroffen, aber ich habe ihr geschrieben, daß viele Leute hier sein werden, die sie kennt ... ich meine, David kennt sie sogar

46

geschäftlich. Ich habe gelesen, daß seine Firma sie einmal mit einem Stipendium gesponsert hat …«

»Ja …«

»Und sie kennt Sheila, weil sie, soviel ich weiß, an ihrer Schule einmal einen Vortrag gehalten hat.«

»Warum hast du mich nicht gefragt – mir nichts erzählt?«

»Aber Dermot, du sagst doch immer, ich sollte mehr selbständig unternehmen, selbst die Initiative ergreifen. Und das habe ich jetzt getan. Ich habe alle Einladungen verschickt … und jetzt paßt dir das auch nicht.«

»Aber du hast dir dafür den falschen Abend ausgesucht. Ich glaube, sie hat an dem Tag ihre Vernissage. Hatte ich dir das nicht gesagt …«

»Doch, ich erinnere mich. Du sagtest, sie sei erst dreißig und schon so erfolgreich. Das Datum ist mir in Erinnerung.«

»Mein Gott.«

»Also dachte ich, es wäre schön für sie, wenn sie anschließend bei jemandem zu Gast sein kann. In der Zeitung habe ich gelesen, daß sie nicht verheiratet ist, ja, sie hat nicht einmal einen ›Lebensgefährten‹ wie unsere Bernadette. Also dachte ich, wie nett es für sie wäre, wenn sie an dem Abend noch in Gesellschaft sein kann.«

»Ja.«

»Das habe ich ihr in meinem Brief auch geschrieben: daß es doch eine hübsche Abrundung des Abends wäre.«

»Woher weißt du denn, wo sie wohnt?« fragte er tonlos.

»Ich habe im Telefonbuch nachgesehen, Dummkopf!«

»Da hättet du aber jemanden Falschen erwischen können ...«

»Aber sie hat uns doch erzählt, daß sie in dem Neubaugebiet wohnt. Weißt du noch? So ein Hohlkopf bin ich auch wieder nicht.«


»Sheila, kann ich kurz mit dir reden, bevor du in die Schule gehst?«

»Meine Güte, hast du mich erschreckt, Dermot Murray. Ich dachte schon, du wärst ein Polizist.«

»Hast du einen Augenblick Zeit? Können wir uns in dein Auto setzen?«

»Die Schülerinnen aus der Sechsten denken ohnehin schon, daß du mir unsittliche Anträge machst! Was ist los, Dermot? Kannst du es mir nicht hier sagen?«

»Nein, sagen will ich dir nichts. Ich möchte dich nur etwas fragen.«

Sheila wurde das Herz schwer.

»Dann frag, aber faß dich kurz. Sobald die Glocke läutet, verschwinde ich mit Lichtgeschwindigkeit durch diese Tür.«

»Weiß Carmel über Ruth Bescheid?«

»Wie bitte?«

»Du hast mich genau verstanden?«

»Nein, ich habe nicht verstanden, was du gefragt hast. Fang noch einmal an.«

»Weiß Carmel über Ruth und mich Bescheid?«

»Ruth? Ruth O'Donnell?«

»Sheila, hör auf, dich dumm zu stellen. Ich weiß, daß du es weißt, und du weißt, daß ich weiß, daß du es weißt. Alles, was ich wissen will, ist, ob Carmel Bescheid weiß.«

»Du unterstellst da aber eine ganze Menge. Um was geht es überhaupt? Was soll ich gewußt haben? Ich komme mir vor wie bei einem Ratespiel.«

»Sheila, bitte, es ist wichtig.«

»Zweifellos. Warum wärst du sonst hier heraufgekommen – in eine Klosterschule? Ich habe keine Ahnung, wovon du sprichst.«

»Dann denk mal rasch nach. Ich weiß, daß du eine gute Freundin und alte Schulkameradin bist. Aber denk mal nach, was wohl das Beste wäre. Nicht nur für mich, sondern für alle Beteiligten.«

»Worüber soll ich nachdenken?«

»Hör zu, ich kenne dich schon seit Jahren, Sheila, ich bin kein Arschloch, oder? Ich bin ein ganz vernünftiger Mensch. Wäre ich denn zu dieser frühen Stunde hier heraufgekommen, wenn ich ein richtiger Saukerl wäre?«

Immer wenn Sheila noch einen Augenblick bei ihrem Auto verweilte, um ein Heft zu suchen, eine Einkaufsliste zu schreiben oder den letzten Klängen eines Songs im Radio zu lauschen … hatte das Schrillen der Schulglocke sie aus ihren Gedanken gerissen. Warum ertönte sie heute nicht?

»Ich kann dir nicht helfen, Dermot«, sagte sie. »Ich weiß von nichts. Wirklich nicht. Und ich erzähle auch nichts herum und höre mir keine Klatschgeschichten an. Da bist du an die Falsche geraten.«

Er glaubte ihr. Nicht, daß sie über Ruth nicht Bescheid gewußt hätte. Er wußte, daß sie darüber im Bilde war. Aber er glaubte ihr, daß sie ihm nicht helfen konnte. Sie hatte keine Ahnung, ob Carmel dahintergekommen war oder nicht. Ihr war das ebenso verborgen geblieben wie ihm.

»Was soll ich tun?« fragte er.

Und dann schrillte die Glocke.


»Ich rufe nur wegen deiner Party an«, sagte Ethel.

»In meinem Brief habe ich alles erklärt«, antwortete Carmel. »Ihr könnt doch kommen? Ich weiß ja, wie beschäftigt ihr alle seid, also habe ich euch eine Falle gestellt und den Abend von Ruths Vernissage ausgewählt.«

»Ja, natürlich kommen wir. Du brauchst uns keine Falle zu stellen. Wir freuen uns schon … ich habe mich nur gefragt, ob es als Überraschung gedacht war – eine Geburtstagsüberraschung für Dermot oder so. David hat ihn im Club getroffen, und ich hoffe, er hat nichts verraten.«

»Nein, Dermot hat nicht Geburtstag – schon eher Ruth, ich glaube, sie hat im Oktober, nein, das macht gar nichts. Ich habe Dermot schon gesagt, daß ich vorhabe, eine Party zu geben, aber du weißt ja, wie Männer sind, sie hören nie richtig zu. Immer in Gedanken woanders. Wahrscheinlich ist es ganz gut, daß wir nicht wissen, woran sie die ganze Zeit denken, was meinst du?«

Ethel hatte das unbehagliche Gefühl, daß Carmel sich über sie lustig machte. Das war natürlich Unsinn, aber wie sie es sagte, klang es danach.

»Oh, Dermot, ich darf dir nicht sagen, wo sie ist. Sie hat mir eingeschärft, es ginge einzig und allein darum, daß ihr beide keinen Kontakt habt. Das stimmt doch, oder?«

»Ich flehe dich an, ich bitte dich auf Knien.«

Dermot hatte Ruths jüngere Schwester nie gemocht. Sie war neunmalgescheit, eine Moralistin und, noch schlimmer, eine ehemalige Kommilitonin seiner Tochter Anna. Sie hatten beide am University College von Dublin studiert.

»Nein, ich habe ihr geschworen, daß ich nichts verrate. Ruth hat mir gesagt, ich dürfte sie nur im Notfall stören, wenn es Probleme mit der Galerie gibt.«

»Es handelt sich wirklich um einen Notfall, den äußersten Notfall, das kann ich dir sagen.«

»Ehrlich, Dermot, sei fair. Halt dich an die Spielregeln. Laß sie einfach in Ruhe, ja? Es sind schließlich nur ein paar Wochen.«

»Jetzt hör mir mal zu, du Klugscheißerin.« Dermot hatte inzwischen seine guten Manieren abgelegt. »Du gehst in Ruths Wohnung, dort liegt ein an sie gerichte-

51

ter Brief mit einem Poststempel von Dublin 4. Mach ihn auf und lies ihn. Wenn du dann findest, daß die Lage ernst ist, könntest du vielleicht deine Schwester anrufen und sie bitten, mich anzurufen. Das ist alles.« Er stand auf, um das Reisebüro zu verlassen, in dem sie arbeitete.

»Einen Augenblick. Es ist doch nichts Schlimmes, keine schmutzige Angelegenheit, oder?« Angeekelt verzog sie den Mund.

»Nein, nur eine Einladung zu einer Dinnerparty, aber vielleicht möchte sie mich deshalb anrufen.«

Als er hinausging, flog beinahe die Tür aus den Angeln.

Dermot rief in seinem Büro an.

»Endlich, Mr. Murray«, sagte die Telefonistin erleichtert. »Es ist doch gar nicht Ihre Art, zu spät zu kommen. Ich wußte nicht, was ich mit Ihren Anrufen machen sollte. Wir hatten …«

»Heute geht es mir nicht gut, Margaret. Seien Sie so freundlich und informieren Sie den Filialleiter und bitten Sie Miss O'Neill, jemand anderen mit den Devisenangelegenheiten zu betrauen und mit ihren Sachen an meinen Schreibtisch umzuziehen.«

»Aber Mr. Murray …«

»Ich rufe später noch mal an, Margaret. Wichtig ist nur, daß Miss O'Neill an meinem Schreibtisch sitzt. Stellen Sie alle Gespräche für mich zu ihr durch. Sie weiß, wie sie damit umgehen soll.«

»Wann sind Sie …?«

»Wie gesagt, ich rufe später noch einmal an, Margaret. Die Bank wird nicht zusammenbrechen, nur weil der Direktor einmal krank ist.«

Er legte auf und bedauerte sofort, was er gesagt hatte. Dem Mädchen an der Telefonzentrale war es gleichgültig, ob die Bank zusammenbrach; vermutlich hoffte sie in Wahrheit sogar darauf. Warum war er nur so barsch gewesen, sie würde bestimmt auch darüber tratschen. Hätte er sich doch nur eine halbe Minute Zeit genommen, um sie zu beruhigen und aufzumuntern, dann wäre ihr die kleine Begebenheit im Tagesablauf nicht weiter aufgefallen … der arme Mr. Murray ist krank, wahrscheinlich hat er eine Erkältung eingefangen, ach ja, Miss O'Neill übernimmt seine Arbeit … und das wär's dann gewesen. Aber jetzt würde das Mädchen an der Telefonzentrale ihrer Empörung Luft machen … er hat mir fast die Nase abgebissen, wegen nichts und wieder nichts hat er mich angefahren, und dabei habe ich doch bloß eine Frage gestellt, mir ist es doch egal, wo er ist und was er macht, der kann mir wirklich gestohlen bleiben.

Warum hatte er nicht die Geduld aufgebracht, noch ein, zwei Höflichkeitsfloskeln auszutauschen? Bis jetzt hatte er bei allem so überaus gefaßt reagiert. Warum hatte er heute morgen die Beherrschung verloren? Stirnrunzelnd betrachtete er sich im Rückspiegel, als er sich wieder ans Steuer setzte. Der nervöse gealterte Mann, der ihn aus dem Spiegel anblickte, gefiel ihm nicht; vor seinem geistigen Auge sah er sich als Ruths Mann, ihren starken Beschützer, zu dem sie kam, wenn sie von ihrer Arbeit erschöpft war und von Selbstzweifeln geplagt wurde. Für das junge Mädchen an der Telefonzentrale der Bank war er vermutlich Mr. Murray, ein älterer Mann, und wenn sie über Ruth Bescheid wußte (was in diesem Dorf, das angeblich eine Stadt war, gut möglich war), fand sie es wahrscheinlich erbärmlich, daß er fremdging, oder sie hielt ihn für ein Schwein, weil er seine Frau betrog.

Dermot hatte keine Lust, irgendwohin zu fahren. Er stieg wieder aus und ging zu Fuß bis zum Kanal. Es war ein schöner frischer Morgen. Andere Leute saßen noch im Auto, inmitten der Abgasschwaden. Vermutlich waren sie hohe Tiere aus den Chefetagen, die es sich leisten konnten, erst um zehn vor zehn zur Arbeit zu erscheinen. Stimmte das? Wenn sie wirklich Spitzenkräfte waren, hätten sie dann nicht schon seit halb acht am Schreibtisch sitzen sollen? Vielleicht waren sie Erben von Familienunternehmen und mußten als Sohn des Chefs nicht so hart arbeiten? Seltsam, wie man plötzlich andere Seiten der Gesellschaft wahrnahm, wenn man einmal aus der gewohnten Bahn ausscherte. Auf dem Weg am Kanal kamen ihm zwei Frauen mit Kopftüchern entgegen, die fröhlich lachten. Eine trug eine große Plastiktüte, die andere einen prall gefüllten Kopfkissenbezug; sie waren zur Wäscherei unterwegs. Carmel hielt solche Frauen für nette bedauernswerte Geschöpfe, und doch waren sie nicht annähernd so arm dran wie die arme Carmel. Ohne jeden Groll schleppten sie die Sachen der ganzen Familie zur Wäscherei. Vielleicht beugte sich Carmel gerade über die Schalter der Waschmaschine in ihrer Küche, aber er vermutete fast, daß sie einfach nur im Sessel saß und in den Garten hinausschaute. In den vergangenen Monaten hatte er sie unauffällig beobachtet und gesehen, daß sie in Augenblicken der Stille so vor sich hinstarrte. Dann war ihr Gesicht leer, als hätte sie es abgelegt und wäre weggegangen.

Er hatte gehofft, sie würde Interessen entwickeln, aber offensichtlich hoffte er vergebens. Sie hatte keine Interessen. Rein gar nichts hatte sie, was sie aus dieser traurigen Stimmung herausholte. Als Anna und James ihr erstes Baby bekamen, hatte Dermot gedacht, Carmel werde sich nun um ihr Enkelkind draußen in Sandycove kümmern. Bestimmt würde sie jeden zweiten Tag dort verbringen oder Anna anbieten, das Kind in Donnybrook zu lassen, während Sie Erledigungen machte. Aber Dermot hatte von modernen jungen Müttern wie Anna keine Ahnung. Die Kinder, erst Cilian und dann Orla, waren einfach Teil ihres Lebens geworden, als wären sie Erwachsene. Ständig wurden sie im Autositz an- und wieder abgeschnallt, und unterwegs hatten sie stets eine Menge lernpädagogisches Spielzeug dabei, so daß sie, wohin sie auch fuhren, ganz unabhängig waren. Liebevolle Großmütter paßten da nicht ins Bild.

Und dann auch noch Bernadette, die mit diesem Frank zusammenlebte; »mein Mitbewohner«, so nannte sie ihn frecherweise. Sie war ihrer Mutter auch keine große Hilfe gewesen, oder? Leise schimpfte Dermot vor sich hin. Besonders sinnvoll war es ja nicht gewesen, ihr die Kunsthochschule zu bezahlen. Stets war sie bereit, Freunde zu unterstützen, einzuspringen und Sachen für jemanden zu verkaufen, der in der Klemme saß.

Und Freunde? Carmel sprach immer gern über ihre Freundinnen. Aber wo waren die Freundinnen jetzt, wo sie gebraucht wurden? Diese Sheila, die Lehrerin, die heute morgen in die Klosterschule gehastet war, als ginge es um Leben und Tod. Wirklich eine tolle Freundin, wenn man sie brauchte. »Ich erzähle nichts herum, ich höre nichts, ich weiß von nichts …« – Na wunderbar. Wen gab es noch? Ethel zum Beispiel … eine Zeitlang hatten sie und Carmel sich recht gut verstanden. Aber hier wie anderswo war Carmel letztlich nicht zurechtgekommen. Immer wieder hatte sie gesagt, weil sie Davids und Ethels Einladungen nicht erwiderten, dürften sie auch deren Gastfreundschaft nicht länger in Anspruch nehmen. Warum hatte sie nicht einfach gesagt: »Kommt doch zum Essen vorbei«, so wie Ruth es tat, so wie es alle anderen taten … alle außer Carmel. Wenn er meinte, sie wäre ohne ihn glücklicher, machte er sich etwas vor: Es war unsinnig, sich einzureden, sie würde es gar nicht merken, wenn er sie verließ. Damit würde sie nicht zurechtkommen. Sie beherrschte ja nicht einmal die Kunst, Solidarität und Haß für sich arbeiten zu lassen, wie jene Frau in Ballsbridge, von der er gehört hatte; ihr Mann arbeitete bei einer Werbeagentur. Als er sie verließ, war sie so empört gewesen, daß sie Dutzende von Frauen auf ihre Seite zog. Nun konnte man kaum noch den Namen des Mannes erwähnen, ohne ein verächtliches Zischen zu provozieren, so sehr hatte sein Ruf gelitten. Nein, zu so etwas war Carmel nicht fähig.

Plötzlich blieb Dermot stehen. Carmel würde nichts tun. Und deshalb konnte er sie nicht verlassen. Rein gar nichts würde sie tun. Für den Rest seines Lebens würde er heimkommen, Lügen auftischen, Entschuldigungen erfinden, Konferenzen vortäuschen, Anrufe von fiktiven Kunden vorschützen, die außerhalb der Bürostunden Termine brauchten. Und auch Ruth würde nichts tun. Sie machte keine Szenen, forderte nicht, daß er sich zwischen beiden entschied. Ruth scheute Konfrontationen, an Kraftproben war sie nicht interessiert. So ging es nun schon seit zwei Jahren ... alle wiegten sich in Sicherheit, da sie wußten, daß niemand etwas unternehmen würde. Ruth wußte, daß sie sich nie ganz für ihn würde entscheiden müssen; Carmel wußte, daß sie ihn nie ganz verlieren würde; und er wußte, daß er nie gezwungen sein würde zu sagen: »Ich will diese Frau« oder »Ich will die andere«.

Gequält lachte er vor sich hin. So stellten sich die meisten Leute das traumhafte Leben eines verheirateten Mannes vor: eine Frau, die sich blind stellte und eine Geliebte, die nichts forderte. Aber in Wahrheit war es ein Alptraum; und über diesen Alptraum hätte er ein

Buch schreiben können. Glücklich war man weder hier noch dort, aber hier wie dort bekam man Schuldgefühle. Allein die Tatsache, daß niemand etwas unternahm, schuf ein unlösbares Dilemma. Wenn Carmel gedroht und gebettelt hätte, wenn Ruth ihm ein Ultimatum gestellt hätte – *vielleicht* wäre es dann besser gewesen. Aber es war nie etwas geschehen. Bis jetzt. Bis Ruth die Einladung zu der Dinnerparty erhalten hatte.

Carmel mußte es wissen, sagte er sich zum hundertstenmal. Sie mußte es einfach wissen. Und dennoch war die Erinnerung an den vergangenen Abend wie eine Filmszene, die sich unaufhörlich wiederholte.

»Sag mir, warum du beschlossen hast, Ruth O'Donnell zum Dinner einzuladen – wir kennen sie kaum, und du hast sie bisher nur zweimal gesehen. Carmel, was soll das?«

»Das soll gar nichts, außer daß ich eine bessere Hausfrau werden will. Sie ist nett, das sagen alle.«

»Aber warum? Erklär mir, wie du auf die Idee gekommen bist, eine Abendgesellschaft zu geben? Und warum erst in einem Monat?«

»Damit ich genug Zeit habe, um alles vorzubereiten. Ich bin nicht wie diese großartigen Frauen, die du so sehr bewunderst und die ohne Vorwarnung für eine ganze Golfrunde ein Menü mit sechs Gängen zaubern können. Da nehme ich mir lieber etwas Zeit.«

Dabei hatte sie ihn mit Unschuldsmiene angesehen und dann über Sheila geplaudert, die vorbeigeschaut

hatte, über Anna und James, die zu ihrem Cottage unterwegs waren, und über die Weihnachtsgeschenke,
die sie diesmal schon im September besorgen wollte,
wenn in den Geschäften noch kein Andrang herrschte.
Viermal hatte er sie durch die Blume gefragt, viermal
hatte sie ihn nur ruhig angesehen. Sie habe einfach
Freude daran, Gäste zum Dinner zu bitten, was habe er
denn dagegen? Die Antwort darauf blieb er ihr schuldig, ihm fiel nicht einmal eine Lüge ein.

Um elf besuchten sie die Messe in der Donnybrook Kir-
che und kauften dann draußen die Zeitungen.
»Brauchst du etwas aus den Läden?« fragte Dermot.
»Eis vielleicht oder Pudding?«
»Nein, ich halte Diät, aber hol doch etwas, wenn du
möchtest«, erwiderte sie freundlich. Während sie betete, hatte er ihr Gesicht betrachtet; und er hatte beobachtet, wie sie mit gesenktem Kopf von der Kommunion zurückkehrte. Warum er nicht zur Kommunion
ging, wollte sie nicht wissen, sie stellte nie Fragen.

Anna und James waren zufrieden. Ein wunderbarer
Tag lag hinter ihnen, mit einem Mittagessen im Freien.
Zu zwölft waren sie am Tisch gesessen, hatten auf die
Bucht hinausgeschaut und erklärt, das sei ein Leben,
und es sei doch wirklich Wahnsinn, daß sie alle in Dublin wohnten. Anna hatte eine einheimische Frau gebeten, frisches Sodabrot zu backen, das sie zu ihrer Pastete aßen. Alle waren begeistert. Cilian und Orla hatten

in einiger Entfernung mit den drei Kindern ihrer Gäste gespielt. Einige ihrer Freunde hatten im Hotel übernachtet, andere hatten sich ein Cottage gemietet ... und sie betrachteten mit unverhohlenem Neid, wie behaglich James und Anna sich auf dem Land eingerichtet hatten. Für Anna und James war das eine Wohltat. Am Abend, als die letzten Gäste fuhren, winkten sie ihnen nach, tranken eine Tasse Tee, um die Müdigkeit zu vertreiben, die sich nach dem Weißwein einstellte, und sahen auf die Uhr. James hatte eine eiserne Regel: Spätestens um sieben sollten sie auf dem Heimweg sein. Also hatten sie noch eine Stunde Zeit, um abzuwaschen, aufzuräumen und die Kinder ins Auto zu packen – das reichte.

Im ganzen Cottage wurde lernpädagogisches Spielzeug eingesammelt. Die zwölf Teller, zwölf Gläser, zwölf Gabeln und Messer wanderten in das heiße Spülwasser. Der Sack mit den Abfällen wurde sorgfältig zugebunden und ebenfalls im Kofferraum verstaut. In diesem Winkel des Himmels gab es keine Müllmänner, lachten sie. Cilian und Orla, müde nach einem Tag draußen in der Sonne, wurden im Auto angeschnallt, die Kassette von James Last war bereit, vor ihnen lag die Landstraße.

Während der Fahrt betonten sie immer wieder, welches Glück sie mit dem Cottage gehabt hatten. Obwohl sie es nicht einmal einander eingestanden hätten, gab es Zeiten, in denen sie dachten, daß die Belastung ein wenig zu groß wurde. Aber an einem Tag wie heute, an dem sie die Bewunderung und den Neid ihrer Gäste so deutlich gespürt hatten, schien es ihnen hundertfach der Mühe wert. Sie vergaßen die Wochenenden, an denen sie angekommen waren und geborstene Wasserleitungen, ein undichtes Dach, Tausende von Ameisen auf dem Küchenfußboden, Mäusenester in den Blumenkästen vorgefunden hatten ... das war alles nichts. Die Streicher von James Last säuselten im Hintergrund.

Schließlich sagte James: »Weißt du eigentlich, daß dein Vater eine Affäre mit Ruth O'Donnell hat, der Künstlerin?«

»Dad? Sei nicht albern.«

»Doch, ich weiß es schon länger. Mir hat es jemand erzählt, der die beiden ausgerechnet in London zusammen gesehen hat. Man könnte doch meinen, daß man im fernen London sicher wäre – bei zehn Millionen Menschen! Aber nein, man wird in flagranti ertappt.«

Beinahe automatisch drehte sich Anna um und sah nach, ob die Kinder schliefen. Wenn der Ehebruch ihres Vaters diskutiert wurde, dann nicht vor seinen Enkeln, dachte sie.

»Ich glaube dir kein Wort.«

»Ehrlich, mein Schatz, Frances und Tim haben heute nachmittag davon gesprochen. Sie wollten es nur vor dir nicht erwähnen.«

»Darüber habt ihr euch also ausgelassen! Ich dachte, es sei etwas Geschäftliches.«

»Nein, sie haben mir gesagt, daß sie ihn oft aus Ruths Wohnblock kommen sehen.«

»Der Neubau ... ja ... du lieber Himmel.«

»Regst du dich so auf, weil ich es dir erzählt habe?«

»Ich glaub es einfach nicht. Dad doch nicht! Vielleicht mag er sie und besucht sie ab und zu auf einen kleinen Drink. Aber er hat bestimmt keine Affäre mit ihr. Nicht mein Vater!«

»Hm.«

»Bist du anderer Meinung?«

»Keine Ahnung, ich sage dir nur, was ich höre.«

»Hältst du es für möglich, daß Dad eine richtige Affäre haben könnte?«

»So wird gemunkelt.«

»Aber warum sollte sie sich darauf einlassen? Schließlich ist sie jung und bekannt und führt ein unabhängiges Leben ... sie könnte doch jeden haben oder keinen, ganz wie es ihr gefällt. Was in aller Welt sollte sie mit Dad anfangen?«

»Wer weiß? Die Menschen wollen oft das Außergewöhnliche.«

»Ja.«

»Du regst dich auf. Ich hätte es dir nicht so geradeheraus sagen sollen. Aber es ist mir einfach ... durch den Kopf gegangen.«

»Ich rege mich nicht auf. Mir ist nur nicht klar, warum. Als ich klein war, hatte ich vermutlich wie alle anderen Kinder Angst, daß meine Eltern sich nach einem Streit trennen könnten. Aber sie haben es nicht getan, und alle anderen auch nicht. Das Leben läuft dann einfach irgendwie weiter. So war das damals mit den Ehen.«

»Und heutzutage ist es anscheinend noch genauso.«

»Was soll das heißen?«

»Es soll heißen, daß dein Papa und Mrs. O'Donnell seit zwei oder drei Jahren zusammen sind.«

»Ausgeschlossen!«

»Allem Anschein nach schon.«

»Stell dir mal vor, dieses Weihnachten und vor einem Jahr und das Jahr davor ... im Kreis der Familie ... und die ganze Zeit ... ich fasse es einfach nicht.«

»Ob Großmama wohl Bescheid weiß?«

»Bestimmt weiß sie nichts. Die arme Mutter. Komisch, eigentlich müßte ich jetzt in Tränen ausbrechen. Aber wahrscheinlich weigere ich mich, es zu akzeptieren.«

»Ich weiß nicht, warum ich es dir erzählt habe.« James machte ein besorgtes Gesicht. »Es macht dich nur traurig, aber ich dachte, daß ich dir so etwas Wichtiges nicht vorenthalten sollte ... wir haben doch keine Geheimnisse voreinander.«

»Nein.«

»Und du bist so ein tatkräftiger Mensch. Da dachte ich mir, daß du es wissen möchtest, damit du etwas unternehmen kannst.«

»Was denn zum Beispiel? Sie verscheuchen? Bitte, lassen Sie meinen Daddy in Ruhe?«

»Nein, aber du kennst doch ihre Schwester Deirdre, nicht wahr?«

»Ja, Deirdre O'Donnell hat mit mir studiert. Mein Gott.«

»Eine schöne Bescherung.«

»Allerdings. Bist du schockiert?«

»Ein bißchen verblüfft, so wie du. Ich kann mir meinen Schwiegervater in dieser Rolle nicht vorstellen, aber vor allem tut es mir wegen der armen Großmama leid. Ich dachte, daß du genauso empfindest.«

»Nein. Mutter wird damit fertig. Sie lebt ohnehin in ihrer eigenen Welt. Ich habe oft den Eindruck, als wäre sie etwas weggetreten. Mich würde es nicht wundern, wenn ihr Arzt sie unter Valium setzt. Vermutlich ist er deshalb bei ihrer Generation so beliebt. Er verschreibt es einfach tonnenweise ... nach dem Motto: Machen wir uns doch das Leben etwas leichter.«

»Ja, jedenfalls sieht es jetzt so aus, als könnte deine Mutter ihre Dosis gut gebrauchen.«

»Schon, aber warum auch nicht? Ich meine, wenn das bereits jahrelang so geht, wird sich nichts ändern.«

»Wahrscheinlich nicht. Trag doch bitte den Kilometerstand ein, ich fahre zum Tanken raus.«

Anna holte das kleine ledergebundene Büchlein heraus und schrieb den Kilometerstand auf: 19004. Unter »Ort« notierte sie Tralee. Dann hielt sie den Kugelschreiber bereit, bis sie auch die Liter und den Preis eintragen konnte.

»Ich habe nicht vor, den ganzen Monat bei ihnen ein- und auszugehen und den Spion zu spielen. Das mache ich nicht«, erklärte Sheila am Sonntagabend. Der Eßzimmertisch war mit Heften bedeckt, die sie für den Unterricht am folgenden Tag korrigierte.

»Aber du könntest dich doch einfach bereithalten, falls sie dich braucht. Das wäre eine Hilfe«, meinte Martin. Er löste ein Kreuzworträtsel, während Sheila korrigierte.

»Darum geht es nicht. Es ist eine Unverschämtheit, wenn einen andere dazu zwingen, an ihren Streitereien, Szenen und Ehekrisen teilzuhaben. Ich werde es ihm nie verzeihen, daß er in dieser Weise an mich herangetreten ist und mich gezwungen hat, Partei zu ergreifen und Stellung zu nehmen. Die Leute sollten andere nicht in ihr Unglück hineinziehen, das ist nicht fair.« Sie machte ein mürrisches Gesicht und biß wütend auf ihren Stift. »Du bist viel zu tolerant und nachsichtig, Martin. Das ist eine Tatsache. Wir ziehen doch auch niemanden in unsere Angelegenheiten hinein, oder?«

»Das tun wir nicht«, erwiderte Martin nachdenklich. »Aber wir können uns ja auch glücklich schätzen, daß wir keine Eheprobleme haben.«

»Nein«, erwiderte Sheila gereizt und wandte sich wieder ihren Heften zu. Schon vor langer Zeit hatte sie beschlossen, wenn sie nun einmal die Familie ernähren mußte, wollte sie sich wenigstens nicht beklagen und nicht alles zerstören, indem sie sich zur Märtyrerin machte. Das einzige, weshalb sich das verdammte Theater lohnte, war, daß Martin keine Ahnung hatte, wie erschöpft sie war und wie sie es verabscheute, jeden Tag in diese Schule zu gehen. Ihre Gedanken kehrten zu Carmel zurück, und sie wurde ungehalten. Carmel konnte aufstehen, wann es ihr paßte, und sie hatte in ihrem Tagesablauf nichts Dringlicheres zu entscheiden, als welche Kleider sie für gemeinnützige Zwecke spenden sollte. Carmels Kinder waren verheiratet, das heißt, Bernadette war so gut wie verheiratet. Sie kamen nicht mit einem Bärenhunger nach Hause, man mußte nicht für sie kochen und einkaufen. Sheila versuchte den Eindruck zu erwecken, als führe sie das Regiment in der Küche, damit Martins Söhne ihn nicht für einen Versager hielten. Nach wir vor sagten sie »Danke, Mum«, wenn sie ihre sauberen Kleider in ihren Zimmern vorfanden, obwohl sich häufig ihr Vater um die Wäsche kümmerte.

Eigentlich war Carmel selbst schuld, wenn sie sich wegen dieser Sache mit Ruth O'Donnell so elend und unglücklich fühlte. Carmel hatte den ganzen Tag nichts zu tun, also machte sie sich über das wenige, was sie tat, viel zu viele Gedanken. Dann kam Sheila jäh zu Bewußtsein, daß sie und Martin und Dermot diejenigen waren, die sich elend fühlten. Carmel war sehr vergnügt gewesen, sie traf sogar Vorbereitungen für eine Dinnerparty und wollte etwas Pep in ihre Garderobe bringen. Das hätte man von einer betrogenen Ehefrau nun wirklich nicht erwartet.

Sonntags hatten Ethel und David Gäste zum Bridge. Am Sonntagabend legten sie immer eine »Sperrstunde« fest, wie sie es nannten, und um halb zwölf mußte jeder seine letzte Karte ausgespielt haben.

Als die Autos der Gäste abgefahren waren und sie die Aschenbecher leerten, die Fenster öffneten und die benutzten Gläser in den Geschirrspüler räumten, sagte Ethel: »Ich fühle mich ganz schrecklich. Ich habe eine unheilvolle Vorahnung, als würde bald etwas Grauenhaftes geschehen. Kennst du das Gefühl?«

»Ja, jeden Tag, wenn ich in die Arbeit gehe. Und es bewahrheitet sich immer.«

»Spar dir deine platten Bemerkungen. Du liebst deine Arbeit, und du hast allen Grund dazu. Die Leute machen deinetwegen einen ungeheuren Wirbel, und zwar von früh bis spät. Nein, ich habe eine Vorahnung, und ich weiß nicht, was das bedeuten könnte.«

»Vielleicht fühlst du dich aus irgendeinem Grund schuldig«, meinte David.

»Ja, so ähnlich ist es. Ein schweres, beklemmendes Gefühl in der Brust. Dabei habe ich keinen Grund, mich schuldig zu fühlen.«

»Ich glaube, es ist wegen der Freundin unseres Freundes. Wahrscheinlich fühlen wir uns deshalb alle so unbehaglich. Ich bin auch ein bißchen nervös.«

»Davon wissen wir doch schon seit einer Ewigkeit.«

»Ja, aber die bedauernswerte Ehefrau hat es offenbar gerade erst herausgefunden.«

Ethel stand da und betrachtete nachdenklich einen

Teller mit Erdnüssen. Schließlich kippte sie den Inhalt in den Tretmülleimer. »Ich würde sie ja doch nur essen«, sagte sie zur Erklärung, »und für die Figur sind sie schlimmer als ein großer Gin Tonic. Ja, wahrscheinlich ist es das, was uns nervös macht. Es ist einfach eine verrückte Idee, wirklich ein Fall für den Psychiater. Die Frau zum Dinner einzuladen und eine öffentliche Szene zu machen.«

»Sie kommt sowieso nicht«, meinte David.

»Nein, aber es ist doch vollkommen verrückt, daß die arme Carmel sie eingeladen hat. Und das ist das Beunruhigende daran. Wer weiß, was ihr als nächstes einfällt? Vielleicht spaziert sie im Slip die Grafton Street entlang?«

Es bereitete Deirdre O'Donnell keine Schwierigkeiten, den Portier zu bewegen, ihr den Schlüssel zur Wohnung ihrer Schwester zu geben. Sie sagte, Ruth habe sie gebeten, ein paar Sachen in den Briefkasten zu stecken.

In der Wohnung schlenderte sie herum und genoß es, allein inmitten der Besitztümer eines anderen Menschen zu sein. Jetzt konnte sie alles nach Herzenslust betrachten und in Ruhe nachdenken. Alle anderen Bewohner hatten ordentliche Vorhänge am Wohnzimmerfenster. Die Räume wirkten von außen wie Puppenstuben. Doch Ruths Wohnzimmer war kahl und schmucklos, denn es diente als Atelier. Und während andere das Schlafzimmer mit dicken Teppichen und

Einbauschränken einrichteten, benutzte Ruth diesen Raum als Nebenatelier und Büro. Dafür wohnte und schlief sie in dem kleinen Gästezimmer; dort stand eine Schlafcouch, doch das Bettzeug war fein säuberlich verstaut. Und in der Küche standen hübsch aufgereiht die spiegelnden Töpfe.

Für eine Künstlerin war ihre Schwester sehr ordentlich, fand Deirdre. Altjüngferlich, hatte sie einst geglaubt ... damals, bevor sie von den regelmäßigen Besuchen erfuhr, die Anna Murrays Vater ihrer Schwester abstattete. VATER. Ein Bankdirektor. Vielleicht sollte sie ihn aufsuchen und um einen höheren Überziehungskredit bitten. Im Ernst, das war keine schlechte Idee.

Auf der Fußmatte lag ein Dutzend Umschläge. Bei einigen handelte es sich offenbar um Prospekte und Werbung. Dann sah sie den Brief mit der ordentlichen geschwungenen Handschrift. Behutsam zog sie ihn aus dem Haufen. Vielleicht standen schrecklich intime Einzelheiten darin ... Dinge, die Ruth fremden Augen nicht preisgeben würde. Sie mußte den Umschlag mit Dampf öffnen; wenn ihr der Inhalt tatsächlich zu brisant erschien und zu befürchten war, daß Ruth einen Wutanfall bekam, konnte sie ihn anschließend mit Klebstoff wieder verschließen.

*Liebe Ruth,*
*ich weiß nicht, ob Sie sich noch an mich erinnern, aber wir sind uns einige Male durch David und Ethel*

*O'Connor begegnet, und Sie kennen auch meine Freundin Sheila Healy, die mir erzählt hat, was für einen wunderbaren Vortrag Sie an ihrer Schule gehalten haben. Jedenfalls hegen wir große Bewunderung für Sie und freuen uns auf Ihre Ausstellung am 8. Oktober.*

*Ich würde Sie gerne für diesen Abend entführen, und möchte Sie bitten, doch zu uns zum Dinner zu kommen. Deshalb schreibe ich so früh; bestimmt erhalten Sie bald noch viele weitere Einladungen, aber ich möchte mit meiner die erste sein. Die O'Connors und die Healys werden ebenfalls unsere Gäste sein, also befinden Sie sich unter Freunden.*

*Bitte lassen Sie mich bald wissen, ob Sie kommen können. Ich gehöre zu den Frauen mittleren Alters, die sich große Umstände machen und viel Zeit für die Vorbereitungen brauchen – das ist bei Ihnen und Ihren Bekannten sicher ganz anders. Bestimmt schaffen Sie es spielend, alle Lebensbereiche unter einen Hut zu bekommen, aber ich würde Tage vor dem Dinner den Tisch immer wieder neu decken und dann so tun, als wäre alles wie von selbst geschehen. Es wäre uns allen eine große Freude, wenn Sie zusagen. Ich weiß, daß mein Mann Dermot begeistert wäre. Er hat bereits drei Ihrer Gemälde für unser Haus gekauft. Die Hängung der Bilder findet hoffentlich Ihre Zustimmung. Ich freue mich darauf, Sie zu sehen!*

*Herzliche Grüße*
*Ihre Carmel Murray*

Die arme alte Kuh, dachte Deirdre, wahrscheinlich hat sie Probleme mit ihrem Hormonhaushalt. Bestimmt weiß sie über Ruthie Bescheid; schließlich ist halb Irland im Bilde. Ich finde zwar nicht, daß der alte Dermot Veranlassung hat, sich in die Hosen zu machen, aber ich sollte Ruth für alle Fälle anrufen.

Da Deirdre O'Donnell zu haushalten verstand, sah sie keinen Grund, warum sie für das Gespräch nicht den Apparat ihrer Schwester benutzen sollte. Schließlich ging es um Ruths Liebschaft, die Frau von Ruths Freund hatte den Verstand verloren ... warum sollte dann nicht Ruth die Telefonkosten bezahlen?

Die Bäuerin klopfte an die Tür und sagte, ein Anruf aus Dublin sei gekommen.

»Ihre Schwester sagt, Sie sollen sich nicht aufregen. Es ist nichts Schlimmes passiert.«

Ruth stand auf. Sie war auf dem Bett gelegen und hatte gelesen, was ihr wie ein Luxus erschien – so als ginge man am Nachmittag ins Kino.

»Ruthie?«

»Was ist passiert?«

»Nichts. Das habe ich der alten Dame doch schon gesagt. Hör zu, Romeo hat mich gebeten, mit dir Kontakt aufzunehmen ...«

»Ich habe doch klargestellt, daß ich keine Botschaften will, ganz gleich von wem.«

»Das habe ich ihm auch erklärt, aber er sagte, daß seine Frau übergeschnappt ist und dir geschrieben hat.«

»Oh, nein!«

»Halb so schlimm, sie beschimpft dich nicht als babylonische Hure. Es handelt sich nur um eine Einladung zum Dinner, und zwar an dem Abend, an dem deine Ausstellung eröffnet wird.«

»Wie bitte?«

»Soll ich es dir vorlesen? ›Liebe Ruth, ich weiß nicht, ob Sie sich noch an mich erinnern‹ ...«

»Hör auf, hör auf! Ist das ernst gemeint?«

»Ja, aber sie wird keineswegs ausfallend. Ehrlich, sie drückt ihre Bewunderung aus.«

»Mein Gott! Und was sagt Dermot dazu?«

»Er möchte mit dir darüber sprechen. Ich habe ihn gebeten, dich in Ruhe zu lassen, aber er hat ...«

»Hat er gesagt, daß sie Bescheid weiß?«

»Ruthie ... natürlich weiß sie es. Was redest du da? Sie muß es wissen.«

»Dermot hat immer behauptet, daß sie nichts ahnt oder daß sie den Gedanken verdrängt.«

»Du bist wohl nicht bei Trost. Hältst du dich etwa für unsichtbar, Ruthie? Ihr beiden seid doch ständig zusammen unterwegs.«

»Aber wenn sie es weiß, warum lädt sie mich dann zum Essen ein?«

»Das ist ja gerade der springende Punkt. Und deshalb ist der jugendliche Liebhaber auch so aus dem Häuschen.«

»Was meint er?«

»Keine Ahnung. Vermutlich denkt er, daß sie nicht alle

72

Tassen im Schrank hat, die arme alte Dame. Möchtest du, daß ich dir den Brief vorlese?«

»Ja, das ist wahrscheinlich sinnvoll. Wenn ich Dermot deshalb anrufen muß, sollte ich wissen, was sie schreibt.«

»In Ordnung: ›Ich weiß nicht, ob Sie sich noch an mich erinnern‹ …«

»Hey, Deirdre, das muß dich ja ein Vermögen kosten.«

»Nein, es kostet dich ein Vermögen … der Sünde Sold, weißt du.«

»Ach, komm schon, lies weiter.«

Carmel plante ihre Woche mit Bedacht. Es war schön, so viel zu tun zu haben: Das erinnerte sie an ihre Jugend, als jeder Tag ausgefüllt war und man nie wartend herumsaß. Sie würde sich für das Hauptgericht entscheiden müssen, und auch für die Nachspeise. Das bedeutete zwei Vormittage im Buchladen, wo sie Rezepte las. Zweimal die Woche war eine Gesichtsbehandlung vorgesehen, in einem Kosmetiksalon im Norden der Stadt, wo man sie nicht kannte … sie würde mit dem Bus hinfahren. Weitere zwei Vormittage waren dafür eingeplant, neue Schuhe zu kaufen. Das Kleid hatte sie schon; das wunderbare schwarze Kleid, das sie erstanden hatte, als Anna einundzwanzig wurde, vor fünf Jahren. An jenem Abend hatte sie es getragen … als sie zum erstenmal … als sie herausfand, daß Dermot und dieses Mädchen … als sie so bestürzt gewesen war. Seither hatte sie es nicht mehr angezogen. Aber zu diesem

73

Anlaß wollte sie es tragen, und sie sah bestimmt toll darin aus. Diesen Monat wollte sie noch ein paar Kilo abnehmen ... dann würde es noch besser wirken. Auch aus ihrem Haar würde sie etwas machen ... dieser Friseur in der Grafton Street, zu dem Ethel ging, hatte gemeint, eine Woche vor der Party sei der beste Zeitpunkt, um Strähnchen zu blondieren. Als sie ihn anrief, um einen Termin zu vereinbaren, hatte sie nicht verschwiegen, daß sie kein junges Püppchen mehr war, sondern eine Frau in mittleren Jahren. »Ich mache reifen Damen gern das Haar«, hatte er erwidert.

Das Haar machen. Es klang beinahe anzüglich.

Es blieb noch soviel zu erledigen. Die Fensterputzer waren bestellt, und die Firma, die ins Haus kam und die Teppiche reinigte. Und sie mußte ihre Aufzeichnungen weiterführen.

Sie hatte sich genau aufgeschrieben, was die Leute über erfolgreiche Gastgeber sagten, zum Beispiel die Bemerkung Ethels über den Krabbencocktail und das Roastbeef.

Auch Anna hatte einmal von einem Haus erzählt, in dem sie zu Gast gewesen war. »Dort gab es frische Blumen im Badezimmer, Mutter, im Badezimmer!« Auch das hatte sie in ihrem Notizbuch festgehalten. Ferner hatte sie ein Interview mit einer bekannten Gastgeberin gelesen, die sagte, das ganze Geheimnis einer erfolgreichen Abendgesellschaft bestehe darin, den Tisch mit viel Kristallglas und dicken Damastservietten zu decken. Das stand neben dem Ratschlag, genügend Salz- und Pfefferstreuer und Buttertellerchen bereitzustellen, damit die Gäste sie nicht dauernd von einem Ende der Tafel zum anderen reichen mußten.

Glücklicher, als sie lange Zeit gewesen war, und bewaffnet mit einer Liste von Feinschmeckerkochbüchern machte sie sich auf den Weg nach Donnybrook. An der Eingangstür stieß sie auf Anna.

»Meine Güte! Warum hast du mir nicht gesagt, daß du kommst, meine Liebe? Ich gehe gerade aus dem Haus«, sagte sie bedauernd, zog aber entschlossen die Tür hinter sich zu.

»Das ist ja eine schöne Begrüßung«, rief Anna erstaunt. »Ich bringe dir deine einzigen Enkelkinder zu Besuch und man weist uns … die Tür.«

»Hallo, Cilian … hallo, Orla …« Sie winkte ihnen durchs Fenster zu.

Cilian kämpfte mit seinem Sicherheitsgurt. »Großmama, Großmama«, schrie er.

»Schau, er will zu dir«, sagte Anna.

»Tut mir leid, Schätzchen, Oma muß fortgehen. Hallo, Orla, wirf Oma eine Kußhand zu.«

»Du könntest uns wenigstens auf eine Tasse Kaffee hereinbitten«, meinte Anna beleidigt. »Schließlich sind wir eigens von Sandycove hergefahren, um dich zu besuchen.«

»Das tut mir wirklich leid.« Carmel schritt auf das Gartentor zu.

»Aber wohin gehst du, Mutter?«

»Ich gehe aus, meine Liebe, ich habe verschiedenes zu erledigen. Bist du heute nachmittag noch in der Stadt? Dann kannst du mit den Kindern vorbeikommen, und wir trinken eine Tasse Tee. Wäre das nicht nett?«

»Ja, aber Mutter, ich wollte mit dir reden …«

»Wunderbar. Wir können heute nachmittag reden.«

Sie war fort. Zielstrebig marschierte sie in Richtung Hauptstraße. Offenbar wollte sie den Einkaufsbummel zu einem erfrischenden, belebenden Spaziergang nutzen.

Anna sah ihr verblüfft nach. Normalerweise war ihre arme Mutter beinahe dankbar für einen Besuch, machte sich große Umstände und rannte wie ein aufgescheuchtes Huhn hin und her. Und nun marschierte sie einfach davon, ohne jede Erklärung. Sie schaute ihr nach, und Mutter, als hätte sie ihren Blick gespürt, drehte sich um und winkte, bevor sie um die Ecke bog. Seltsam, wie jung Menschen wirkten, wenn sie sich rasch bewegten. Mutter sah gar nicht schlecht aus in ihrer marineblauen Jacke und dem karierten Rock. Man hätte sie nicht auf fünfzig geschätzt, oder war sie schon einundfünfzig? Aber wenn sie manchmal in diesem Sessel saß und in den Garten hinausschaute, hätte man sie für siebzig halten können. Die arme Mutter, war es nicht schrecklich, daß Dad sich mit einem jungen Mädchen eingelassen hatte? Und noch dazu mit Ruth O'Donnell … aber James irrte sich, es konnte nicht um Sex gehen … es war nur der Nervenkitzel, die verbotene Erregung. Dad mit einem Mädchen im Bett? Es fiel ihr schon schwer, sich vorzustellen, daß Dad vor Jahren mit Mutter geschlafen hatte, aber jetzt ... heutzutage ... Dad war so alt, er interessierte sich doch bestimmt nicht mehr dafür, oder? Und wenn er es tat, welche Frau, die noch bei Verstand war, würde mit ihm ins Bett gehen?

Anna zuckte die Schultern und stieg wieder ins Auto.

»Wir sind umsonst gefahren«, erklärte sie den Kindern, die im Chor ein enttäuschtes Protestgeheul anstimmten.

»Ein Privatgespräch, Mr. Murray. Nehmen Sie es hier entgegen oder ...?«

»Ist in Ordnung, stellen Sie es durch ...«

Schon an der Ausdrucksweise erkannte er, daß es Ruth war. Sie hatte eine Art, »Privatgespräch« zu sagen, die beinahe aufreizend wirkte.

»Dermot, kannst du reden?«

»Nur zu.«

»Mit anderen Worten, du kannst nicht.«

»Noch nicht.«

»Ich habe einen Anruf von Deirdre bekommen.«

»Also hat sie dir die Situation geschildert ...«

»Deirdre hat mir den Brief vorgelesen. Es klang, als hätte sie keine Ahnung.«

»Ja, das habe ich doch auch immer gesagt ...«

Dermot Murrays Sekretärin hatte das Gefühl, ihn genug gequält zu haben »Entschuldigen Sie«, murmelte sie und verließ den Raum.

»Was soll ich tun …?«

»Hör zu, mein Liebling, wann kommst du zurück?«

»In zehn Tagen, zwei Wochen …«

»Ich liebe dich.«

»Vermutlich bist du jetzt allein …«

»Nein, ich bin in einer Sitzung, und die übrigen Anwesenden sind derselben Meinung. Sie lieben dich auch.«

Sie kicherte. »Dermot, was soll ich machen? Soll ich ihr schreiben, daß ich schon verabredet bin?«

»Es bedeutet ihr viel, wirklich sehr viel. Seit sie die Party plant, ist sie so lebendig und glücklich … man glaubt es kaum. Als wäre sie von den Toten auferstanden. Wenn ich sie so sehe, kann ich mir tatsächlich vorstellen, daß sie ein eigenständiges, normales Leben führen könnte …«

»Worauf willst du hinaus …?«

»Sei so nett und sag ja.«

»Ich schreibe ihr, ich käme gern, und dann sage ich im letzten Augenblick ab?«

Dermot überlegte. »Ja … und vielleicht könntet du dann ja doch zum Dinner kommen. Wäre das möglich?«

»WAS?«

»Für dich würde es ja nicht viel bedeuten … für uns. Wir haben so viel, und du bist schließlich eine brillante junge Frau, dein Leben liegt noch vor dir und so weiter …«

»Du kannst doch nicht ernsthaft von mir erwarten, daß

ich als Gast in dein Haus komme und sage, ach wie nett, es schmeckt köstlich, Sie müssen mir das Rezept für den gekochten Weißkohl geben?«

»Bitte, Ruth.«

»Nein, da hilft keine Bitte. Du hast wirklich einen makabren Humor, das ist alles. Auf keinen Fall mache ich das. Es würde mir nicht im Traum einfallen, das einer anderen Frau anzutun – triumphierend zur Tür hereinkommen und mich mit einer Menge Leute an einen Tisch setzen, die alle Bescheid wissen. Das ist doch ungeheuerlich!«

»Du verstehst das nicht ...«

»Was ich verstehe, gefällt mir nicht. Warum läßt du dich darauf ein?«

Ihre Stimme klang aufgeregt; man hörte, daß sie Münzen nachwarf.

»Am Telefon können wir nicht reden, laß mich zu dir kommen.«

»NEIN. Ich wollte allein sein. Du hast alles über den Haufen geworfen, das war ein Trick von dir, nicht wahr ... gib's zu.«

»Ich schwöre bei Gott, daß ich das nicht getan habe. Ich habe es selbst erst am Freitag erfahren. Und wenn ich David nicht im Club getroffen hätte, wüßte ich es auch jetzt noch nicht. Ich glaube nicht, daß sie es mir erzählt hätte.«

»Heißt das, du wärst heimgekommen und hättest unerwartet die ganze Gesellschaft vorgefunden?«

»Keine Ahnung.«

»Aber sie muß doch gewußt haben, daß ich es dir er-
zählt hätte ... das muß ihr doch klar gewesen sein ...«
»Aber sie weiß über dich und mich nicht Bescheid! Das
sage ich dir doch immer wieder.«
»Deirdre hält das für Irrsinn ... halb Dublin weiß es.«
»Deirdre hat keine Ahnung – Carmel kommt jedenfalls nicht mit halb Dublin zusammen.«
»Lieber Himmel, ich habe es geahnt, daß du mir diese
Zeit nicht gönnst und mir alles verdirbst! Ich wußte,
daß du irgend etwas anstellst, um es mir zu verpfuschen.«
»Das ist wirklich unfair. Ich weiß nicht einmal, wo du
bist. Bis du wiederkommst, werde ich nicht mehr mit
dir sprechen. Ich wollte doch nur, daß du weißt, was
passiert ist. Wenn ich es dir nicht gesagt hätte, dann
hättest du mir bestimmt vorgeworfen, ich sei unauf-
richtig, stimmt's? Das hättest du doch?«
Sie wurde milder gestimmt. »Du hast recht.«
»Wenn du mir also einen Gefallen tun könntest, nur
einen. Schreib ihr kurz und teil ihr mit, daß du auf
dem Land bist, daß dir ihr Brief nachgeschickt wurde
und daß du gerne kommen würdest. Könntest du das
machen?«
»Nein, Dermot, ich bin keine Marionette. Für so ein
schreckliches, gemeines, grausames Schauspiel stehe
ich nicht zur Verfügung. Ausgeschlossen.«
»Schreib einfach, daß du kommst. Heutzutage ist es
doch schon fast normal, zuzusagen und dann doch
nicht zu kommen. Jetzt nimmst du die Einladung erst

80

einmal an, und wenn du wiederkommst, reden wir miteinander, und dann kannst du dich immer noch anders entscheiden …«

»Und du wirst mich nicht unter Druck setzen, etwas zu
tun, was ich nicht will?«

»Nein, Ruth, mein Schatz, bestimmt nicht.«

»Und wenn ich diesen heuchlerischen Brief schreibe
und zusage, glaubst du wirklich, daß es das Beste ist …?«

»Ja.«

»Für uns alle, für sie und für mich und auch für dich?«
Er hielt inne. »Ja, das glaube ich aufrichtig. Für sie, weil
sie sich weiter auf ihre Party vorbereitet, sich gut fühlt,
etwas unternimmt und wieder aktiv wird. Und genau
das wollen wir. Wir wollen, daß sie ein unabhängiges
Leben führt.«

»Und was nützt es *mir*, wenn ich zusage?«

»Du kannst aufhören, dir deshalb den Kopf zu zerbrechen. Wenn du erst einmal den Brief mit der Zusage
geschrieben hast, dann ist eine Entscheidung getroffen. Du kannst sie jederzeit wieder rückgängig machen, aber du brauchst dich nicht mehr aufzuregen.«

»Und was hast du davon?«

»Ich kann beobachten, wie sie sich mit etwas beschäftigt, das ist weitaus positiver, als mitanzusehen, wie sie
dasitzt, aus dem Fenster starrt und sich fragt, was die
Zukunft bringt.«

»Was bringt denn die Zukunft?«

»Sie bringt dich bald wieder heim zu mir. Sie bringt
deine Ausstellung, und was *das* bedeutet …«

»Ich wünschte, ich würde dich nicht lieben.«

»Und ich bin sehr froh, daß du es tust.«

»Einen verheirateten Bankdirektor, hundert Jahre älter als ich, der keine Ahnung von Malerei hat ...«

»Ich weiß, ich weiß«, sagte er beschwichtigend. Jetzt war alles im Lot. Sobald Ruth damit anfing, daß er nicht zu ihr passe, fühlte er sich sicher.

»Ich muß wirklich verrückt sein.«

»Das bist du, vollkommen verrückt.«

»Den Brief schreibe ich, aber ich gehe nicht hin.«

»Braves Mädchen«, sagte er.

*Liebe Mrs. Murray,*

*Ihr Brief war für mich eine hübsche Überraschung.*

*Ich hätte nicht gedacht, daß Sie sich noch an unsere Begegnung erinnern. Es ist sehr nett von Ihnen, daß Sie sich so schmeichelhaft über meine Arbeit äußern, und ich möchte mich für Ihre Einladung zum Dinner am Abend der Ausstellung herzlich bedanken.*

*Dieser Brief erreicht Sie aus Wales, wo ich einen ruhigen Urlaub verbringe. (Meine Post wird mir nachgeschickt, und auf diesem Wege habe ich Ihr Scheiben erhalten.) Ich nehme Ihre Einladung sehr gern an und freue mich darauf, die Bekanntschaft mit Ihnen, Ihrem Mann und Ihren Freunden aufzufrischen.*

*Mit freundlichen Grüßen*
*Ruth O'Donnell*

Carmel hielt den Brief fest umklammert, nachdem sie ihn gelesen hatte. Die Erleichterung war ihr anzumerken. Sie war beinahe sicher gewesen, daß Ruth O'Donnell die Einladung annehmen würde. Trotzdem hatte man nicht ausschließen können, daß sie ihr doch noch einen Strich durch die Rechnung machen würde. Jetzt würde alles wunschgemäß laufen.

An diesem Abend sagte ihr Dermot, sie sehe sehr gut aus, richtig gesund. Carmel lächelte vergnügt. »In letzter Zeit bin ich viel zu Fuß gegangen, und ich habe festgestellt, daß es mir guttut.« Das stimmte, sie war tatsächlich viel zu Fuß unterwegs und sie fühlte sich wohl dabei. Aber von der Gesichtsbehandlung, die sie sich gegönnt hatte, sagte sie nichts. Es war schon die zweite in dieser Woche. Die Kosmetikerin hatte ihr eine Verjüngungsmaske aufgelegt. Und sie verschwieg ihm, daß sie sich jetzt für Kalbsbraten mit Marsala als Hauptgericht und in Wein gegarte Birnen als Nachtisch entschieden hatte.

Auch den Brief, den sie an diesem Tag von Ruth O'Donnell erhalten hatte, erwähnte sie nicht.

Bernadette und Anna trafen sich zum Mittagessen. Anna bestellte sich Salat und Kaffee; Bernadette aß ein großes Käsebaguette und trank ein Glas Guinness dazu.

»Wenn man in einem Pub ißt, gehört für mich einfach ein Bier dazu«, meinte sie.

Anna unterdrückte eine mißbilligende Bemerkung.

Sie hatten sich verabredet, um zu besprechen, ob sie etwas wegen Mutter und Dad unternehmen sollten. Es brachte sie nicht weiter, wenn sie gleich von Anfang an einander angifteten.

»Bist du sicher … ist es nicht bloß Klatsch?«

»Nein, eine ganze Menge Leute wissen Bescheid. Wir sind offenbar die letzten, die es erfahren.«

»Das ist nicht weiter verwunderlich«, meinte Bernadette, »die Leute werden wohl kaum die kleinen Fehltritte unseres Vaters diskutieren, während wir dabeisitzen und zuhören.«

»Sollen wir nun etwas sagen oder nicht?«

»Was könnten wir denn sagen? Meinst du, wir sollten Dad fragen, ob es stimmt?«

Anna dachte nach. »Ja, das könnten wir wohl tun und anschließend klarstellen, daß wir es abscheulich finden und daß er Schluß machen muß.«

Bernadette schüttelte sich vor Lachen.

»Anna, du bist herrlich – die Herzoginwitwe in Person. ›Vater, ich finde das wirklich abscheulich, du mußt Schluß machen. Kehr zu Mutter zurück. Aber rasch. So wie früher.‹« Vor Vergnügen wiegte sie sich vor und zurück. Anna saß stocksteif da.

»Was ist daran so komisch? Hast du einen besseren Vorschlag?«

»Tut mir leid, ich sollte nicht lachen. Ob ich einen besseren Vorschlag habe? Keine Ahnung. Ich denke, wir könnten ihn fragen, ob er vorhat, mit Ruth zusammenzuleben und Mutter zu verlassen, denn das ist das einzige, was uns wirklich etwas angeht. Denn wenn er das tut, bricht sie zusammen ...«

»Ja«, stimmte Anna zu. »Das ist der springende Punkt. Er muß einsehen, daß er ihr das nicht antun kann.«

»Vielleicht hat er das vor. Aber er muß sich klarmachen, was dann passieren wird, und ich würde sagen, daß man ihm ganz nüchtern darlegen sollte, inwieweit er mit dir und mir rechnen kann ... wenn es darum geht, daß wir uns um sie kümmern.«

»Er kann doch nicht von uns erwarten, daß wir ...«

»Nein, wahrscheinlich erwartet er gar nichts ... ich glaube aber, daß wir mit ihm Tacheles reden sollten, das ist alles ...«

Anna stellte erstaunt fest, wie resolut ihre jüngere Schwester auftrat. Bisher hatte sie Bernadette nicht für voll genommen, aber heute machte sie einen sehr forschen Eindruck.

»Frank und ich denken darüber nach, im neuen Jahr nach Australien zu gehen ...«

»Nach Australien, wie Onkel Charlie? Er ist dort jedenfalls nicht reich geworden.«

»Darum geht es nicht. Es gibt dort eine Handwerkerkooperative, für die wir uns interessieren. Es steht noch nicht fest, aber ich will nicht, daß Mama einer der Gründe ist, weshalb ich gehe oder bleibe ... Ich meine, ich werde mich natürlich wöchentlich daheim melden und so weiter ... aber wenn ich fahre, will ich nicht im ungewissen sein, ob sie in der Psychiatrie landet oder ob es ihr gutgeht ...«

»Ja … ja.« Anna fühlte sich überfahren.

»Und du wirst schließlich auch nicht bei ihr einziehen und dich um sie kümmern, oder, Anna? Du führst schließlich dein eigenes Leben … Dad sollte das wissen … damit er sich über die Bedingungen im klaren ist.«

»Ja, aber ist das nicht alles ein bißchen hart … ein bißchen endgültig? Kann es nicht sein, daß wir da zuviel hineingelesen haben?«

»Das kann schon sein … aber du warst schließlich diejenige, die gesagt hat, wir müßten uns treffen und besprechen, wie wir vorgehen. Ich finde, das ist das einzige, was wir tun können, wenn wir überhaupt etwas tun – nämlich ihm mitteilen, inwieweit er mit uns rechnen kann, damit es keine Mißverständnisse gibt.«

»Ich weiß nicht. Vielleicht sollten wir gar nichts tun … wahrscheinlich ist Mutter besser in der Lage, ihr Leben in die Hand zu nehmen, als wir ahnen …«

»Du hast erzählt, daß sie neuerdings viel lebendiger wirkt.«

»Stimmt und sie sieht auch besser aus, ihre Haut ist irgendwie frischer … außerdem hat sie ein bißchen abgenommen, glaube ich …«

»Ja … wenn man bedenkt, wie schrecklich es war, als sie diese Nervenkrise hatte.«

»Du meinst vor ein paar Jahren, als ich noch am College war?«

»Ja, es war schrecklich. Damals ist sie immer zu diesem Psychiater gegangen und hat die ganze Zeit geweint …«

»Was haben sie mit ihr gemacht? Wie ist sie geheilt worden?«

»Ach, Bernadette, du weißt schon, Psychiater machen gar nichts, sie heilen niemanden ... sie hören nur zu und sagen immer ja, ja ... soviel ich weiß.«

»Warum gehen die Leute dann hin?«

»Nun, vermutlich gibt es zu wenige Leute auf der Welt, die einfach zuhören und ja, ja sagen ...«

»Aber sie hat sich doch erholt. Sie hat aufgehört zu weinen ...«

»Ich sage dir doch, es funktioniert, dieses dauernde Ja, Ja.«

»Und im Augenblick sollten wir nichts unternehmen ...«

»Nein, ich glaube nicht, oder?«

Joe traf eine Woche vor der Party ein. Eines Morgens rief er an und sagte, er sei in der Stadt.

»Habe ich dir genug Geld geschickt?« fragte Carmel besorgt.

»Schätzchen, du hat mir zuviel Geld geschickt. Wie geht's dir, Carmel? Kann ich zu dir kommen und dich besuchen?«

»Nein, ich komme zu dir. Ich möchte nicht, daß du vor dem besagten Abend hier auftauchst ...«

»Wo treffen wir uns?«

»Laß mich überlegen ... ich komme ins Hotel ... Wir können uns doch Tee oder Kaffee aufs Zimmer schicken lassen, oder?«

»Klar, das Hotel kostet ein Vermögen ... ich frage mich, ob du nicht zuviel Geld in die ganze Sache steckst, Carmel? Vielleicht gibt es ja einen anderen Weg ...«

»Das Geld habe ich ... Geld hatte ich immer, das war noch nie ein Problem ... ich bin so froh, daß du gekommen bist, Joe, ich werde dir das nie danken können. Schade, daß dein Freund nicht mitgekommen ist.«

»Nein, schließlich ist das ein Auftrag. Henry hat Verständnis dafür ... es hätte nur alles durcheinandergebracht, wenn er mitgekommen wäre. Seiner Meinung nach bist du ein verrücktes Huhn, aber er wünscht dir viel Glück.«

Sie lachte vergnügt. »Gut, daß er auf unserer Seite ist. Heute nachmittag komme ich zu dir ins Hotel. Welche Zimmernummer hast du? Ich stehle mich einfach an der Rezeption vorbei bis zum Fahrstuhl ...«

»Oh, Mrs. M., das hört sich an, als wären Sie ein flottes Leben gewohnt«, lachte Joe. Daß Carmel so gut aufgelegt war, freute ihn, denn er hatte befürchtet, sie würde so düster und unheilverkündend wie Lady Macbeth wirken. Aber sie klang richtig fröhlich. Er setzte sich auf sein Bett und zündete sich eine Zigarette an. Wirklich eine äußerst ungewöhnliche Angelegenheit.

»Wie nett, daß du anrufst, Ethel. Nein, mir geht es gut ... und dir? Schön. Und David? Großartig. Oh, wie schade, nein, ich bin wirklich gerade auf dem Sprung.

Ja, es ist lange her, nicht wahr? Aber das macht nichts, wir sehen euch ja nächste Woche, oder? Am achten. Oh, gut, gut. Nein, kein bißchen, danke, nein, nein, ich komme mit allem zurecht. Aber es ist wirklich nett von dir, daß du daran denkst, Ethel ... Wie bitte? O ja, alle kommen ... aber es ist nur ein kleiner Kreis, verglichen mit den Gesellschaften, zu denen du immer gehst. Ja, diese nette Ruth O'Donnell – so einen reizenden Brief habe ich von ihr bekommen, aus Wales. Sie freut sich darauf, euch alle wiederzusehen, schreibt sie. War sonst noch etwas, Ethel? Ich bin ein wenig in Eile. Genau, bis dann, schöne Grüße an David. Tschüs.«

»Ja, Tante Sheila, ich bin allein, und Zeit zum Reden habe ich auch. Meiner Meinung nach geht es ihr glänzend, sie ist richtig munter. Und sie sieht gut aus, so gut hat sie schon lange nicht mehr ausgesehen, finde ich ... gut, ja, ich dachte mir doch, daß ich mir das nicht nur eingebildet habe. Nein, natürlich macht es mir nichts aus, wenn du offen redest. Ich weiß doch, daß du ihre älteste Freundin bist, um Himmels willen. Nein, ehrlich, Tante Sheila, ich schwöre dir, daß mir in letzter Zeit nichts Merkwürdiges an Mutter aufgefallen ist ... es geht ihr glänzend ... Ja, für mich hat sie auch nicht besonders viel Zeit. Nein, ich weiß nicht genau, was sie eigentlich tut, aber was immer es sein mag, sie ist sehr beschäftigt. So wie ich das sehe, geht es ihr doch viel besser, wenn sie gutgelaunt ihre kleinen Geheimnisse pflegt, verglichen mit der Zeit, als sie so durcheinander war und diese Nervenkrise hatte? Erinnerst du dich noch, wie sie den ganzen Tag herumsaß und wir es alle schrecklich anstrengend fanden, mit ihr zu reden? ... Sie hat sich für niemanden interessiert.«

Zu James sagte Anna: »Gerade hat diese Freundin von Mutter angerufen, die wir Tante Sheila nennen. Sie arbeitet jetzt wieder als Lehrerin, erinnerst du dich? Sie hat mir am Telefon etwas vorgejammert, weil sie meint, daß Mutter sich seltsam benimmt. Warum denn seltsam, frage ich, und sie kann es nicht erklären. Offenbar irritiert es sie, daß Mutter so gut aufgelegt ist. Hast du so etwas schon mal gehört?«
»Arme Großmama«, bemerkte James, »wenn sie bedrückt ist, nimmt man es ihr übel, und wenn sie fröhlich ist, auch. Was sie auch macht, es ist verkehrt.«

»Du siehst umwerfend aus ... eine alte Schachtel bist du wirklich nicht ... du bist toll«, sagte Joe voller Bewunderung.
»Ich war bei einer Make-up-Beratung ...so wie sie es in Frauenzeitschriften empfehlen, wenn der Ehemann untreu ist. ›Ist Ihr Make-up altmodisch?‹ fragen sie und empfehlen einem die neuen Farbtöne ...«
Sie lachten beide, dann musterte sie ihn eingehend und nickte zufrieden.
»Du siehst gut aus, Joe, wirklich gut. Bei mir ist es anders, ich habe nur ein bißchen in den Farbtopf gegriffen, deshalb mache ich einen annehmbaren

Eindruck, aber du bist wirklich toll ... du siehst aus wie
ein Junge.«

»Ein alter Junge«, lachte Joe. »Ein ziemlich alter Junge
sogar ... ich werde bald fünfundvierzig. Jetzt gehe ich
nicht mehr als Junge durch!«

»Man würde dich glatt für zehn Jahre jünger halten,
und du siehst phantastisch aus ...«

Joe freute sich, weil aus ihren Worten echte Bewunderung sprach. »Weißt du, was ich uns besorgt habe? Ich
war im Supermarkt an der Baggot Street – Mann, der
Laden hat sich verändert! – und habe uns eine Flasche
Champagner geholt, auf meine Rechnung. Denn
wenn wir diesen verrückten Plan durchziehen, dann
müssen wir das auch angemessen feiern.«

»Findest du nicht, daß wir damit warten sollten, bis wir
es tatsächlich geschafft haben?« Carmel war noch nicht
nach Feiern zumute.

»Keineswegs. Wenn wir sagen, wir machen das, dann
schaffen wir es auch.« Er öffnete die Flasche mit geüb-
ter Hand und füllte die Zahnputzgläser. »Natürlich
glaube ich nach wie vor, daß du ein verrücktes Huhn
bist.«

»Warum? Weil ich mir hole, was ich will? Weil ich es
versuche?«

»Nein.« Er prostete ihr zu. »Cheers, und viel Glück.
Nein, das ist nicht verrückt. Aber es zu wollen ist verrückt.«

»Cheers«, sagte sie und hob ihr Glas. »Achtzig Kalorien
auf hundert Milliliter ... wieviel paßt in das Glas?«

»Ich würde sagen, da verprassen wir rund hundertsech-
zig Kalorien.«
Sie lachten wie in alten Zeiten.


»Seit du wieder da bist, haben wir nichts anderes getan
als gestritten. Und das ist wirklich das letzte, was ich
will.«
»Gestritten haben wir nicht«, erklärte Ruth erschöpft.
»Ich stelle nur immer wieder eine Frage, und du stellst
mir eine Gegenfrage. Wenn ich dich frage, warum ich
zu diesem Dinner gehen muß, sagst du immerfort,
warum nicht. Einen Streit kann man das nicht nennen,
wir haben uns festgefahren.«
Dermot seufzte. »Ich möchte dir nur begreiflich machen, daß wir dadurch Zeit gewinnen … Wir gewinnen
Seelenfrieden und halten uns Möglichkeiten offen …
genau das ist es, was wir wollen. Und wir können es bekommen, wenn du die Einladung annimmst, dich nett
und natürlich verhältst und einen Abend lang erträgst,
daß dir alle sagen, wie wunderbar du bist. Ich weiß, ich
weiß, das möchtest du nicht, aber mir erscheint es
nicht besonders schwierig.«
Sie stand auf und ging in der Küche auf und ab. »Und
mir erscheint es verblüffend, daß.du nicht einsiehst,
wie schwer es mir fällt. Hingehen und mit ihr reden
und lächeln … und die Speisen essen, die sie mit soviel
Mühe zubereitet hat, die Toilette in eurem Bad benutzen, meinen Mantel auf euer Bett legen, euer Ehe-
bett … wirklich, Dermot …«

»Ich habe dir nicht *einmal* gesagt, daß es Einzelbetten sind, ich habe es dir zwanzigmal gesagt ... diesmal kannst du dich selbst davon überzeugen.«

»Es kommt mir beinahe vor, als würdest du dich unheimlich stark fühlen, wenn du uns beide da hast ...«

»Großer Gott, wenn du wüßtest, wie wenig das stimmt ... mir ist wirklich unbehaglich zumute, ich bin nervös ... und ich werde mich wie ein Lügner und Betrüger fühlen. Glaubst du, daß ich mir das alles aus freien Stücken antue?«

»Bitte, Dermot ...«

»Bitte, Ruth, bitte ... ich habe noch nie so etwas von dir verlangt, und ich schwöre, daß ich es auch in Zukunft nie wieder tun werde.«

»So wie ich das sehe, könnte das von nun an jede Woche vorkommen. Vielleicht werde ich noch gebeten, mit einzuziehen ... man stellt ein drittes Bett ins Schlafzimmer.«

»Sei nicht so.«

»Ist es nicht schlimm genug, sie zu betrügen, ohne es ihr auch noch unter die Nase zu reiben?«

»Ruth, ich liebe dich, weißt du das nicht?«

»Ich denke schon, daß du das tust, aber es ist, als wenn man an Gott glaubt – manchmal ist es schwer nachzuvollziehen, warum man es je getan hat ...«

»Hast du keine gerade Zahl, Mutter? Ich dachte, du hättest mich einmal gefragt, wie man acht Gäste an einem Tisch plaziert.«

Es war der Tag vor der Party. Anna kam vorbei, um nach Mutter zu sehen. Bernadette hatte recht, Mutter hatte nie besser ausgesehen, sie war schlanker, hatte rosige Wangen – war das etwa Rouge? Und was für elegante Schuhe! Mutter sagte, sie habe sie für morgen gekauft und laufe sie ein. Sie waren toll und hatten doppelt soviel gekostet, wie Anna für ein Paar Schuhe bezahlt hätte – und zehnmal soviel, wie sie ihrer Mutter zugetraut hätte.

»Nein, wir sind zu siebt … ich hatte darüber nachgedacht, noch einen zusätzlichen Herrn einzuladen, aber man sagt, es sei vollkommen altmodisch, um jeden Preis eine gerade Zahl anzustreben. Ethel meint, daß schon viele Partys dadurch ruiniert wurden, daß man sich bemüht hat, ebenso viele Herren wie Damen einzuladen …«

»O ja … da würde ich zustimmen. Was bringt es, wenn man irgendwelche langweiligen Männer anschleppt? Immerhin gibt es mehr langweilige Männer als langweilige Frauen, finde ich …«

»Das finde ich auch, aber vielleicht haben wir Vorurteile!« Mutter lachte, und Anna stimmte ein. Offenbar ging es Mutter gut, was sollte also das ganze Theater? Um ihr Interesse für das berühmte Dinner zu bekunden, fragte sie munter: »Und wer kommt nun eigentlich, Mutter? Tante Sheila und Onkel Martin, nehme ich an …«

»Ja, und Ethel und David … und Ruth O'Donnell, die sympathische junge Künstlerin.«

Anna ließ ihre Handtasche fallen.

»Wer ...?«

»Du mußt sie doch kennen. Das Gemälde auf dem Flur, und dieses hier. Und das an der Treppe. Ruth O'Donnell ... morgen wird ihre Ausstellung eröffnet. Wir gehen alle hin, und anschließend treffen wir uns hier zum Dinner.«

Bernadette war nicht zu Hause, aber Anna erzählte Frank die ganze Geschichte und trank auf den Schreck ein Glas Pastinakenwein.

»Sind da etwa Pastinakenstückchen drin?« fragte sie mißtrauisch.

»Nein, es ist alles vergoren. Etwas anderes haben wir nicht da«, erwiderte er ungnädig.

Anna berichtete, was sie erlebt hatte. Ihr sei beinahe das Herz stehengeblieben, und sie habe nicht gewußt, was sie sagen, denken oder tun sollte. Frank hörte mit undurchdringlicher Miene zu.

»Sie ist wirklich ein hochkarätiges Miststück«, bemerkte Anna abschließend.

»Deine Mutter?«, fragte Frank verwirrt.

»Nein, diese Frau. Ruth O'Donnell. Ist sie nicht eine blasierte, selbstgefällige kleine Schlampe? Es reicht ihr nicht, daß sie ihre Ausstellung hat, zu der offenbar das halbe Land geht, es reicht ihr nicht, daß mein armer Vater wie ein Schoßhund hinter ihr herläuft ... sie muß ihn auch noch beschwatzen, daß er Mutter dazu bewegt, sie zu einer Dinnerparty einzuladen, so daß

Mutter vor all ihren Freunden öffentlich gedemütigt wird.«

Frank schien das nicht zu erschüttern.

»Ist das nicht abstoßend?« fragte sie aufgebracht.

Er zuckte die Schultern. »Für mich gibt es zwei Gesichtspunkte an der Sache, und zwar vom Standpunkt deiner Mutter aus betrachtet. Entweder sie ist im Bilde, und in diesem Fall weiß sie, was sie tut, oder sie hat keine Ahnung, und in diesem Fall wird es ihr niemand während der Vorspeise erzählen – das heißt, für *sie* ist es in jedem Fall in Ordnung.«

Anna gefiel es nicht, wie er das Wort *sie* betonte. Wenn er meinte, daß mit Mutter alles in Ordnung war, bei wem war das dann nicht der Fall? Etwa bei ihr selbst, die hitzig und schrill und ganz aus dem Häuschen war? Sie trank ihren Pastinakenwein aus und ging.

»Um Himmels willen, halt dich da raus«, sagte James. »Ruf bloß nicht diese alten Schreckschrauben an. Laß die Dinge ihren Lauf nehmen. Wenn irgendeine Katastrophe eintritt, erfährst du es früh genug.«

»Aber es geht hier um meine Mutter und meinen Vater, James! Es ist doch nicht so, als wären es einfach irgendwelche Nachbarn. Um die eigenen Eltern muß man sich sorgen.«

»Deine eigenen Kinder in der Küche schreien nach dir«, sagte er.

Sie stolzierte hinaus. James folgte ihr und gab ihr einen

Kuß. Da lächelte sie und fühlte sich besser. »Ihr seid wohl verknallt«, sagte Cilian, und alle lachten.

Ruth erhielt eine Anfrage vom Rundfunk, ob sie in der Sendung *Day by Day* auftreten wolle. Sie versprach zurückzurufen.

»Soll ich es machen?« fragte sie Dermot.

»Natürlich«, meinte er. »Sag auf jeden Fall zu.«

Gott sei Dank, dachte er, so ist sie wenigstens von Carmel und diesem Dinner abgelenkt. Morgen um diese Zeit ist alles vorüber, sagte er sich. Morgen um diese Zeit würde er sich hinsetzen und Bilanz ziehen. Er hatte sich schon alle verfügbaren Informationen über den Vorruhestand besorgt ... oder er konnte um eine Versetzung bitten.

Ruth hatte schon oft gesagt, sie würde gern außerhalb von Dublin leben, aber in einem kleinen Ort würde das natürlich nicht akzeptiert werden ... Ohnehin hatte es keinen Sinn, jetzt über all diese Dinge nachzudenken; wichtig war nur, daß Carmel inzwischen einigermaßen in der Lage war, ein eigenes Leben zu führen ... vielleicht fing sie sogar zu arbeiten an wie ihre Freundin Sheila. Diesen Vorschlag konnte man ihr machen, natürlich nicht er persönlich ... O Gott, wenn sie nur wüßte, wie sehr er sich wünschte, daß sie glücklich wurde! Er wollte sie ja nicht verletzen, er wollte nur, daß sie ein eigenes Leben führte.

»Ihre Frau ist am Apparat, Mr. Murray.«

Er fuhr zusammen. »Was? Wie bitte?«

»Soll ich sie durchstellen?«

»Selbstverständlich …«

Carmel rief ihn nie in der Bank an. Was mochte passiert sein?

»Hallo, Dermot, es tut mir schrecklich leid, daß ich dich störe. Bist du gerade mit einem Kundenkonto beschäftigt?«

»Nein, natürlich nicht. Was ist los, Carmel?«

»Erinnerst du dich noch an Joe Daly?«

»Was? An wen?«

»Ich habe dich gefragt, ob du dich an Joe Daly erinnerst. Früher hat er für die hiesige Zeitung geschrieben, dann ist er nach London gegangen … erinnerst du dich?«

»Dunkel. Warum?«

»Weil ich ihn heute zufällig getroffen habe. Er hat Interviews mit Ruth O'Donnell gemacht, und wie sich herausgestellt hat, kennt er sie recht gut … Jedenfalls dachte ich, ich lade ihn für heute abend ein. Ist das nicht eine gute Idee?«

»Joe wer?«

»Daly, erinnerst du dich, ein unauffälliger kleiner Mann … es ist eine Ewigkeit her, daß wir mit ihm bekannt waren. Noch vor unserer Heirat.«

»Dann ist er in unserem Alter … gut, wie du meinst. Wenn du ihn nett findest, tu's doch. Ganz wie du willst, Schatz. Glaubst du, daß er zu den anderen paßt?«

»Ich denke schon, aber ich wollte dich erst fragen.«

»Ja, doch, lad ihn ruhig ein.«

Gott sei Dank, dachte er. Ein unauffälliger, gescheiterter kleiner Journalist, der über unverfängliche Dinge reden würde. Es gab doch einen gnädigen Gott. Vielleicht würde der Abend gar nicht so gräßlich werden. Er wollte schon Ruth anrufen, als ihm einfiel, daß sie wahrscheinlich zum Rundfunk unterwegs war.

»Könnten Sie bitte *Day by Day* aufzeichnen, auf dem Gerät dort drüben«, sagte er zu Miss O'Neill. »Es kommt ein Beitrag über das Bankwesen, den ich später gerne hören würde.« Er beobachtete, wie sie die Kassette einlegte, auf die Uhr sah und den Radiorecorder so einstellte, daß die Aufzeichnung um elf Uhr begann.

Joe rief sie am Tag der Party um die Mittagszeit an.

»Kann ich jetzt vorbeikommen?«

»Sei aber vorsichtig. Du mußt aussehen wie ein Vertreter«, sagte sie.

»Das ist nicht schwer«, meinte er.

Sie sah sich im Haus um. Es war perfekt. Im Badezimmer standen Blumen, hübsche Dahlien und Chrysanthemen, alle dunkelrot – zu den rosafarbenen Seifen und Handtüchern sahen sie toll aus. Das Schlafzimmer, wo die Mäntel abgelegt werden konnten, war prachtvoll, die beiden dicken Tagesdecken im Kilkenny-Design kamen frisch aus der Reinigung. Auch in der Küche gab es Blumen, orangefarbene Dahlien und rostrote Chrysanthemen, in denselben Farben hatte sie Geschirrtücher angeschafft. Es machte wirklich

Spaß, ein bißchen anzugeben. Sie wußte nicht, warum sie das nicht schon von jeher getan hatte.

Rasch trat er ein. Sie sah nach rechts und nach links, aber die Häuser waren zu weit entfernt, als daß sie jemand hätte sehen können.

»Komm rein und erzähl mir alles«, sagte sie.

»Bisher hat es funktioniert.«

Sie schenkte ihm Kaffee ein.

»Jetzt bringst du Unordnung in die schöne Küche«, neckte er.

»Ich habe noch fünf Stunden Zeit, um wieder aufzuräumen«, lachte sie.

»Also erzähle ich dir alles von Anfang an. Ich kam zu ihrer Wohnung, dein Mann war dort, ich hörte seine Stimme durch die Tür. Offenbar gab es Streit ...«

»Worüber?« fragte Carmel interessiert.

»Das konnte ich nicht verstehen. Jedenfalls habe ich gewartet und bin unterdessen in den Hof hinuntergegangen. Dort habe ich mich auf die Mauer gesetzt. Nach einer Stunde ging er, und ich drückte die Klingel. Ich stellte mich vor und sagte, daß ich an einer Galerie in London beteiligt sei. Ich sei aber sehr daran interessiert, ihre Arbeiten zu sehen, um festzustellen, ob man so etwas auch in London zeigen könne.«

»Hat sie gefragt, warum du bei ihr vor der Tür stehst?«

»Ja, und ich sagte, ich hätte ihre Adresse im Telefonbuch nachgeschlagen ... und sie meinte, das zeuge von Unternehmungsgeist ...«

»Das stimmt«, lachte Carmel. »Auf die Idee kommt niemand.«

»Jedenfalls erzählte ich ihr daß ich im Hotel wohne, aber wenn es ihr paßte, könnten wir auch jetzt reden. Sie lachte und sagte, warum nicht jetzt, und ließ mich herein …«

»Und …?«

»Wirklich hübsch hat sie es. Weniger Wohnung als Atelier, es sieht gar nicht nach Liebesnest aus … keinerlei Komfort, so wie hier.« Er schaute sich in der eleganten Küche um und sah durch die offene Tür ins Eßzimmer, das in glänzendem dunklen Holz gehalten war. »Also haben wir uns lange unterhalten – ausschließlich über ihre Arbeit. Sie hat mir gezeigt, woran sie arbeitet und was sie ausstellt. Wir haben den Katalog durchgeblättert, und ich habe ihr erklärt, was ich unternehmen könnte … mein Gott, wenn du gehört hättest, wie ich mit Namen von Galerien und Leuten in London um mich geworfen habe – ich war selbst von mir beeindruckt. Versprochen habe ich nichts, aber ich sagte, ich könnte als Vermittler fungieren. Ich habe mich sogar selbst ein bißchen verulkt und gesagt, ich sähe mich als Mann, der alles möglich macht. Das hat ihr gefallen, und sie hat viel gelacht.«

»Ja«, bemerkte Carmel, bevor er ihr zuvorkommen konnte. »Ich weiß, ich weiß, ich habe schon gehört, daß sie sehr nett ist. Erzähl weiter.«

»Nun gut. Ich glaube, ich habe meine Rolle gut gespielt. Als ich ging, sagte ich, wir müßten in Kontakt bleiben, daß ich noch eine Woche hier sei, und vielleicht habe sie ja Lust, daß wir uns einmal zum Mittagessen treffen. Sie fand die Idee gut, ich schlug den folgenden Tag vor, und wir entschieden uns für das Lokal, das du genannt hattest ... ich sagte, ich hätte gehört, es sei gut.«

»War es gut?« fragte Carmel interessiert.

»Das kann man behaupten, und es war nur recht und billig, weil das Essen ein Vermögen gekostet hat. Ich habe die Rechnung für dich aufgehoben ...«

»Joe, ich brauche keine Rechnungen.«

»Ich weiß, aber sie ist einfach astronomisch.«

»War es das richtige Lokal ...?«

»Ja, wir blieben stundenlang sitzen. Sie trinkt nicht viel, aber wir wurden ständig mit Kaffee versorgt ... niemand hat uns gedrängt ... die Atmosphäre war sehr entspannt, und das Gespräch nahm eine andere Richtung ... sie erzählte mir, wie sie zur Kunst gekommen ist und daß diese Nonne an der Schule, die sie besuchte, an sie geglaubt hat, obwohl ihre Eltern von ihrem Talent nicht überzeugt waren.«

Joe hielt inne. »Immer wieder kam ich darauf zurück, daß ich nur auf der Durchreise sei und hier keine Wurzeln hätte. Im Grunde war sie sehr daran interessiert, sich auszusprechen. Du brauchst mir also nicht zu gratulieren.«

»Also hat sie dir erzählt ...«

»Ja, ich habe es sozusagen Stück für Stück aus ihr herausgequetscht ... aber ich bin nicht gleich mit der

Tür ins Haus gefallen mit Fragen wie: ›Warum ist ein Mädchen wie Sie nicht verheiratet?‹ Statt dessen habe ich erwähnt, daß in Dublin soviel getratscht wird, daß man andere gern verurteilt … und aufgrund meiner Lebensweise könne ich heute auf keinen Fall mehr hier wohnen. Sie meinte, so schlimm sei es nicht … manches habe sich geändert, die Leute akzeptierten jetzt eher, wenn man nicht mit dem Strom schwamm. Ich widersprach, und sie mußte deutlicher werden. Da machte sie einen Versuch, sagte dann jedoch, sie wolle bei einem Fremden nicht ihre ganzen Sorgen abladen.

Darauf erwiderte ich, Fremde seien die einzigen Menschen, bei denen man etwas abladen könne. Sie zögen vorüber wie ein Schiff bei Nacht. Manchmal erhielte man sogar einen Rat von einem solchen Schiff, und wenn nicht, was soll's, das Schiff ist wieder fort … und es kommt nicht zu peinlichen Wiederbegegnungen …«

»Und?«

»Und dann erzählte sie mir … sie erzählte mir von ihrem verheirateten Freund.«

»War es annähernd die Wahrheit? Ich meine, hat sie es so geschildert, wie es wirklich ist?«

»Ganz ähnlich, wie du es mir beschrieben hast. Sie hat ihn kennengelernt, als sie einen Auftrag von der Bank bekam. Er hat sie zum Essen eingeladen, sie war einsam gewesen, er hatte das verstanden … und ihr Vater war kürzlich verstorben. Ihre Mutter ist schon seit

Jahren tot. Der verheiratete Mann zeigte großes Mitgefühl.«

»Das kann ich mir vorstellen«, sagte Carmel.

»Sie trafen sich häufiger, und er war so interessiert an ihrer Arbeit und hat sie so ermutigt ... und er hat an sie geglaubt – und der Grund, warum sie ihn so mochte ...«

»Ja ... ?« Carmel beugte sich vor.

»Er war nie darauf aus, andere zu verletzen oder schlechtzumachen. Und er wollte nicht, daß sie andere übertrumpfte. Sie sollte einfach mit sich und ihrer Arbeit zufrieden sein ... das gefiel ihr an ihm am besten.«

Joe hielt inne. »Also habe ich durchblicken lassen, daß es doch auch nicht ganz richtig ist, wenn er so ein Dreiecksverhältnis pflegt. Es sei doch ziemlich mies, sich von zwei Frauen verwöhnen zu lassen ... nur um den eigenen Lebensstil nicht aufgeben zu müssen ...«

»Was hat sie dazu gesagt?«

»Sie war anderer Meinung, sie hielt ihn für ein Opfer der Umstände. Seine Frau sei nicht ganz gesund gewesen, sie habe ›ein Nervenleiden‹ gehabt – verzeih, Carmel, aber so drückte sie sich aus.«

»Ist schon gut«, sagte Carmel.

»Dann erzählte ich ein bißchen von Henry. Ich wollte ihr nicht das Gefühl geben, sie hätte mir zuviel anvertraut, weißt du ... die Menschen werden oft abweisend, wenn sie denken, sie hätten zuviel erzählt.«

»Ja, ich weiß«, stimmte Carmel zu.

»Jedenfalls ging es dann weiter ... ob sie mich wohl ein bißchen in Dublin herumführen könnte? Wir aßen in der National Gallery zu Mittag ... sahen uns die Galerie an, die ihre Ausstellung zeigt, wir gingen – Gott weiß wohin ... tagsüber habe ich sie beschäftigt, und abends bin ich verschwunden, weil ich wußte, daß sie nach der Arbeit deinen Mann trifft. Am Mittwoch fragte sie mich, ob ich ihn gern kennenlernen würde, aber ich lehnte ab.«

»Mittwoch«, wiederholte Carmel leise.

»Ja. Auf keinen Fall wolle ich in das Privatleben anderer Leute eindringen, sagte ich. An diesem Abend erzählte sie mir von deiner Einladung, sie sei krank vor Sorge, sie könne sich nicht vorstellen, warum ... Sie wolle nicht kommen und dir wehtun, sagte sie.«

»Nein, wirklich nicht«, bemerkte Carmel.

»Sie wisse nicht, wie sie aus der Sache herauskommen könne, der Mann sei dagegen, daß sie absage. Ich vertrat die Meinung, für den Ehemann sei es ein prickelndes Gefühl, euch beide zusammen zu sehen. Da wurde sie ganz blaß ... ›Das würde er nicht wollen‹, widersprach sie. ›Ich weiß nicht recht‹, erwiderte ich, ›manche Kerle finden es echt aufregend, zwei Frauen zu beobachten, die sie beide gevögelt haben.‹«

»Wirklich?« fragte Carmel.

Joe lachte. »Genau das hat sie auch gesagt. Jedenfalls hat es sie aus der Fassung gebracht, obwohl sie behauptete, so sei er nicht. Dann solle er sie aber auch nicht zwingen, zum Dinner zu kommen, wandte ich ein. Es sei doch voyeuristisch, euch beide zusammenzubringen, nicht wahr?«

Joe machte eine Pause, um einen Schluck Kaffee zu trinken.

»›Da würde es mich nicht wundern‹, sagte ich, ›wenn er seine Frau gezwungen hätte, Sie zum Dinner einzuladen, denn weshalb sollte sie das sonst tun? Wenn sie nicht Bescheid weiß, warum sollte sie dann von allen Leuten in Dublin ausgerechnet Ruth O'Donnell einladen? Und wenn sie es weiß, ist es noch merkwürdiger.‹ Das habe sie auch schon gedacht, sagte sie. Sie ist einfach eine ganz normale Frau, weißt du, Carmel, einfach eine normale Frau, die sich allmählich ihre Gedanken macht und zwei und zwei zusammenzählt … sie ist keine Mata Hari.«

»Das ist mir klar«, sagte Carmel.

»Und die anderen sind tatsächlich seine Freunde, sagte ich dann, vielleicht sind sie alle eingeweiht, sie wissen über das Verhältnis Bescheid, nicht wahr?« Joe beugte sich vor. »Damit war Teil eins abgeschlossen, und sie glaubte wirklich, daß er sie in eine Falle locken wolle, sie war völlig überrascht. Was sich an dem Abend zwischen ihnen abgespielt hatte, weiß ich nicht, aber es hat nicht lange gedauert. Nach einer Stunde kam er wieder aus dem Haus.«

»Ja, am Mittwoch kam er früh nach Hause und war sehr schlecht gelaunt«, bemerkte Carmel lächelnd.

»Am Donnerstag rufe ich sie an und lade sie zum Essen ein. ›Kein öder Smalltalk‹, sage ich. ›Die Welt ist ja so klein! Ich habe gerade meine alten Freunde, die Murrays getroffen, ha, ha, Dublin ist doch ein Dorf, nicht wahr? Jetzt weiß ich, wer der mysteriöse Bankdirektor ist: kein anderer als Dermot Murray. Ich habe ja nicht geahnt, daß er Sie kennt‹ ... Sie ist verblüfft.

›Oho, sage ich, ›in dieser Stadt kann man nichts verheimlichen, nein wirklich, ist es nicht zum Schreien, ich kannte vor Jahren ihren Bruder Charlie, lange bevor er nach Australien ging, und ich erinnere mich an Carmel, sie war Dermot Murrays Freundin, der damals noch ein kleiner Bankangestellter war ...‹ Das bringt sie ganz aus der Fassung, sie kann es nicht glauben, das ist zuviel. Ich sage, nur keine Aufregung, ich lade Sie zum Essen ein. ›Ist das nicht zum Schreien‹, sage ich ...«

Carmel lächelte.

»Ich komme hin und hole sie ab. Sie hat geweint, es ist ihr so peinlich, nicht im Traum wäre es ihr eingefallen, mir all diese persönlichen Dinge zu erzählen, wenn sie geahnt hätte, daß ich einen der Beteiligten kenne ... aber ich sei fremd in der Stadt, ein Außenstehender, einer, der vor Jahren fortgegangen war ... und ich lachte immer noch, die Chancen stünden doch eins zu einer Million, vergessen Sie's, und schließlich sei es doch nur gut, oder? Denn nun wüßte ich, daß es um Carmel und Dermot ging, und ich könne behaupten, daß sie nicht die Leute seien, die sich irgendwelche Gemeinheiten ausdenken. Von Dermot hielten alle viel, und die arme Carmel sei immer sehr nett gewesen.«

»Die arme Carmel«, wiederholte Carmel nach wie vor lächelnd.

»Du hast mich gebeten, alle Register zu ziehen«, sagte Joe.

»Ich weiß. Sprich weiter.«

»Bis das Vertrauen wieder aufgebaut ist, mußte ich ihr wirklich gut zureden. Ich erinnerte sie daran, wie freimütig ich ihr erzählt hatte, daß ich schwul bin, daß ich mit Henry zusammenlebe. In Irland sei niemand darüber informiert, erklärte ich, also wüßten wir beide Geheimnisse über einander. Beim Essen schüttelten wir uns die Hände. Ich fühlte mich beschissen.«

»Joe, erzähl weiter.«

»Als sie ging, war sie etwas besser gelaunt. Gestern vormittag rief ich sie an und fragte, ob ich zum Kaffee vorbeikommen könne. Ich berichtete ihr, im Hotel hätte ich gehört, wie sich ein Mann mit einem Freund unterhielt. Dabei lieferte ich eine genaue Beschreibung Davids ... nach dem, was du mir erzählt hast, ist er nicht schwer zu schildern.«

»Es gibt nur einen David«, bemerkte Carmel.

»Ja, sie erkannte ihn, und ich dachte mir eine lange Geschichte aus. Es hätte auch jemand ganz anderes sein können, aber für sie mußte es sich so anhören, als spräche er über Dermot ... ich tat so, als hätte es Einbildung sein können, aber sie glaubte das nicht. Ihr war klar, daß es Dermot sein mußte, wenn ich diesen Mann so hatte reden hören, und Dermot hatte David offenbar erzählt, daß sie auf die Party käme und alles sehr riskant sei.«

Joe sah Carmel an. »Sie weinte viel, sie hörte gar nicht mehr auf zu weinen, und sie tat mir sehr leid.«

»Ich habe auch viel geweint. Beim erstenmal, als er sich mit dieser Sophie einließ, habe ich vier Monate lang geweint.«

»Aber sie hat niemanden, der sie tröstet.«

»Ich hatte auch niemanden, der mich tröstet.«

»Immerhin hattest du einen Psychiater.«

»Wirklich eine große Hilfe.«

»Hat er dich denn nicht geheilt?«

»Nein, hat er nicht. Er hat mich gebeten, mir die Frage zu stellen, ob meine Ehe mit Dermot so wichtig sei, daß ich sie um jeden Preis retten wolle. Was weiß der schon über die Ehe und das, was wichtig ist, und den Preis, den man dafür bezahlt. Was für Möglichkeiten habe ich denn, außer mit Dermot verheiratet zu sein? Gar keine. Es geht nicht darum, mich zwischen diesem und jenem zu entscheiden. Für mich gibt es nur das oder gar nichts.«

»Aber es geht dir gut, du könntest allein leben. Du brauchst ihn nicht. Ich verstehe nicht, weshalb du mit ihm zusammensein willst. Seit Jahren schon hat er dir nichts Gutes mehr getan, er war weder nett zu dir, noch hat er sich als guter Kamerad erwiesen. Du willst nicht dasselbe wie er. Warum hast du dich damals nicht von ihm getrennt? Warum willst du ihn jetzt nicht freigeben?«

»Du verstehst das nicht. Bei ... Schwulen ist das anders, das kann man nicht vergleichen.«

»Natürlich ist es nicht das gleiche, es ist vollkommen anders. Ich liebe Henry, und Henry liebt mich. Eines Tages wird einer von uns aufhören, den anderen zu lieben. Hoffentlich trennen wir uns dann, und jeder geht seiner Wege ... das Schlimmste ist es, zusammenzubleiben und sich anzugiften.«

»Aber du lebst in einer ganz anderen Welt ... ich könnte das nicht.«

»Du hast es auch nicht getan. Und du hast gewonnen.«

»Ja, das habe ich doch, oder?«

»Ja ... es ist alles geregelt. Heute morgen habe ich ihr gesagt, ich sei ebenfalls eingeladen und würde zur moralischen Unterstützung bereitstehen, wenn sie wolle, daß ich komme. Nein, sagte sie, sie wolle sich nicht vor allen Leuten lächerlich machen. Heute abend, bei der Ausstellung, werde sie dir sagen, sie könne nun doch nicht kommen, und zwar in aller Freundlichkeit, weil sie wisse, daß du auch nur eine Schachfigur bist, genau wie sie ...«

»Gut, gut.«

»Und ihm wird sie gar nichts sagen. Sie wird ihn schmoren lassen, soll er doch denken, was er will.«

»Und wenn er ihr nachläuft? Wenn er sie nicht gehen läßt?«

»Ich denke, sie wird es ihm klarmachen. Jedenfalls hat sie sich bereits mit anderen Freunden verabredet. Wegen dir tue es ihr leid, sagt sie, weil du so schüchtern

bist und den Abend einen Monat lang geplant hast ...
sie fürchtet, daß die ganze Sache ein Reinfall wird ...«
»Das ist sehr nett von ihr.«
»So ist es tatsächlich, Carmel, sie ist wirklich nett.«
»Das sagst du immer wieder. Aber ich bin auch sehr
nett, ich bin sogar extrem nett, und die wenigsten Leu-
te merken das.«
»Ich merke es. Mir war es schon immer klar«, erwiderte
Joe.
»Ja.«
»Wegen des Geldes habe ich das nicht getan. Du warst
immer gut zu mir.«
»Ich habe dir das Geld geschickt, weil ich genug
habe, und du nicht. Es ist mir nur fair erschienen, dei-
ne Woche hier zu subventionieren ...«
»Du warst immer eine tolle Frau, Carmel. Immer.
Wenn du nicht wärst, dann wäre mein ganzes Leben
verpfuscht.«
Danach trat Schweigen ein. Sie saßen in dieser auf
Hochglanz polierten Küche und erinnerten sich an
eine andere Küche, in der damals Carmels Bruder
Charlie und Joe rot vor Scham gestanden hatten und
von Carmels Vater zur Rede gestellt wurden. An jenem
Abend fielen Worte, die man in diesem Haus noch
nie gehört hatte. Tödliche Drohungen wurden aus-
gesprochen. Man werde Joe anzeigen, er würde viele
Jahre im Gefängnis sitzen, alle Welt werde erfahren,
welch widernatürliche Gewohnheiten er pflegte und
daß er unschuldige Schuljungen verführte ... ein der-

111

art schändliches Verhalten werde nicht einmal unter Tieren geduldet, und Charlie könne als Folge davon ein völlig verdrehter Mensch werden. Joes Vater, der Gärtner bei der Familie war, werde man entlassen, und der Mann werde nie wieder Arbeit finden. Noch heute abend werde man ihn darüber informieren, was sein Sohn trieb.

In diesem Augenblick fand Carmel ihre Stimme. Sie war zweiundzwanzig, fünf Jahre älter als Charlie. Schon immer war sie ein stilles Mädchen gewesen, und in seinem Zorn hatte ihr Vater gar nicht gemerkt, daß sie alles mitangehört hatte.

»Charlie ist schuld, Dad«, erklärte sie ruhig. »Er ist schwul und hatte in den letzten zwei Jahren zu vielen Jungen Beziehungen. Ich kann dir sagen, wie sie hei-ßen.« Das Schweigen, das nun eintrat, schien Stunden zu währen. »Ungerechtigkeit geht mir gegen den Strich. Joe Daly hat nichts getan, wozu Charlie ihn nicht ermutigt hätte. Warum sollte sein Vater entlassen, warum sollte Joe bloßgestellt werden, und warum sollte Charlie ungeschoren davonkommen, Dad? Etwa weil Mr. Daly Gärtner ist und du Firmenchef?«

Darauf gab es keine Antwort.

Kurze Zeit später ging Charlie nach Australien. Mr. Daly erfuhr nichts von der Geschichte, und Joe Daly er-hielt auf indirektem Wege eine kleine Unterstützung von Charlies Vater, so daß er eine Wirtschaftsschule be-suchen konnte, wo er als Schwerpunktfächer Englisch, Wirtschaft und Buchführung lernte. Während dieser

Zeit schrieb er hin und wieder Artikel für die Abendzeitungen, und Carmel traf ihn gelegentlich irgendwo
in Dublin. Als sie zwei Jahre nach der qualvollen Szene
in der Küche Dermot heiratete, schickte Joe ihr ein
Hochzeitsgeschenk. Es war eine schöne Kristallvase,
viel hübscher als alles, was sie von den Freunden ihres
Vaters oder von Dermots Verwandten bekommen hatte. Heute abend würde die Vase, mit Spätsommerrosen
gefüllt, auf dem Eßtisch stehen.

»Dann lasse ich dich jetzt allein, damit du dich ausru-
hen und dir alles noch mal überlegen kannst?« sagte
Joe.
»Ich wünsche mir wirklich, daß du mein Vorgehen
richtig findest.«
»Du weißt, was ich denke. Meine Meinung ist, daß du
ihn hättest gehen lassen sollen. Das meine ich ernst. Es
gibt ein Leben nach der Trennung.«
»Nicht für fünfzigjährige Frauen.«
»Ich weiß, was du meinst, aber so ist es nicht. Du willst
es einfach nicht anders.«
»Warum bist du so ungehalten?«
»Carmel, ich bin nicht ungehalten. Ich stehe in deiner
Schuld, und ich werde alles für dich tun, und zwar jederzeit. Das habe ich dir gesagt, und es war ernst gemeint. Du hast mich um einen Gefallen gebeten und
mich noch dazu fürstlich dafür entlohnt. Ich habe es
für dich getan, aber du kannst nicht verlangen, daß ich
es gut finde.«

»Ach, Joe, ich dachte, du verstehst mich.«

»Weißt du, es ist nun genau das Umgekehrte passiert wie vor Jahren. Damals hast du etwas sehr Mutiges getan, nur ... nur damit das Richtige geschieht ...«

»Aber das ist auch das Richtige! Sie ist jung, sie wird einen anderen kennenlernen, einen, der zu ihr paßt, keinen verheirateten Mann ... nicht den Mann einer anderen Frau ...«

»Nein, aber diesmal hast du es so arrangiert, daß die Wahrheit im verborgenen bleibt ... Sie glaubt, Dermot wolle sie in eine Falle locken, sie glaubt, daß er sich über sie lustig macht, daß er sie zu dieser Party nötigt, um seine Macho-Allüren auszuleben. Dermot hingegen meint, daß sie ihn im Stich läßt: Erst verspricht sie, die Sache durchzuziehen, und dann läßt sie ihn plötzlich fallen. Beide halten einander für unehrlich.«

Carmel stand auf. »Ich weiß, daß es kompliziert ist. Dieser Psychiater sagte mir damals, beim erstenmal, daß es so etwas wie das absolut Richtige und das absolut Falsche nicht gibt. Außerdem hat er mir erklärt, daß wir nicht kontrollieren können, wie andere Menschen leben. Wir haben nur für unser eigenes Leben Verantwortung. Ich habe entschieden, was ich mit meinem Leben anfangen will, und habe mich daran gehalten. So sehe ich die Sache. Nicht als Einmischung oder daß ich den lieben Gott spiele.«

Joe stand ebenfalls auf. »Nein, wie immer man es nennt, den lieben Gott spielst du nicht«, sagte er.

Und dann verließ er unauffällig das Haus. Es war ihm

wichtig, nicht beobachtet zu werden, weil er nicht als guter Freund Carmels erscheinen wollte. Er war nur ein Bekannter, dem man glücklicherweise wieder einmal begegnet war, und sein letzter Auftrag bestand darin, dafür zu sorgen, daß es ein vergnüglicher Abend wurde.

# EINE WOHNUNG IN RINGSEND

Am besten besorgte man sich gleich mittags die Abendzeitung, und wenn man etwas entdeckte, das einem gefiel, machte man sich sofort auf den Weg zu der betreffenden Adresse und setzte sich dort als erster auf die Stufen vor der Eingangstür. Hinweise wie: »Nicht vor achtzehn Uhr« konnte man getrost ignorieren, denn wenn die Anzeige auch nur einigermaßen annehmbar klang, fand man zu dieser Zeit bereits eine Schlange vor, die bis ans Ende der Straße reichte. Um in Dublin eine gute, günstige Wohnung zu finden, brauchte man eine Portion Glück, wie ein Goldgräber, als das Goldfieber ausbrach.

Oder man hatte Beziehungen. Oft klappte es, wenn man jemanden kannte, der jemanden kannte, der demnächst aus einer Wohnung auszog. Aber wenn man gerade erst nach Dublin gekommen war, hatte man keine Beziehungen. Dann erzählte einem niemand, daß sein möbliertes Zimmer Ende des Monats frei wurde. Nein, man mußte sich im Wohnheim einmieten und auf eigene Faust suchen.

Als Kind war Jo vielleicht ein dutzendmal in Dublin

gewesen, um sich ein Hurling-Spiel anzusehen, bei einem Schulausflug oder damals, als sie ihren Dad im Lungensanatorium besucht hatte und alle so geweint hatten, weil sie fürchteten, er würde nie wieder gesund werden. Die meisten ihrer Freundinnen waren schon viel öfter dort gewesen; sie erzählten von Straßen und Plätzen, als wären sie in Dublin zu Hause, und setzten voraus, daß auch Jo wußte, wovon sie sprachen.

»Du mußt doch den Dandelion Market kennen. Laß mich nachdenken – du kommst von der Zhivago Street und gehst nach rechts, immer weiter, an der O'Donoghue und dem St. Stephen's Green vorbei. Du darfst nicht nach rechts zur Grafton Street abbiegen. Kennst du dich aus?«

Wenn sich jemand solche Mühe mit der Erklärung gegeben hatte, sagte Jo schließlich ja. Jo war stets ängstlich darauf bedacht, es den anderen recht zu machen. Wenn sie nun eingestand, es nicht zu wissen, waren sie womöglich enttäuscht. Dabei war diese Stadt für sie ein weißer Fleck auf der Landkarte. Als sie in den Zug nach Dublin gestiegen war, um ihre Stelle dort anzutreten, hatte sie das Gefühl gehabt, zu einer Expedition ins Ungewisse aufzubrechen. Sie stellte sich nie die Frage, ob sie das eigentlich wollte. Alle waren ganz selbstverständlich davon ausgegangen, daß sie nach Dublin ziehen würde. Wer blieb schon freiwillig in diesem Nest am Ende der Welt, in der finstersten Provinz, in diesem Kaff, wo absolut nichts los war? Das hatte man ihr jahrelang vorgebetet. In der Schule wollten alle weg, nur fort von hier, sie wollten Erfahrungen sammeln und das Leben richtig kennenlernen. Einige ihrer Klassenkameradinnen hatten es bis Ennis oder Limerick geschafft und wohnten dort bei Verwandten. Ein paar waren nach England gegangen, wo sich eine ältere Schwester oder Tante um sie kümmerte. Aber nach Dublin zog niemand aus Jos Jahrgang. Und Jos Familie mußte die einzige weit und breit sein, die keine Verwandten in Glasnevin oder Dundrum hatte. Sie war ganz auf sich gestellt.

Wie viele Witze hatte sie sich anhören müssen wegen ihrer Stelle bei der Post. Es sei bestimmt kein Problem für sie, eine Briefmarke aufzutreiben, sie sitze ja direkt an der Quelle; und natürlich sei es nicht zu entschuldigen, wenn sie nicht schrieb. Auch das eine oder andere Telefongespräch könne sie wohl kostenlos führen, nur hatten ihre Eltern zu Hause keinen Telefonanschluß. Aber vielleicht könne sie ja ein zehnseitiges Telegramm schicken, wenn sie eine eilige Nachricht hatte. Alle meinten, sie wüßte bald bestens Bescheid über die Angelegenheiten der Dubliner Hautevolée, weil Miss Hayes im Postamt zu Hause auch alles über jeden wußte. Und Jo würde leicht Freunde finden, denn das Postamt sei doch der Dreh- und Angelpunkt eines jeden Ortes.

Obwohl völlig klar war, daß man sie nicht im Hauptpostamt einsetzen würde, stellte sie sich immer vor, wie sie dort mit den Kunden plauderte und daß sie jeden einzelnen kannte, der Briefmarken kaufte oder das

Kindergeld abholte. In ihrer Phantasie wohnte sie ganz in der Nähe, vielleicht über dem Clery's oder an der O'Connell Bridge, so daß sie von ihrem Schlafzimmer aus den Liffey sah.

Auf die endlosen Häuserblöcke, wo keiner den anderen kannte, die langen Busfahrten zur Arbeit war sie nicht vorbereitet gewesen. Auch nicht darauf, daß sie zwei Stunden vor Arbeitsbeginn aufstehen mußte, um auch dann noch rechtzeitig da zu sein, wenn sie sich verlief oder der Bus Verspätung hatte. »Für Freunde habe ich kaum Zeit«, schrieb sie ihren Eltern. »Wenn ich nach der Arbeit ins Wohnheim komme, bin ich so müde, daß ich sofort ins Bett falle.«

Jos Mutter meinte, es gebe doch keinen Grund, aus dem Wohnheim auszuziehen. Es würde von Nonnen geführt, und dort sei Jo in guten Händen. Ihr Vater hoffte, Jo friere sich dort nicht zu Tode; jeder wisse, daß Nonnen Thermounterwäsche trugen und deshalb nicht richtig einheizten. Jos Schwestern, die in einem Hotel als Bedienungen arbeiteten, hielten sie für verrückt, weil sie nach einer Woche noch immer bei den Nonnen wohnte; ihr Bruder, der in der Molkerei angestellt war, fand es schade, daß sie keine eigene Wohnung hatte, denn dort könnte er übernachten, wenn er mal nach Dublin fuhr; ihr anderer Bruder, ein Automechaniker, meinte, sie hätte lieber nicht wegziehen sollen – in Dublin würde sie nur unzufrieden werden. Es werde ihr so ergehen wie der kleinen O'Hara, die nirgendwo mehr glücklich sei, nicht in Dublin und nicht zu Hause. Dazu mußte man jedoch wissen, daß er schon seit langem verliebt in sie war und es äußerst ärgerlich fand, daß sie nicht wie jede normale Frau einen Hausstand gründen wollte.

Daß die anderen sich den Kopf über sie zerbrachen, ahnte Jo nicht, als sie sich auf die Anzeige für eine Wohnung in Ringsend meldete. *Eigenes Zimmer, eigener Fernseher, gemeinsame Küche und Bad,* hieß es da. Die Wohnung lag nicht weit von ihrem Postamt, es war beinahe zu schön, um wahr zu sein. Bitte, heiliger Judas Thaddäus, bitte. Hoffentlich ist sie schön, hoffentlich mögen sie mich, und hoffentlich ist es nicht zu teuer.

Vor dem Haus gab es keine Schlange, aber schließlich wurde auch nur eine Mitbewohnerin gesucht und nicht eine abgeschlossene Wohnung vermietet. Jo fragte sich, ob der eigene Fernseher darauf hindeutete, daß das Ganze eine Klasse zu hoch für sie war, aber eigentlich sah das Haus gar nicht so großartig aus. Es war ein ganz gewöhnliches Backstein-Reihenhaus mit Souterrain. Ihr Vater hatte sie vor Souterrainwohnungen gewarnt. Dort sei es feucht, hatte er gemeint. Aber ihr Vater hatte eine schwache Lunge und witterte überall Feuchtigkeit. Außerdem lag die Wohnung nicht im Souterrain, sondern im ersten Stock. Von dort kam ihr ein fröhlich wirkendes Mädchen mit Collegeschal entgegen, ganz offensichtlich eine abgewiesene Bewerberin.

»Gräßliche Bude« sagte sie zu Jo. »Die beiden sind schrecklich. Richtig vulgär.«

»Oh«, entgegnete Jo blaß und ging weiter.

»Hallo«, begrüßte sie ein Mädchen, auf deren T-Shirt »Nessa« stand.

»Meine Güte, hast du diese eingebildete Ziege eben gesehen? Die Sorte kann ich nicht ausstehen.«

»Was hat sie denn gemacht?« fragte Jo.

»Gemacht? Gemacht hat sie gar nichts. Sie hat nur in jede Ecke geschielt, die Nase gerümpft und dämlich gekichert. Dann hat sie in ihrem gräßlichen Foxrock-Akzent gesagt: ›Ist es das? Du liebes bißchen!‹ Die blöde Kuh hätten wir sowieso nicht genommen, und wenn wir am Verhungern gewesen wären, was, Pauline?«

Pauline trug ein T-Shirt mit einem psychedelischen Muster; es blendete die Augen noch mehr als ihr knalliges Haar. Pauline war eine Punkerin, stellte Jo verblüfft fest. Sie hatte schon welche gesehen, in der O'Connell Street, aber noch nie eine näher kennengelernt.

»Nein, diese langweilige Gans. Sie war ja so öde. Wir wären eingegangen vor Stumpfsinn, man hätte unsere Leichen erst Jahre später gefunden und als Todesursache Langeweile festgestellt ...«

Jo lachte. Was für eine verrückte Vorstellung, Pauline mit ihrer pinkfarbenen Mähne hingestreckt auf dem Boden, nur weil sie die Eigenheiten der Mitbewohnerin nicht ertragen konnte! »Ich heiße Jo, ich arbeite bei der Post und habe angerufen ...« Nessa sagte, sie wollten gerade Tee trinken, und stellte drei Becher auf den Tisch. Auf einem stand »Nessa«, auf einem »Pauline« und auf dem dritten »Sonstige«. »Wenn du hier einziehst, schreiben wir deinen Namen drauf«, meinte sie großmütig.

Nessa arbeitete bei der Bahn, und Pauline jobbte bei einer großen Firma ganz in der Nähe. Sie waren vor drei Monaten eingezogen, und bisher hatte Nessas Schwester den dritten Raum bewohnt. Aber weil sie jetzt überstürzt heiratete – ziemlich überstürzt sogar –, wurde ein Zimmer frei. Sie nannten Jo die monatliche Miete und zeigten ihr den Durchlauferhitzer im Bad und den Küchenschrank, in dem jede ihr eigenes, mit »Nessa« »Pauline« und »Maura« beschriftetes Fach hatte.

»An Mauras Stelle kommt dein Name, wenn du bei uns wohnst«, versicherte Nessa noch einmal.

»Ihr habt gar kein Wohnzimmer«, bemerkte Jo.

»Nein, wir haben drei Apartments daraus gemacht«, erklärte Nessa.

»Das ist viel praktischer«, versicherte Pauline.

»Wozu braucht man schon ein Wohnzimmer«, sagte Nessa.

»Ich meine, wer würde da schon reingehen« fügte Pauline hinzu.

»Außerdem stehen in jedem Zimmer zwei Stühle«, sagte Nessa stolz.

»Und jedes hat einen eigenen Fernseher«, meinte Pauline fröhlich.

Darüber wollte Jo noch reden.

»Ihr habt noch nicht gesagt, was der kostet. Habt ihr die Geräte gemietet?«

Nessas großes, fröhliches Gesicht verzog sich zu einem Grinsen. »Nein, das ist das Allerbeste! Weißt du, Mauras Steve, na, mein jetziger Schwager Steve arbeitet in der Branche und konnte uns die Geräte für ein Butterbrot besorgen.«

»Dann habt ihr sie also richtig gekauft?« Jo war beeindruckt.

»Nicht richtig gekauft«, erklärte Pauline. »Eher angenommen.«

»Ja, das war sein Dankeschön an uns, damit hat er seine Miete bezahlt … sozusagen«, sagte Nessa.

»Dann hat er auch hier gewohnt?«

»Er war Mauras Freund. Er war die meiste Zeit hier.«

»Oh«, meinte Jo.

Sie schwiegen.

»Und?« sagte Nessa vorwurfsvoll. »Wenn du was zu sagen hast, tust du's am besten gleich.«

»Ich meine, wenn er praktisch hier gewohnt hat, hat euch das nicht gestört? Immerhin war er ein vierter Mitbewohner, war das den anderen gegenüber nicht ungerecht?«

»Warum, glaubst du, haben wir drei Apartments daraus gemacht?« fragte Pauline. »Damit wir tun und lassen können, was wir wollen und wann wir es wollen und nicht ständig den anderen auf der Pelle hocken. Richtig?«

»Richtig«, sagte Nessa.

»Richtig«, sagte Jo zweifelnd.

»Was meinst du?« fragte Nessa Pauline. »Ich glaube, Jo können wir nehmen, oder?«

»Ja, klar. Ich sehe keine Probleme, falls es ihr hier gefällt.«

»Danke«, sagte Jo und wurde ein bißchen rot.

»Möchtest du sonst noch was fragen? Ich glaube, wir haben das meiste erklärt. Im Flur im Erdgeschoß gibt es ein Münztelefon. In der Wohnung unter uns wohnen drei Krankenschwestern, aber sie nehmen keine Anrufe für uns entgegen, also nehmen wir auch für sie keine entgegen. Die Miete bitte am Monatsersten, dazu fünf Pfund für Grundnahrungsmittel.«

»Also, nimmst du es?« fragte Nessa.

»Ja, gern. Kann ich Sonntag abend einziehen?«

Sie gaben ihr einen Schlüssel, nahmen die erste Monatsmiete entgegen und schenkten noch eine Tasse Tee ein. Wie schön, daß alles so schnell geklappt habe, meinten sie. Nessa sagte, Jos Namen könne man ganz leicht auf die Fächer im Küchenschrank, das Regal im Bad und auf ihre Becher schreiben, weil er nicht lang sei.

»Sie wollte sogar noch die Zimmertüren beschriften, aber das ging mir zu weit«, erzählte Pauline.

»Pauline hat gesagt, das sieht so nach Kinderzimmer aus«, meinte Nessa bedauernd.

»Ja, und außerdem wollte ich, daß unser Leben abwechslungsreich bleibt. Wenn unsere Namen an der

Tür stehen, bekommen wir nachts keinen Überra-
schungsbesuch – also ich mag's gern spannend!«
Jo stimmte in ihr Lachen mit ein. Sie hoffte, es war
nur ein Scherz. Ihrer Mutter schrieb sie, die Wohnung
sei nur einen Katzensprung von der Haddington
Road entfernt. Ihrem Vater versicherte sie, sie liege
nicht im feuchten Souterrain, sondern im ersten
Stock, und ihren Schwestern erzählte sie von ihrem
eigenen Fernseher, um sie neidisch zu machen. Sie
hatten nämlich gesagt, nur Dummköpfe gingen nach
Dublin; da die nettesten Dubliner ohnehin ihre Ferien
in der Grafschaft Clare verbrachten, hätte sie ebensogut zu Hause bleiben und sie dort kennenlernen
können.

Als Jo sich am Sonntag in ihrem Wohnheim verabschiedete, saßen die anderen beim Abendbrot. Sie
kämpfte sich mit ihren zwei Koffern zur Bushaltestelle.
»Holen dich denn deine Freundinnen nicht ab?« fragte die Schwester.
»Sie haben kein Auto, Schwester.«
»Ach so. Trotzdem könnten sie kommen, um dir zu
helfen, wie es bei jungen Leuten sonst üblich ist. Ich
hoffe, deine neuen Freundinnen sind nett.«
»Sehr, Schwester.«
»Das ist gut. Nun, Gott schütze dich, Kind. Und denk
immer daran, dies ist eine gottlose Stadt, hier gibt es
viele böse Menschen.«
»Ja, Schwester, ich werde mich in acht nehmen.«

Die Busfahrt zu ihrer neuen Wohnung dauerte ziemlich lange.

Jo mußte zweimal umsteigen und war völlig erschöpft, als sie ankam. Nachdem sie auch den zweiten Koffer nach oben geschleppt hatte, schob sie ihr Gepäck in das Zimmer, das die beiden Mädchen ihr gezeigt hatten. Es erschien ihr kleiner als am Freitag, aber es konnte ja wohl nicht geschrumpft sein. Auf dem Bett lagen sauber gefaltet zwei Wolldecken, zwei Kissen und eine Steppdecke. Himmel, sie hatte nicht an die Bezüge gedacht; sie war davon ausgegangen, daß welche hier wären. Und, du meine Güte, auch Handtücher gab es keine. Wie dumm von ihr, daß sie nicht gefragt hatte.

Jo hoffte, die anderen würden ihr Mißgeschick nicht bemerken. Gleich morgen wollte sie alles, was noch fehlte, besorgen – wenn sie es zeitlich schaffte, denn sie hatte nur eine Stunde Mittagspause. Eine ihrer Arbeitskolleginnen würde hoffentlich für sie einspringen, und bezahlen würde sie die Sachen von ihrem Notgroschen.

Sie hängte ihre Kleider in den winzigen Schrank, verteilte Ziergegenstände auf der Fensterbank und stellte ihre Schuhe in einer akkuraten Reihe auf den Boden. Nachdem sie ihre Koffer unter dem Bett verstaut hatte, setzte sie sich hin. Sie fühlte sich ziemlich elend.

Zu Hause ging man Sonntag abend um acht ins Kino oder zum Tanzen. Im Wohnheim saßen vermutlich einige der Mädchen im Gemeinschaftsraum vor dem

Fernseher, andere gingen zusammen ins Kino und kauften sich auf dem Heimweg Pommes. Die Tüte warfen sie an der Straßenecke in einen Abfallkorb, denn die Schwestern mochten es nicht, wenn es im Haus nach Pommes frites roch.

Niemand saß allein auf dem Bett und fragte sich, was er tun sollte. Sie konnte ja den Bus in die Stadt nehmen und sich allein einen Film anschauen, aber das war auch idiotisch, wenn man einen eigenen Fernseher hatte. Ganz für sich allein. Sie konnte umschalten, wann sie wollte und mußte niemanden fragen.

Als sie ins Wohnzimmer gehen wollte, um nachzusehen, ob dort eine Sonntagszeitung lag, fiel ihr ein, daß es kein Wohnzimmer gab. Und in den Zimmern der anderen Mädchen wollte sie nicht herumspionieren, aus Angst, sie könnten heimkommen und sie dabei erwischen. Wo steckten die beiden überhaupt? War Nessa etwa mit ihrem Freund ausgegangen? Sie hatte zwar keinen erwähnt, aber die Mädchen in Dublin banden einem so etwas nicht sofort auf die Nase. Pauline war vielleicht in einer Punk-Disco. Es war Jo unbegreiflich, daß sie mit dieser Frisur eine Stelle bekommen hatte und womöglich mit Kunden zu tun hatte. Aber vielleicht arbeitete sie ja auch in einem Büro ohne Publikumsverkehr. Wenn sie gegen elf Uhr heimkamen (immerhin mußten sie am Morgen aufstehen und zur Arbeit gehen), würden sie vielleicht zum Ausklang des Tages noch zusammen im Wohnzimmer – nein, in der Küche – Kakao trinken. Dann würde sie ihnen erzählen, daß sie sich schon eingerichtet hatte. Bis dahin wollte sie noch ein bißchen fernsehen.

Todmüde wie sie war, schlief Jo bereits eine halbe Stunde später. Sie träumte, Nessa und Pauline wären heimgekommen. Pauline hatte beschlossen, sich das Pink aus dem Haar zu waschen. Sie und Nessa wollten künftig ein Zimmer teilen und das dritte in ein Wohnzimmer umwandeln, wo sie zusammensitzen, sich unterhalten und Pläne schmieden konnten. Plötzlich wachte sie auf, weil jemand kicherte. Es war Paulines Stimme und die eines Mannes. Das Kichern kam aus der Küche.

Jo räkelte sich. Ihr Nacken war steif, sie hatte ganze drei Stunden geschlafen. Die Sendezeit war längst zu Ende, der Bildschirm flimmerte nur noch. Sie stand auf, um den Fernseher auszuschalten, und kämmte sich. Als sie sich zur Tür wandte, um die Ankömmlinge zu begrüßen, hielt sie inne. Wenn Pauline diesen Mann mit nach Hause genommen hatte, blieb er wahrscheinlich bei ihr über Nacht. Das letzte, was sie jetzt brauchen konnte, war ihre neue Mitbewohnerin, die Gesellschaft suchte. Jo hörte ihr Lachen aus der Küche und den Teekessel, der zu pfeifen begann. Nun, sie konnte immer noch sagen, sie habe sich eine Tasse Tee machen wollen.

Nervös drückte sie die Klinke und betrat die Küche. Paulines Gast war ein junger Mann in einer nietenbesetzten Lederjacke.

»Hallo, Pauline, ich wollte mir gerade eine Tasse Tee machen«, entschuldigte sie sich.

»Klar«, sagte Pauline. Sie wirkte weder unfreundlich, noch verärgert, aber sie machte auch keine Anstalten, Jo mit ihrem Freund bekanntzumachen.

Das Wasser war noch heiß, und Jo suchte sich eine Tasse, auf der »Besucher« stand, und legte einen Teebeutel hinein. »Nessa will meinen Namen auf einen Becher schreiben«, erklärte sie dem Mann mit der Lederjacke, nur um irgend etwas zu sagen. »Oh, gut«, meinte er. Dann wandte er sich schulterzuckend an Pauline: »Wer ist Nessa?«

»Die wohnt da drüben«, erklärte Pauline und deutete in Richtung von Nessas Zimmer.

»Ich bin die dritte«, sagte Jo verzweifelt.

»Die dritte wobei?« fragte er, nun völlig verwirrt. Pauline hatte Tee und Kekse auf ein Tablett gestellt und war schon an der Tür.

»Nacht«, sagte sie halbwegs freundlich.

»Gute Nacht, Pauline, gute Nacht … ähm …«, erwiderte Jo ihren Gruß.

Dann nahm sie ihre Tasse und ging ebenfalls auf ihr Zimmer. Um keine Geräusche aus dem Nebenzimmer zu hören, schaltete sie den Fernseher wieder ein. Hoffentlich hatte sie Pauline nicht verärgert. Obwohl sie nicht wußte, womit sie sie verärgert haben könnte. Außerdem hatte sie ja ganz vergnügt gewirkt, als sie diesen Typen – nun, mit auf ihr Zimmer genommen hatte. Seufzend ging Jo ins Bett.

Als sie am nächsten Morgen aus dem Badezimmer kam, traf sie Nessa.

»Es schreibt sich nur ›J‹ und ›o‹. Nur diese zwei Buchstaben, oder?« fragte diese.

»Ja, das ist richtig. Danke, Nessa.«

»Gut. Das wollte ich nur wissen. Damit ich es nicht falsch schreibe.«

»Nein, nein. Es ist die Kurzform von Josephine.«

»In Ordnung.« Nessa wandte sich zum Gehen.

»Wann kommst du denn heute abend nach Hause?« rief Jo ihr nach.

»Oh, ich glaube nicht, daß ich heute abend dazu komme«, sagte Nessa.

»Das habe ich nicht gemeint. Ich wollte nur wissen, was du dir zum Tee machst ... zum Abendbrot. Weißt du es schon?«

»Keine Ahnung«, bekannte Nessa fröhlich.

»Oh«, sagte Jo.»Entschuldige.«

Jacinta, ihre Kollegin, wollte wissen, wie die neue Wohnung war.

»Ganz toll«, schwärmte Jo.

»Du hattest völlig recht, aus diesem Wohnheim auszuziehen. Das ist doch kein Leben in so einem Heim«, meinte Jacinta weise.

»Nein, wirklich nicht.«

»Meine Güte, ich wünschte, ich könnte von zu Hause ausziehen«, klagte Jacinta. »Es ist einfach nicht normal, daß man bei den Eltern wohnen muß. Eigentlich sollte es gesetzlich verboten werden. Es gibt schließlich alle möglichen idiotischen Gesetze, zum Beispiel, daß man kein lebendes Geflügel importieren darf. Als ob jemand auf eine solche Idee käme! Aber die wirklich wichtigen Dinge sind nicht gesetzlich geregelt.«

»Da hast du recht«, antwortete Jo pflichtschuldig.

»Jedenfalls geht bei dir von jetzt an die Post ab. Ihr Mädchen vom Land habt es schon gut.«

»So wird es wohl sein«, stimmte Jo ihr zweifelnd zu.

Wenn sie im Wohnheim geblieben wäre, würde sie jetzt mit den anderen im Gemeinschaftsraum Karten spielen, oder sie würden sich zusammen eine CD anhören, die sich eines der Mädchen gekauft hatte. Sie würden die Zeitung durchblättern und über die hohen Mieten stöhnen, überlegen, ins Kino zu gehen, oder sich über das Essen beschweren. Jedenfalls würde ihnen der Gesprächsstoff nicht ausgehen, und sie würden zusammen Tee trinken oder sich eine Cola aus dem Automaten holen. Niemand dort mußte seine vier blanken Wände anstarren.

Auf dem Heimweg hatte sie sich einen Hamburger gekauft und ihn unterwegs gegessen. Sie wusch ihre Strumpfhosen, bezog das Bett mit den neuen Bezügen und hängte das neue Handtuch an den dritten Haken im Bad. Auf den anderen Haken stand »N« und »P«. Als sie sich das Briefpapier zurechtlegte, fiel ihr ein, daß sie erst am Freitag nach Hause geschrieben hatte, nachdem sie die Wohnung gefunden hatte. Es gab

nichts Neues zu berichten. Ein sterbenslangweiliger
Abend lag vor ihr. Und morgen war Dienstag. Danach
kam der Mittwoch, dann der Donnerstag … Tränen
traten ihr in die Augen und fielen auf ihren Schoß, als
sie auf der Bettkante saß. Sie mußte wirklich unaussteh-
lich sein, weil sie keine Freunde hatte und nicht wußte,
wo sie hingehen und was sie tun konnte. Andere acht-
zehnjährige Mädchen hatten eine Menge Spaß. Mit
siebzehn hatte auch sie eine Menge Spaß gehabt, als sie
noch zur Schule gegangen war und sich auf den acht-
zehnten Geburtstag gefreut hatte. Und jetzt saß sie
ganz allein da. Nicht einmal ihre Mitbewohnerinnen
wollten etwas mit ihr zu tun haben. Die Tränen flossen
einfach weiter. Später bekam sie Kopfschmerzen, deshalb nahm sie zwei Aspirin und ging ins Bett. Es ist
wirklich herrlich, wenn man erwachsen ist, dachte sie,
als sie um neun Uhr das Licht ausdrehte.

Auf ihrem Handtuchhaken stand nun ein »J«. Auch
das Badezimmerregal und ihr Fach im Küchenschrank
waren mit ihrem Namen gekennzeichnet. Sie inspizier-
te die beiden anderen Fächer. Nessa hatte Cornflakes,
ein Päckchen Zucker und jede Menge Dosensuppen
vorrätig. In Paulines Fach standen eine Keksschachtel
und etwa ein Dutzend Büchsen mit eingemachten
Grapefruitstücken.
Die Küche war ordentlich aufgeräumt. Nessa hatte am
ersten Tag erklärt, daß sie das Geschirr nicht ungespült
herumstehen ließen. Wenn jemand die Bratpfanne

benutzte, mußte er sie anschließend saubermachen und nicht bis zum nächsten Tag einweichen lassen. Das alles hatte sich für Jo sehr aufregend angehört, denn sie hatte sich dabei lustige Mitternachtsfeste zu dritt vorgestellt. So machten es doch die anderen Leute, Himmel noch mal! Sie hatte es wohl dummerweise mit zwei Einsiedlerinnen zu tun, das war das Problem.

Pauline kam gähnend in die Küche und machte sich eine Dose Grapefruitstücke auf. »Ohne die werde ich nicht richtig wach«, sagte sie. »Ich esse jeden Tag eine halbe Dose und dazu zwei Kekse zum Frühstück. Danach bin ich für alles gewappnet.«

Jo freute sich, daß sie mit ihr sprach.

»Ist dein Freund auch hier?« fragte sie, bestrebt, modern und aufgeschlossen zu wirken.

»Was für ein Freund?« fragte Pauline gähnend, während sie die Grapefruitstücke in eine Schüssel gab.

»Du weißt schon, der von vorgestern.«

»Wen meinst du denn?« Pauline blickte sie verständnislos an.

»Na, den Typ mit der Nietenlederjacke. Ich habe ihn hier in der Küche getroffen.«

»Ach ja, Shane.«

»Shane, so hat er geheißen.«

»Ja, was ist mit ihm? Was hast du über ihn gesagt?«

»Ich habe gefragt, ob er hier ist.«

»Hier? Jetzt? Warum sollte er hiersein?« Pauline strich sich das pinkfarbene Haar aus dem Gesicht und sah auf

136

ihre Uhr. »Himmel, es ist erst zwanzig vor acht. Was um alles in der Welt hätte er so früh hier verloren?« Sie blickte sich augenrollend im Zimmer um, als würde der Mann mit der nietenbesetzten Lederjacke hinter dem Gasherd hervortreten. Jo hatte das Gefühl, daß das Gespräch eine ungünstige Wendung nahm.

»Ich habe mich nur freundlich erkundigt, ob er noch hier ist, das ist alles.«

»Aber was um Himmels willen sollte er hier noch machen? Ich bin am Sonntagabend mit ihm ausgegangen. Am Sonntag. Heute haben wir Dienstag, oder? Warum sollte er immer noch hiersein?« Pauline wirkte verwirrt und gereizt. Jo wünschte, sie hätte nichts gesagt.

»Ich dachte nur, daß er vielleicht dein Freund ist ...«

»Nein, das ist er nicht. Aber wenn er es wäre, würde er bestimmt nicht morgens um zwanzig vor acht mit mir in der Küche herumsitzen und quasseln. Ich weiß nicht, wie man am Morgen schon soviel reden kann. Es macht mich fertig.«

Jo trank schweigend ihren Tee.

»Bis dann«, verabschiedete sich Pauline schließlich, nachdem sie ihre Kekse und die Grapefruit gegessen hatte, und stürzte ins Badezimmer.

Jo bedankte sich bei Nessa dafür, daß sie ihre Fächer beschriftet hatte. Nessa freute sich. »Ach, das mache ich gerne. Ordnung zu schaffen macht mir Spaß. Es tut mir gut, wenn alles klar und übersichtlich ist.«

»Sicher«, meinte Jo. Gerade wollte sie fragen, was sie am Abend vorhatte, da fiel ihr die Abfuhr von gestern

137

wieder ein. Deshalb beschloß sie, es dieses Mal anders anzupacken.

»Gehst du heute abend mit deinen Freunden aus?« fragte sie zaghaft.

»Vielleicht, vielleicht auch nicht. So früh am morgen kann man das doch noch nicht so genau wissen, oder?«

»Sicher«, pflichtete Jo ihr bei, obwohl sie anderer Meinung war. Sie zumindest wußte es schon am Morgen ganz genau. Wenn sie sich fragte, was sie am Abend vorhatte, gab es nur eine Antwort – nämlich nichts.

»Ich muß jetzt los. Tschüs«, verabschiedete sie sich von Nessa.

Nessa sah lächelnd auf. »Wiedersehen«, sagte sie beiläufig, als wäre Jo der Briefträger oder der Milchmann.

Am Donnerstagabend ging Jo nach unten, weil das Telefon klingelte. Der Anruf war für eine der Krankenschwestern im Erdgeschoß, wie immer. Zögernd klopfte sie an ihre Tür. Das große blonde Mädchen bedankte sich, und als Jo sich umwandte, hörte sie sie sagen: »Nein, das war jemand von den Wohnungen oben. Im Obergeschoß sind drei Wohnungen, aber wir haben alle zusammen nur das eine Telefon.«

Das war der springende Punkt! Nun fiel es ihr wie Schuppen von den Augen. Sie teilte sich nicht mit zwei anderen Mädchen eine Wohnung, sondern hatte eine Wohnung für sich. Warum fiel ihr das erst jetzt auf. Sie hatte praktisch ein eigenes Apartment mit Küchen- und Badbenutzung, wie man es in einer Anzeige for-

138

mulieren würde. Es war nur alles ein Mißverständnis. Und sie hatte gedacht, sie würde in eine lustige Mädchen-WG einziehen. Kein Wunder, daß sie so deprimiert war. Jo rief sich das Gespräch mit Nessa vom ersten Tag wieder ins Gedächtnis. Sie hatte doch erklärt, sie hätten drei Apartments daraus gemacht, aber dem Vermieter nichts davon erzählt. Es sei immer das beste, dem Vermieter nichts zu sagen, einfach brav die Miete zu zahlen und ihm so gut wie möglich aus dem Weg zu gehen.

Beschwingten Schrittes ging sie nach oben. Ich bin hier in Dublin ganz unabhängig, dachte sie, ich habe meine eigene Wohnung und werde mein Leben von nun an so gestalten, wie es mir gefällt. Nun mußte sie sich nicht länger Gedanken um Paulines Moral machen. Wenn Pauline einen verwegen wirkenden Kerl mit einer nietenbesetzten Jacke mit nach Hause brachte, war das ihre Sache. Sie wohnte ja nur in der Wohnung nebenan. Das hatte Nessa gemeint, als sie sagte, Pauline wohne nebenan. Und deshalb hatte Nessa diesen Tick, alles zu beschriften. Kein Wunder, daß die beiden so erstaunt waren, als Jo sie ständig gefragt hatte, was sie am Abend vorhatten; sie mußten sie für verrückt gehalten haben.

Nun, da ihr zum erstenmal seit Sonntag wieder leichter ums Herz war, machte sie sich hübsch zurecht. Sie legte Lidschatten und Rouge auf, tuschte sich die Wimpern und steckte sich ihre großen Ohrringe an. Obwohl sie nicht wußte, was sie unternehmen sollte, wollte sie frohen Mutes losziehen. Als sie sich nun im Zimmer umblickte, gefiel es ihr schon viel besser. Die Wände würde sie noch mit ein paar Postern verschönern, und sie würde ihre Mutter fragen, ob sie ein paar hübsche Sachen von zu Hause mitnehmen konnte. Die Küchenregale zu Hause waren vollgestellt mit Zierat. Ihre Mutter gab ihr bestimmt gerne davon ab. Fröhlich summend machte sie sich auf den Weg.

Während sie so dahinbummelte, die Tasche über der Schulter, fühlte sie sich großartig. In Gedanken bemitleidetet sie ihre Schwestern, die gerade im Hotel aus der Spätschicht kamen. Sie bedauerte die Mädchen, die im Wohnheim festsaßen, weil sie noch keine eigene Wohnung gefunden hatten. Und auch Jacinta tat ihr leid, die noch zu Hause wohnte und ihren Eltern über jeden Schritt, den sie machte, Rechenschaft ablegen mußte. Alle Leute, die sich einen Fernseher teilen mußten, taten ihr leid. Was, wenn der eine etwas anderes ansehen wollte als die anderen? Wer durfte in so einem Fall entscheiden? Sie war derart in Hochstimmung, daß sie fast an einem Pub vorbeigelaufen wäre, an dem die Great Gaels für den heutigen Abend angekündigt wurden.

Nicht zu fassen, die Great Gaels waren leibhaftig hier! In einem Pub. Eintritt ein Pfund. Für nur ein Pfund durfte sie sie aus nächster Nähe bewundern. Bis jetzt hatte sie sie nur im Fernsehen gesehen.

Einmal, vor vier Jahren, waren sie im Fleadh in Ennis aufgetreten, aber damals waren sie noch nicht berühmt gewesen. Sie hatte auch schon eine Anzeige gelesen, daß sie hier spielen würden. In dem Pub, vor dessen Tür sie gerade stand. Jo klopfte das Herz bis zum Hals. Konnte sie denn einfach so hineinspazieren und sich das Konzert anhören, ganz allein? So etwas unternahm man doch nur mit der Clique; wenn sie allein herumstand, wirkte das bestimmt komisch. Vielleicht bekam man als einzelner auch keinen Sitzplatz, weil die Tische bereits für Gruppen reserviert waren.

Aber dann gewann ihr Mut wieder die Oberhand. Sie war eine junge Frau, die in einem eigenen Apartment in Dublin lebte, und Himmel, wenn sie es so weit gebracht hatte, konnte sie sich doch wohl allein in einem Pub die Great Gaels anhören! Sie drückte die Tür auf.

Am Einlaß saß ein Mann, der ihr für ihr Pfund einen Garderobenschein aushändigte.

»Wo muß ich hingehen?« fragte sie beinahe flüsternd.

»Wie bitte?« fragte er.

»Na, Sie wissen schon, wo geht es hin?« Hier sah es aus wie in einem ganz normalen Pub, sie konnte keine Bühne entdecken. Vielleicht spielten die Great Gaels eine Etage höher.

Aber der Mann dachte, sie erkundige sich nach den Toiletten. »Ach, da drüben, glaube ich, ja, neben der Herrentoilette.« Er zeigte quer durch den Raum.

Mit knallrotem Kopf bedankte sich Jo. Dann ging sie in die angezeigte Richtung, für den Fall, daß ihr der Mann nachsah. Im Waschraum sah sie in den Spiegel. Zu Hause in der Wohnung hatte sie sich gefallen. Aber jetzt fand sie sich ein wenig langweilig, ohne Schwung, irgendwie farblos. Sie schminkte sich noch einmal nach, viel stärker als vorher, damit man auch hier bei der schummerigen Beleuchtung etwas davon sah. Dann ging sie wieder in die Gaststube, um herauszufinden, wo das Konzert stattfand.

Jo beschloß, zwei harmlos wirkende Frauen zu befragen, die plaudernd zusammensaßen. Leicht überrascht erklärten sie, das Konzert finde hier statt, aber erst in einer Stunde.

»Was sollen wir denn solange tun?« fragte Jo.

Die Frauen lachten. »Ich denke, Sie könnten etwas trinken, das ist hier schließlich ein Pub«, erwiderte die eine. Dann wandte sie sich wieder ihrer Begleiterin zu. Jo kam sich sehr dumm vor. Sie wollte nicht weggehen, weil sie Angst hatte, nicht wieder eingelassen zu werden. Wenn sie doch eine Zeitung oder ein Buch mitgenommen hätte! Alle anderen schienen in ein Gespräch vertieft zu sein.

Sie suchte sich einen Platz und wartete. Es kam ihr vor wie eine Ewigkeit. Zweimal fragte der Kellner, ob sie noch etwas bestellen wolle, als er um ihr Glas Orangensaft herum den Tisch abwischte. Sie nippte nur hin und wieder an ihrem Getränk, damit es länger reichte, denn sie wollte nicht zuviel Geld ausgeben. Ein Pfund für den Eintritt war schon genug.

Schließlich traten Männer auf die Bühne und bauten Mikrophone auf. Mit einem Mal füllte sich der Raum, und Jo saß eingeklemmt auf ihrem Platz. Die Great

Gaels tranken an der Bar ein Bier wie ganz normale Leute. War Dublin nicht phantastisch? Man konnte in einen Pub gehen und dort etwas trinken und traf dabei die Great Gaels. Das würden sie ihr zu Hause nie glauben.

Der Sänger der Great Gaels tippte ans Mikrophon und sagte: »a haon, a dhó, a thrí«. Alle lachten und bestellten sich noch etwas zu trinken, bevor das Konzert begann.

»Hallo, Leute, paßt mal auf. Ich möchte jetzt keine leeren Gläser mehr sehen. Es soll niemand mehr aufstehen, um sich was zu trinken zu holen, das stört nämlich«, sagte er.

»Da mußt du keine Angst haben«, rief einer.

»Gut. Schaut mal nach euren Nachbarn. Wenn ihr einen seht, der nervös werden könnte, weil er nichts mehr im Glas hat, bestellt ihm noch was.«

Zwei Männer, die neben Jo saßen, blickten mißbilligend auf ihr Glas. »Was trinkst du denn?« fragte einer.

»Orangensaft. Aber das ist schon gut, ich hole mir bestimmt nichts«, sagte sie. Es war ihr unangenehm, im Mittelpunkt der Aufmerksamkeit zu stehen.

»Einen doppelten Gin-Orange für die Dame hier«, sagte einer der Männer.

»O nein«, rief Jo dazwischen. »Ich hatte keinen Gin …«

»Entschuldigung. Wodka-Orange für die Dame«, korrigierte er.

»Gut«, sagte der Kellner, der sie mißbilligend musterte, wie Jo fand.

Als das bestellte Getränk kam, zog sie ihre Geldbörse
hervor.
»Unsinn, ich habe dich eingeladen«, sagte der
Mann.
»Oh, aber das geht doch nicht«, sagte sie.
Doch er bezahlte – ein Vermögen, wie Jo fand. Nervös
blickte sie in ihr Glas.
»Das war aber teuer, oder?« fragte sie.
»Mein Pech. Du hättest ja auch Biertrinkerin sein können«, meinte er lächelnd. Er war schon ziemlich alt,
über dreißig, und sein Freund auch.
Jo wünschte, sie hätten ihr nichts spendiert. An so
etwas war sie nicht gewöhnt. Mußte sie jetzt die nächste
Runde ausgeben? Und würden sie das von ihr annehmen oder, viel schlimmer, ihr noch einen Drink spen-
dieren? Vielleicht sollte sie diesen hier einfach annehmen, aber ein Stück von ihnen wegrücken. Auch wenn
das bestimmt furchtbar unhöflich war. Immerhin mußte sie sich jetzt nicht mehr mit ihnen unterhalten, da
die Great Gaels zu spielen begannen.
»Wirklich vielen Dank«, sagte sie und goß den Orangensaft zu dem doppelten Wodka. »Das war sehr nett
von Ihnen, und sehr großzügig.«
»Gern geschehen«, meinte der Mann mit dem offenen
Hemdkragen.
»War uns ein Vergnügen«, pflichtete der andere ihm
bei.
Da fiel ihr auf, daß beide ziemlich betrunken waren.
Die Great Gaels spielten bereits, aber Jo hatte keine

Freude daran. Sie wußte, sie sollte den Abend eigentlich genießen – nur ein paar Meter von ihr entfernt spielte Irlands berühmteste Gruppe, es war gemütlich und warm hier, und sie hatte einen kostenlosen Drink. Was wollte man mehr? Aber sie fühlte sich unbehaglich, denn der Mann mit dem offenen Hemdkragen hatte sich so hingesetzt, daß sein Arm auf der Rückenlehne ihres Stuhls lag, und gelegentlich streifte er ihre Schulter. Und sein Freund stampfte so heftig den Takt der Musik mit, daß er schon einen Großteil seines Biers verschüttet hatte.

Jo betetet inbrünstig, sie würden keine Szene machen. Und falls doch, würde hoffentlich niemand denken, sie gehöre zu ihnen. Betrunkene waren ihr ein Greuel, seit ihr Onkel Jim einmal, als sie alle zu einem Essen eingeladen waren, eine Lammkeule in den Kamin geworfen hatte, nur weil ihn jemand geärgert hatte. Der Abend war ein Fiasko gewesen, und auf dem Heimweg hatte ihr Vater gemeint, Alkohol sei ein guter Diener, aber ein grausamer Meister. Onkel Jim habe zwei Gesichter, ein betrunkenes und ein nüchternes, und sie seien so verschieden wie Tag und Nacht. Es sei eine Gnade Gottes, daß der Rest der Familie von Onkel Jims Schwäche verschont geblieben sei. Und ihre Mutter hatte sich sehr aufgeregt und gesagt, sie habe eigentlich gedacht, Jim wäre geheilt.

Ihre Schwestern erzählten ihr manchmal von Betrunkenen, die im Hotel gewütet hatten. Für Jo war dieser Zustand beängstigend und fremd. Und nun saß sie hier in der Ecke und ein Betrunkener hatte den Arm um sie gelegt.

Die Great Gaels spielten eine Zugabe nach der anderen und hörten erst auf, als das Lokal geschlossen wurde. Jo hatte noch einen doppelten Wodka-Orange bekommen – von dem anderen Mann. Als sie ablehnen wollte, hatte er gesagt: »Den von Gerry hast du auch getrunken – was stimmt denn nicht mit meinem Drink?«

Sie ließ sich von seiner Art dermaßen einschüchtern, daß sie sogleich daran nippte.

Die Great Gaels verkauften ihre neueste Platte und signierten sie. Jo hätte sich eigentlich gern eine gekauft, als Erinnerung an den Abend, an dem sie sie aus nächster Nähe erlebt hatte. Aber dann hätte sie auch immer an Gerry und Christy denken müssen und an die doppelten Wodkas, von denen sie bereits wackelige Knie hatte. Und an die unangenehme Tatsache, daß der Abend noch nicht zu Ende war.

»Ich wollte Sie auch auf einen Drink einladen, um mich zu bedanken, aber der Barkeeper hat gemeint, es sei schon Sperrstunde«, sagte sie nervös.

»Ist es schon so spät?« fragte Gerry. »Das ist eine schlechte Nachricht.«

»Stell dir bloß vor, das Mädchen hatte keine Gelegenheit mehr, sich bei uns zu revanchieren«, meinte Christy.

»Was für ein Pech«, sagte Gerry.

»Wirklich großes Pech«, echote Christy.

146

»Wir können uns ja ein andermal treffen, dann spendiere ich die Getränke.« Nervös blickte sie von einem zum anderen. »Wäre das ein Vorschlag?«

»Das wäre sogar ein ausgezeichneter Vorschlag«, meinte Gerry.

»Allerdings fänden wir es noch schöner, bei dir zu Hause noch eine Tasse Kaffee zu trinken.«

»Vielleicht wohnt das Mädchen ja noch bei ihren Eltern«, wandte Gerry ein.

»Nein, ich lebe allein«, platzte Jo stolz heraus. Eine Sekunde später hätte sie sich die Zunge abbeißen können.

»Na prima«, freute sich Gerry. »Das wäre doch eine angenehme Art, den Abend zu beschließen.«

»Ich habe allerdings keinen Alkohol im Haus, auch kein Bier …«

»Das macht nichts, ich hab' hier was Feines. Damit können wir den Kaffee verlängern.« Gerry zog sich schon hastig die Jacke über.

»Wohnst du hier in der Nähe?« erkundigte sich Christy.

»Nur zehn Minuten zu Fuß.« Ihre Stimme war kaum noch hörbar. Nun, da sie ihnen signalisiert hatte, daß sie eine sturmfreie Bude hatte, fiel ihr nichts mehr ein, wie sie sie hätte abwimmeln können.

»Sagen wir, gut zehn Minuten, vielleicht etwas mehr.«

»Ein schöner Spaziergang. Da werden wir wieder klar im Kopf«, meinte Christy.

»Das ist jetzt genau das richtige«, sagte Gerry.

Würden sie gleich über sie herfallen? überlegte Jo. Gingen sie davon aus, daß sie mit beiden schlafen wollte, weil sie sie zu sich nach Hause eingeladen hatte? Wahrscheinlich. Und wenn sie dann nein sagte, würden sie ihr vorwerfen, sie habe sie nur an der Nase herumführen wollen, und sich holen, was sie wollten. War sie denn komplett verrückt geworden? Sie räusperte sich.

»Nur auf einen Kaffee, mehr gibt es nicht, verstanden?« sagte sie schulmeisterlich.

»Sicher, geht klar, so war es abgemacht«, sagte Christy. »Mit einem Schuß Whiskey aus meiner Tasche. Das hab' ich dir gesagt.«

Sie machten sich auf den Weg. Jo fühlte sich elend. Wie war sie da nur hineingeraten? Hier, auf der hell erleuchteten Straße, hatte sie noch die Chance, ihnen zu sagen: »Tut mir leid, Jungs, ich hab's mir anders überlegt. Ich muß morgen früh raus.« Oder: »Du liebe Güte, ich hab ganz vergessen, daß meine Mutter heute gekommen ist. Und sie hat etwas dagegen, daß ich Leute mitbringe, während sie schläft.« Sie konnte auch sagen, daß der Vermieter keine Besucher erlaubte. Aber dafür hätte sie ihren ganzen Mut zusammennehmen müssen. Da war es leichter, den Dingen einfach ihren Lauf zu lassen.

Gerry und Christy waren gut gelaunt, sie sangen und tanzten dazu. Als sie den letzten Song der Great Gaels anstimmten, forderten sie Jo auf, beim Refrain mitzusingen. Die Passanten lächelten bei ihrem Anblick. Jo hatte sich noch nie so unglücklich gefühlt.

Vor der Haustür bedeutete sie ihnen, leise zu sein, was sie gerne befolgten. In übertriebener Manier legten sie die Finger an den Mund und sagten »pst« zueinander. Jo schloß auf, und sie gingen nach oben. Bitte, bitte, lieber Gott, mach, daß Pauline und Nessa nicht in der Küche sind. Sie sind doch abends fast nie da. Laß sie auch heute nicht da sein.

Sie waren beide da. Nessa in einem Morgenmantel, Pauline in einem großen schwarzen Regenumhang – offenbar färbte sie sich gerade das Haar und wollte verhindern, daß die goldene Farbe auf ihre Kleider tropfte.

Jo lächelte gezwungen und preßte ein knappes »guten Abend«, zwischen den Lippen hervor, während sie versuchte, die beiden Männer an der Tür vorbeizuschieben.

»Hier gibt es ja noch mehr hübsche Mädchen«, rief Gerry erfreut. »Du hast gesagt, du lebst allein.«

»Das stimmt auch«, fuhr Jo ihn an. »Das sind die Mädchen von nebenan. Wir teilen nur die Küche.«

»Ich verstehe«, meinte Pauline eingeschnappt. »Wir wurden degradiert.«

Jo hatte nicht die Absicht, ihr alles zu erklären. Wenn sie die beiden Betrunkenen doch nur in ihr Zimmer schaffen könnte!

»Was machst du denn da, ist das eine Verkleidung?« fragte Christy Pauline.

»Nein, das ist keine Verkleidung, du Schlaumeier, das ist mein Nachthemd. Ich gehe immer in einem schwarzen Südwester ins Bett«, erklärte Pauline, und alle außer Jo brachen in Gelächter aus.

»Ich wollte uns Kaffee machen«, meinte Jo scharf und nahm die Becher mit der Aufschrift »Besucher« vom Haken. Gerry meinte, die Becher seien das Komischste, das er je gesehen habe.

»Warum schreibt ihr »Besucher« drauf«, fragte er Jo.

»Ich habe keine Ahnung«, erwiderte sie. »Da mußt du Nessa fragen.«

»Damit ihr nicht vergeßt, daß ihr Besucher seid, und nicht etwa bei uns einzieht«, sagte Nessa. Auch das fanden alle sehr komisch.

»Geht doch schon mal auf mein Zimmer, nein, mein Apartment meine ich. Ich komme dann mit dem Kaffee nach«, bat Jo.

»Ich hab' noch was Feines dabei«, sagte Christy und holte seine kleine Flasche aus der Gesäßtasche.

Nessa und Pauline hielten ihm sofort ihre Becher hin. Im Nu waren sie alle Freunde. Christy schrieb seinen und Gerrys Namen auf ein Stück Papier und klebte es an ihre Becher – damit sie das Gefühl hatten, richtig dazuzugehören, sagte er. Jo würde übel, der Wodka, die Hitze und die Aufregung waren zuviel für sie gewesen. Schwankend stand sie auf und ging mit wackeligen Beinen ins Badezimmer. Danach fühlte sie sich so schwach, daß sie nicht imstande war, wieder zurück in die Küche zu gehen. Statt dessen legte sie sich trübselig ins Bett und gab sich dem Vergessen anheim.

Am nächsten Morgen fühlte sie sich schrecklich. Sie konnte nicht verstehen, warum Menschen wie Onkel Jim Alkohol tranken, und auch noch gerne. Betrunkene wirkten auf andere lächerlich, und außerdem wurde einem doch schlecht davon. Wie konnte auch nur irgend jemand Spaß daran haben? Nach und nach fiel ihr wieder ein, was gestern abend passiert war. Wie in Zeitlupe spulte sich der Film vor ihrem geistigen Auge ab, und sie wurde rot vor Scham. Wahrscheinlich würden Nessa und Pauline sie hinauswerfen. Erst schleppte sie zwei Betrunkene in die Wohnung, und dann ließ sie sie mit ihnen allein in der Küche, während sie sich übergab. Weiß Gott, wer das überhaupt war, dieser Gerry und dieser Christy. Möglicherweise hatten sie nur hier einbrechen wollen ... Jo setzte sich im Bett auf. Oder vielleicht waren sie, nachdem Jo ins Bett gegangen war ... vielleicht waren sie über Nessa und Pauline hergefallen?

Ohne Rücksicht auf ihre Kopfschmerzen und die Magenkrämpfe sprang sie mit einem Satz aus dem Bett und stürzte hinaus. Die Küche war aufgeräumt wie immer: Alle Kaffeebecher hingen gespült an ihren Haken. Zitternd spähte sie in Nessas und Paulines Zimmer. Bei Pauline sah es nicht anders aus als sonst, große Poster an den Wänden, eine lange Kleiderstange, wie man sie in Boutiquen sah. Dort hängte Pauline ihre gesamte Kleidung auf. In Nessas Zimmer war alles sauber und ordentlich, eine flauschige Tagesdecke, auf der Kommode hübsch arrangierte gerahmte Fotos; ein kleines Hängeregal mit ungefähr zwanzig Taschenbüchern. In keinem der Räume waren Spuren einer Vergewaltigung oder eines Kampfes zu sehen.

Jo sah auf die Uhr: Sie würde zu spät zur Arbeit kommen! Die anderen waren offenbar schon vor einer Ewigkeit gegangen. Aber warum hatten sie ihr keine Nachricht hinterlassen? Keine Erklärung? Oder eine Erklärung von ihr gefordert?

Taumelnden Schrittes hetzte Jo zur Arbeit. Dort würde sie ein Donnerwetter erwarten, denn sie kam vierzig Minuten zu spät. Jacinta meinte, sie sehe miserabel aus.

»Genau so fühle ich mich auch. Ich glaube, ich habe den ersten Kater meines Lebens.«

»Du hast's gut«, sagte Jacinta eifersüchtig. »Wann kann ich schon etwas unternehmen, wovon ich auch nur die Spur eines Katers bekommen könnte?«

Sie hatte Angst davor, nach Hause zu gehen. Wieder und wieder spielte sie in Gedanken die möglichen Entschuldigungen durch. Am besten schob sie es auf den Alkohol. Oder war das genau das Verkehrte? Würde Jo in ihrer Achtung sinken, wenn die Mädchen dachten, sie sei letzte Nacht so betrunken gewesen, daß sie nicht mehr wußte, was sie tat? Vielleicht konnte sie behaupten, ein Freund habe sie mit beiden bekanntgemacht, und sie habe erst nach einer Weile festgestellt, daß die Kerle nicht anständig waren, aber da sei es schon

152

zu spät gewesen? Was sollte sie sagen? Nur, daß es ihr leid tat.

Keine von beiden war da. Sie wartete eine Ewigkeit, aber sie kamen nicht heim. Schließlich schrieb sie ihnen eine Nachricht und legte sie auf den Küchentisch. »Das mit gestern abend tut mir wirklich leid. Bitte weckt mich, wenn ihr heimkommt, dann werde ich versuchen, es euch zu erklären. Jo.«

Aber niemand weckte sie auf, und als sie von selbst aufwachte, war es Samstag morgen. Ihr Zettel lag noch immer auf dem Tisch. Sie hatten sich nicht die Mühe gemacht, sie zu wecken. Bestimmt fanden sie sie so verachtenswert, daß sie nicht einmal mit ihr reden wollten.

Mit einer Tasse Tee verzog sich Jo wieder ins Bett. Erst gegen Mittag wurde ihr klar, daß sie sich ganz allein in der Wohnung befand. Offenbar waren die beiden gar nicht nach Hause gekommen.

Jo war noch nie so beklommen zumute gewesen. Bestimmt gab es eine ganz einfache und vernünftige Erklärung dafür. Schließlich hatten sie nicht vereinbart, einander über jeden Schritt Rechenschaft abzulegen. Zu dieser Erkenntnis war sie am Donnerstag abend gelangt. Jede lebte ihr Leben. Aber warum waren sie beide wie vom Erdboden verschluckt? Jo versuchte sich zusammenzureißen. Nessa stammte aus Waterford, und wahrscheinlich war sie hingefahren und besuchte übers Wochenende ihre Familie. Und Pauline kam auch vom Land. Vermutlich zumindest, denn würde

sie sonst allein in einer Wohnung leben? Wahrscheinlich war sie auch nach Hause gefahren.

Rein zufällig waren die beiden am gleichen Wochenende heimgefahren. Und rein zufällig hatten sie es
ausgerechnet nach dem Abend getan, an dem Jo die
beiden Trunkenbolde mitgebracht hatte.

Jo stand auf und setze sich wieder. Natürlich waren sie
zu Hause bei ihren Familien. Was bildete sie sich da
nur ein? Komm schon, sprich es aus, was fürchtest du?
Sagte sie zu sich. Daß diese beiden harmlos wirkenden
Idioten, die einen über den Durst getrunken hatten,
zwei große, kräftige Mädchen wie Pauline und Nessa
entführt hatten? Also bitte! Ja, es war lächerlich, es war
geradezu grotesk. Wie haben sie das angestellt? Ihnen
eine Pistole an den Kopf gehalten, während sie noch
rasch die Wohnung aufräumten, und sie dann in einen
Lastwagen gepackt und mitgenommen?

Man hatte Jo schon oft eine lebhafte Phantasie zuge-
sprochen. Jetzt wäre sie für eine weniger ausgeprägte
Einbildungskraft dankbar gewesen. Aber die Angst ließ
sich nicht abschütteln. Sie konnte die Bilder von Christy, der Nessa niederschlug, und von Gerry, der Pauline strangulierte, nicht aus ihrem Kopf verscheuchen,
und immer wieder kam sie zu dem Schluß: Es muß etwas passiert sein, sonst hätten sie mir eine Nachricht
hinterlassen.

Es war ihr vierter Samstag in Dublin. Am ersten Samstag hatte sie ihren Koffer ausgepackt und sich im
Wohnheim eingerichtet; am zweiten hatte sie nach

Wohnungen gesucht, die entweder zu teuer oder zu weit von ihrer Arbeit entfernt oder schon vergeben waren; am dritten Samstag hatte sie sich gefreut, weil sie Nessa und Pauline kennengelernt hatte; und jetzt, am vierten Samstag, waren Nessa und Pauline wahrscheinlich brutal ermordet worden, von zwei Betrunkenen, die sie, Jo, in die Wohnung geschleppt hatte. Wie konnte sie das jemandem erklären? »Wissen, Sie, Sergeant, es war so. Diese Männer haben mir im Pub zwei doppelte Wodka spendiert, und als wir dann nach Hause kamen – oh, ja, ich habe sie mit nach Hause genommen, warum nicht? Nun, als wir nach Hause kamen, schütteten sie Whiskey in meinen Kaffee, und bevor ich wußte, wie mir geschah, bin ich umgekippt. Als ich aufwachte, waren meine Mitbewohnerinnen spurlos verschwunden. Ich habe sie nie wieder gesehen.«

Jo konnte nicht aufhören zu weinen. Sie *mußten* einfach übers Wochenende nach Hause gefahren sein. Das machten doch alle so. Erst kürzlich hatte Jo einen langen Artikel in der Zeitung über diese Burschen gelesen, die die Wochenendheimfahrer in einem Kleinbus beförderten und damit ein Vermögen verdienten; offenbar bekamen viele Mädchen vom Land an den Wochenenden Heimweh. Nessa und Pauline waren bestimmt mit so einem Kleinbus gefahren. Bitte, bitte, heiliger Judas Thaddäus, mach, daß sie einen Kleinbus genommen haben. Wenn sie mit dem Kleinbus gefahren sind, heiliger Judas, werde ich mein ganzes Leben lang nie wieder etwas Böses tun. Und das ist noch nicht alles. Wenn es ihnen wirklich gutgeht und sie gestern mit dem Bus weggefahren sind, heiliger Judas, werde ich allen Menschen von dir erzählen. Ich werde in zwei Abendzeitungen eine Anzeige setzen – und noch in drei Tageszeitungen dazu, wenn es nicht zu teuer ist. Sie würde den Namen des Heiligen in Gespräche einfließen lassen und schildern, wie gut er in schweren Zeiten helfe. Natürlich würde sie nicht gerade diese schwere Zeit beschreiben, das nicht. O lieber Gott, bitte sag mir, ob ich zur Polizei gehen soll. Sollte sie eine Vermißtenanzeige aufgeben, oder machte sie ein Riesentheater wegen gar nichts? Würden Pauline und Nessa in die Luft gehen, wenn die Polizei bei ihren Eltern anrief? Du lieber Himmel, und wenn sie nun mit einem Freund weggefahren waren und die Polizei dann bei den Eltern hereinschneite?! Dann hätte sie Himmel und Hölle in Bewegung gesetzt wegen nichts.

Allerdings, wenn sie die Polizei nicht anrief und etwas passiert war, weil sie diese Trunkenbolde ins Haus gebracht hatte … ja, sie, Josephine Margaret Assumpta O'Brien hatte zwei Betrunkene zu sich nach Hause eingeladen, gerade mal eine Woche nachdem sie die Schwester im Wohnheim gewarnt hatte, Dublin sei eine gottlose Stadt. Und jetzt wurden ihre Mitbewohnerinnen vermißt, zwei unschuldige Mädchen, die mit diesen Männern nichts zu tun hatten, und es gab keine Spur von ihnen …

Sie hatte nichts mehr zu essen im Haus. Unentwegt lief sie durch die Wohnung, die Arme fest um sich geschlungen, und hielt inne, wenn sie das kleinste Geräusch hörte, denn es konnte ja von einem Schlüssel stammen, der sich im Schloß drehte. Als es dunkel wurde, fiel ihr wieder ein, daß die Männer ihre Namen auf kleine Zettel geschrieben hatten. Vielleicht hatten sie sie mitgenommen, aber möglicherweise lagen sie auch im Abfalleimer. Ja, da waren sie, da stand Christy und Gerry auf Papierfetzen gekritzelt, an denen ein Stück Tesafilm klebte. Jo angelte sie mit einer Gabel heraus, für den Fall, daß sich darauf Fingerabdrücke befanden. Sie legte sie auf den Küchentisch und betete einen Rosenkranz.

Draußen auf der Straße waren Menschen unterwegs, die sich einen schönen Abend machten. War sie wirklich erst letzten Samstag mit Josie und Helen, diesen netten Mädchen aus dem Wohnheim, im Kino gewesen? Warum war sie eigentlich nicht dort geblieben? Seit sie aus dem Wohnheim ausgezogen war, hatte sie nur Schreckliches erlebt, nichts als Kummer und Sorgen gehabt, und es war jeden Tag schlimmer geworden, bis schließlich … das passiert war.

Sie konnte mit niemandem reden. Ihre Schwester Dymphna würde sich fürchterlich aufregen, wenn sie sie im Hotel anrief; es würde sofort heißen: Du kommst jetzt auf der Stelle nach Hause, was machst du da eigentlich so ganz allein in Dublin, es war sowieso klar, daß du das nicht schaffst. Und es war wirklich eine große Versuchung, einfach wegzulaufen. Ging heute noch ein Zug nach Limerick? Oder erst morgen früh? Aber sie wollte eigentlich nicht nach Hause, sie wollte auch nicht mit Dymphna reden. Außerdem konnte sie an dem Telefon im Flur nicht über die Sache reden, denn die Mädchen in der unteren Wohnung konnten alles mithören … die Mädchen in der unteren Wohnung! Das war die Lösung!

Jo war schon auf halbem Wege unten, als sie innehielt. Und wenn doch alles in bester Ordnung war und der heilige Judas sie in einen Kleinbus gesetzt hatte, würden sich Nessa und Pauline dann nicht furchtbar darüber aufregen, daß sie die drei Krankenschwestern von unten aufschreckte? Sie hatten doch gesagt, die drei blieben lieber unter sich; die Krankenschwestern seien ganz nett, aber man brauche sich nicht näher mit ihnen einzulassen. Wenn sie bei ihnen läutete, um ihnen zu berichten, Nessa und Pauline seien vermutlich entführt und vergewaltigt worden, dann ließ sie sich aber mit ihnen ein.

Sie ging wieder nach oben. Gab es irgend etwas, was die Krankenschwestern tun konnten, das sie nicht ebensogut selbst tun konnte?

Antwort: Nein.

In diesem Augenblick trat die große blonde Krankenschwester, mit der sie schon einmal gesprochen hatte, heraus. »Hey, ich wollte gerade zu euch nach oben kommen.«

»Ach, wirklich? Was gibt's denn für Probleme?«

158

»Gar keine, nicht die geringsten. Wir geben nur heute abend eine Party und wollten euch sagen, wenn ihr kommen wollt … es fängt an, wenn die Pubs schließen.«

»Das ist sehr nett von dir, aber ich glaube nicht …«

»Nun, wir wollten damit eigentlich nur sagen, daß es laut werden kann. Aber ihr seid herzlich eingeladen. Wäre nicht schlecht, wenn ihr ein Fläschchen mitbringt.«

»Ein Fläschchen?« fragte Jo.

»Na, ihr müßt nicht, aber ein Schluck Wein könnte nicht schaden.« Die Krankenschwester machte Anstalten, die Treppe hinaufzugehen.

»Wo willst du hin?« fragte Jo erschrocken.

»Das habe ich dir doch gerade erklärt. Ich sage den anderen beiden, die oben wohnen, Bescheid, falls sie kommen möchten …«

»Es ist keiner zu Hause. Sie sind ausgegangen.«

»Ach ja? Um so besser, würde ich sagen«, meinte das Mädchen schulterzuckend. »Ich hab' jedenfalls meine Schuldigkeit getan. Sie könnten nicht behaupten, ich hätte sie nicht eingeladen.«

»Hör mal«, sagte Jo … »Wie heißt du?«

»Phyllis.«

»Phyllis, hör mal, fahren die Mädchen von oben häufig weg?«

»Was?«

»Ich meine, ich bin nämlich neu hier. Fahren sie am Wochenende oft heim oder so?«

»Was weiß ich. Ich kenne sie kaum. Im Vertrauen, die Punkerin ist meiner Meinung nach ein bißchen seltsam, irgendwie unbedarft.«

»Aber fahren sie nun am Wochenende weg oder nicht? Bitte, es ist wichtig.«

»Ehrlich, mir ist nie was aufgefallen. Ich habe oft Nachtdienst und weiß manchmal nicht, wo mir der Kopf steht. Und wann einer kommt oder geht, fällt mir schon gar nicht auf. Tut mir leid.«

»Könnten es deine Mitbewohnerinnen vielleicht wissen?«

»Das glaube ich kaum. Warum eigentlich? Ist was passiert?«

»Nein, vermutlich nicht. Es ist nur so, sie sind offenbar weggefahren, und ich hab' nichts davon gewußt. Ich habe mich nur gefragt, ob ... du weißt schon, ob alles in Ordnung ist.«

»Warum sollte es das nicht sein?«

»Na ja, sie sind am Donnerstag mit ein paar, nun, unzuverlässigen Leuten zusammengewesen und ...«

»Na, wenn sie nur am Donnerstag mit unzuverlässigen Leuten zusammen waren, haben sie aber Glück. Ich bin die ganze Zeit mit unzuverlässigen Leuten zusammen! Maureen sollte eigentlich Gläser ausleihen, aber sie hat's vergessen. Deshalb mußten wir Pappbecher kaufen, die ein Vermögen gekostet haben.«

Jo wandte sich zum Gehen.

»Bis später dann. Wie heißt du?«

»Jo O'Brien.«

160

»In Ordnung, komm runter, wenn die Musik anfängt.«
»Vielen Dank.«

Um Mitternacht war sie hellwach, so wach, wie sie den ganzen Tag über nicht gewesen war; also konnte sie ebensogut nach unten gehen, fand sie. Die Musik dröhnte so laut, als stünde die Anlage in ihrem Zimmer. An Schlaf war nicht zu denken. Sie zog ihr schwarzes Kleid an und steckte sich die großen Ohrringe an. Dann nahm sie sie wieder ab. Vielleicht waren ihre Mitbewohnerinnen in Gefahr oder bereits tot. Und sie zog sich schick an und ging zu einer Party! Irgendwie empfand sie es als weniger schlimm, in normalen Kleidern zu einer Party zu gehen. Also zog sie den grauen Rock und den dunkelgrauen Pulli an und ging nach unten. Vier Gäste hämmerten an die Haustür, als Jo dort ankam. Sie ließ sie herein.
»Welche bist du?« fragte einer der Männer.
»Ich wohne eigentlich oben«, erwiderte Jo.
»Gut«, meinte der Mann. »Dann komme ich mit dir nach oben. Bis später«, meinte er lachend zu den anderen.
»Nein, nein, das geht doch nicht«, wehrte Jo ab.
»Das war nur ein blöder Scherz«, erklärte er.
»Sie hat es wirklich ernst genommen!« Die anderen krümmten sich vor Lachen. Dann öffnete sich die Wohnungstür, und ein Hitzeschwall und Partylärm drangen heraus. Etwa vierzig Leute standen dicht gedrängt in den verschiedenen Zimmern. Nach einem

Blick wäre Jo am liebsten wieder nach oben geflüchtet, aber es war schon zu spät, die Tür war hinter ihr zugefallen. Jemand drückte ihr ein Glas lauwarmen Wein in die Hand. Inmitten des Trubels entdeckte sie Phyllis, die ihr blondes Haar hochgesteckt hatte und ein auffälliges Kleid mit Spaghettiträgern trug. Jo fühlte sich fehl am Platze: in Gesellschaft all dieser fröhlichen Menschen mit strahlenden, lachenden Gesichtern kam sie sich in ihrem Rock und Pulli wie eine graue Maus vor.

»Bist du auch Krankenschwester?« wollte ein junger Mann von ihr wissen.

»Nein, ich arbeite bei der Post.«

»Na, kannst du da vielleicht was machen? Weißt du, es gibt keine einzige Telefonzelle zwischen hier und …«

»Laß mich mit deinen blöden Telefonzellen in Ruhe«, fuhr sie ihn an und ließ ihn stehen. Nessa und Pauline waren tot, erschlagen von Betrunkenen, und sie redete hier mit so einem Dummkopf über Telefonzellen.

»Ich wollte mich nur mit dir unterhalten, du kannst mich mal«, rief er ihr gekränkt hinterher.

Niemand hörte ihn bei dem Getöse.

»Wer sind deine Mitbewohnerinnen?« fragte Jo Phyllis.

»Die eine in der Küche ist Maureen, die andere tanzt da drüben mit dem Mann im Aranpullover. Sie heißt Mary.«

»Danke«, sagte Jo und ging in die Küche.

»Maureen«, begann sie. Das Mädchen am Herd sah mit gequältem Gesichtsausdruck hoch. »Ich wollte dich fragen …«

»Völlig verkohlt. Alle beide sind komplett verkohlt.«

»Was?« fragte Jo.

»Zwei Bleche voll Würstchen. Schieb sie einfach in den Ofen, das ist doch kein Problem, hat Mary gemeint. Ich hab’ sie in den Ofen geschoben. Und jetzt schau sie dir an, völlig verkohlt. Du lieber Himmel, weißt du eigentlich, wieviel ein Pfund Würstchen kostet? Und was waren fünf Pfund. Ich hab ihr ja gesagt, braten wir sie lieber. Dann stinkt nur die ganze Wohnung danach, hat sie gemeint. Aber die hier, stinken die vielleicht nicht, frage ich dich?«

»Kennst du die Mädchen von oben?« Jo ließ nicht locker.

»Nein. Phyllis wollte ihnen Bescheid geben. Sie machen doch wohl keinen Ärger, oder? Das hätte uns gerade noch gefehlt.«

»Nein, ich wohne auch oben, das ist nicht das Problem.«

»Gott sei Dank. Was soll ich damit jetzt anfangen?«

»Wirf die Würstchen mitsamt dem Blech weg, das kriegst du nie wieder sauber.«

»Ja, du hast recht. Mein Gott, was für ein Fiasko! Was für eine Schweinerei.«

»Hör mal, kennst du die Mädchen von oben, die anderen beiden, Nessa und Pauline?«

»Nur vom Sehen. Warum?«

»Weißt du, wo sie stecken?«

»Was? Woher sollte ich. Wenn sie hier auf der Party sind, warten sie wahrscheinlich in einem der anderen Zimmer darauf, daß sie was zu essen kriegen, etwas Warmes. Ich bringe Mary um, ich bringe sie um, weißt du.«

»Fahren sie normalerweise am Wochenende weg?«

»Meine Güte, Schätzchen, sie könnten übers Wochenende zum Mond fahren und ich wüßte es nicht. Woher auch? Die eine mit ihren knallbunten Haaren sieht aus wie ein Leuchtturm, die andere beklebt alles, was keine Beine hat, mit Namensschildchen, die Klingel und die Tür und so. Ich finde sie ganz in Ordnung. Aber wir hatten nie viel mit ihnen am Hut. Das ist auch besser, wenn man so Tür an Tür wohnt, finde ich.«

Jo erwiderte nichts darauf. Und Mary, die selig mit dem Mann im Aranpullover tanzte, konnte ihr bestimmt auch nicht weiterhelfen. Also beschloß Jo, ihr Glück nicht zu stören, bis Maureen ihr wegen der Würstchen die Leviten las.

Eine Hand packte Jo, und ehe sie sich's versah, tanzte sie auch. Ihr Partner war groß und hatte ein sympathisches Lächeln.

»Wo kommst du her, aus Limerick?«

»Nicht schlecht geraten«, meinte sie lachend. Doch sogleich schrak sie zusammen. Was tat sie hier eigentlich? Sie tanzte mit einem Fremden und flirtete mit ihm, wie sie es früher beim Tanzen zu Hause getan hatte. »Entschuldigung«, sagte sie, »aber ich muß jetzt leider gehen. Ich bin da in eine unangenehme Geschichte verwickelt und kann nicht bleiben.«

In diesem Moment flog ein großer Stein durch das Küchenfenster, und es regnete Glassplitter. Aus dem Garten drangen Schreie und Rufe herauf.

»Ich verständige die Polizei, ich glaube, da gibt's Zoff«, sagte Jos Tanzpartner, und wie der Blitz war er draußen im Flur. Jo hörte, wie er telefonierte. In der Küche warnten die Leute einander, vorsichtig zu sein. Auf dem Schrank lag ein großes Glasstück, das jeden Augenblick herunterfallen konnte.

»Ist jemand verletzt? Hört doch auf zu schreien! Hat sich jemand geschnitten?« Zu ihrer Erleichterung entdeckte Jo Phyllis. Wenigstens war sie Krankenschwester! Mit brenzligen Situationen konnten Krankenschwestern besser umgehen als andere Leute. Mittlerweile waren einige nach draußen gelaufen, und im Garten war der Teufel los. Zwei Männer mit Schnittwunden am Kopf schrien, sie hätten den Stein nur zur Verteidigung hinaufgeschleudert, jemand habe sie zuvor durch das Fenster mit Gegenständen beworfen; einer blutete an der Augenbraue. Das mit dem Stein hätten sie nur gemacht, damit der Hagel aus dem Fenster aufhörte.

Im Nu war die Polizei mit vier Einsatzbeamten da. Plötzlich schlug die Stimmung um; was vorher wie eine ganz normale Party ausgesehen hatte, war jetzt nur noch ein wüstes Durcheinander Zuvor hatte man geraucht, getrunken, geplaudert, getanzt und belangloses Zeug geredet, doch nun lagen überall Glasscherben, umgekippte Stühle, Menschen schrien sich gegenseitig an, andere trösteten einander, einige suchten ihre Jacken, weil sie nach Hause wollten. Nachbarn waren gekommen, um sich zu beschweren und zu glotzen – mit einemmal war alles ganz anders.

Schon bald konnte der Sachverhalt geklärt werden. Die beiden Männer im Garten waren ungebetene Gäste. Sie hatten an der Vordertür geklingelt, aber man hatte sie nicht eingelassen. Deshalb waren sie ums Haus geschlichen, um herauszufinden, ob es eine Hintertür gab. Da war der eine mit etwas Heißem beworfen und im Gesicht verletzt worden. Dem zweiten war es ebenso ergangen, als er ergründen wollte, wer der Angreifer war. (Die heißen Wurfgeschosse waren natürlich Maureens verbrannte Würstchen.) Da sie sich von den Partybesuchern angegriffen fühlten, hatten sie schließlich den Stein geworfen.

Die Polizisten steckten ihre Notizblöcke ein. Phyllis stellte fest, daß die Verletzung des einen Mannes genäht werden mußte, und wollte ihn ins Krankenhaus bringen. Sie nahm auch Mary mit, die von herumfliegenden Splittern am Arm getroffen worden war. Die Party war zu Ende. Die Polizisten erklärten, in einem Wohngebiet sei es nicht erlaubt, solchen Lärm zu veranstalten, und da zwei der Gastgeberinnen ins Krankenhaus fuhren, hatte es wenig Sinn, wenn die Gäste in der Wohnung blieben, durch die noch dazu ein eisiger Wind pfiff. Einige Männer brachen den Rest der Scheibe heraus und ersetzten sie durch ein Stück Blech, das man in

166

irgendeinem Kofferraum fand. Es war ein trauriges Ende. Als die Polizisten gerade wegfahren wollten, bemerkte einer von ihnen Jo, die auf der Treppe saß.

»Soll ich Sie nach Hause bringen?« bot er an.

Jo schüttelte den Kopf. »Nicht nötig, ich wohne im ersten Stock.«

»Sie sehen ein bißchen mitgenommen aus. Geht es Ihnen gut?«

Sie nickte wortlos.

»Was für eine Nacht! So stellt sich ein Mädchen vom Land den Samstagabend in Dublin sicher nicht vor, oder?«

Er wollte sie aufmuntern, doch vergeblich.

»Nun, ich muß los. Am besten gehen Sie jetzt nach Hause und versuchen zu schlafen. So wie Sie aussehen, können Sie es brauchen.«

Wieder nickte sie.

»Geht es Ihnen wirklich gut? Vielleicht stehen Sie ja unter Schock. Es ist doch nur ein Fenster zu Bruch gegangen«, meinte er beruhigend. »Bis meine Schicht vorbei ist, werde ich noch Schlimmeres zu sehen bekommen als das.«

»O Gott«, stöhnte sie.

»Hey, Sean«, rief er, »das Mädchen hier kippt gleich um, glaube ich. Hilf mir mal.«

Als Jo wieder zu sich kam, schlossen die Polizisten gerade ihre Wohnungstür auf. Der Schlüssel war ihr aus der Hand gefallen, als sie ohnmächtig geworden war.

»Welches Zimmer ist ihres?« fragte Sean.

»Woher soll ich das wissen?« meinte der andere, der sie trug. »Hier ist die Küche, bringen wir sie dorthin ...«
Jos Blick fiel auf die Zettel mit den Namen auf dem Tisch.
»Bitte fassen Sie die nicht an, das sind Beweisstücke«, sagte sie. »Bitte nicht anfassen.«
Sie beschlossen, erst einmal eine Tasse Tee zu trinken.

»Das liegt nur am Fernsehen«, meinte Mickey.
»Ja, am Fernsehen. Und wahrscheinlich haben Sie spätabends noch etwas Schweres gegessen«, meinte Sean.
»Aber warum sind Sie so sicher, daß mit den beiden alles in Ordnung ist?« Jo war nicht überzeugt.
»Weil jeder normale Mensch das annehmen würde«, sagte Sean.
Jo errötete. »Ich bin auch ein normaler Mensch. Und eben deshalb mache ich mir Sorgen. Ich bin einfach beunruhigt. Bitte hören Sie auf, diese schrecklichen Witze zu machen, ich hätte zu schwer gegessen und Alpträume. Ich habe schon lange nichts mehr gegessen, weil ich mir solche Sorgen mache. Und ich bin nicht zur Polizei gegangen, weil ich mir gedacht habe, daß man so darauf reagieren würde.«
Sie brach in Tränen aus und legte den Kopf auf den Tisch.
»Vorsicht, die Beweisstücke«, kicherte Sean.
Mickey warf ihm einen vorwurfsvollen Blick zu. »Laß sie in Ruhe, sie macht sich wirklich Sorgen. Hören Sie,

die beiden sind morgen abend ganz sicher wieder da.
Niemand wird einfach so entführt, glauben Sie mir.
Keiner sagt: ›Spül jetzt das Geschirr und räum auf,
dann kommst du mit in die Berge, das ist nämlich eine
Entführung‹, oder?« Er lächelte ihr aufmunternd zu.
»Wahrscheinlich nicht.«
»Es ist wirklich lieb von Ihnen, daß Sie sich solche Gedanken machen. Aber jetzt reden wir nicht mehr davon, Sie sind ja völlig erschöpft. Gehen Sie schlafen,
und morgen bleiben Sie am besten den ganzen Tag im
Bett. Die beiden Mädchen sind bis zum Abend wieder
da. Und dann werden Sie denken, wie dumm Sie waren, weil Sie sich so aufgeregt haben. Hören Sie?«
»Aber ich bin so dumm, so furchtbar dumm. Ich komme in Dublin nicht zurecht, wirklich. Ich dachte, ich
hätte viel Spaß in einer eigenen Wohnung. Aber es ist
alles ganz anders, man ist so einsam, so schrecklich
einsam, und wenn man nicht einsam ist, ist es wie ein
Alptraum …«
»Hören Sie auf«, sagte Mickey bestimmt. »Hören Sie
sofort damit auf. Sie reden immer nur von sich, ich
mache dies, ich mache jenes. Ständig zerbrechen Sie
sich den Kopf darüber, was die Leute über Sie denken.
Die denken gar nichts über Sie.«
»Aber ich …«
»Schon wieder! Ich, ich, ich. Glauben Sie etwa, die
Leute um Sie herum sind wie ein Kinopublikum, das
Sie beobachtet, wenn Sie morgens aus dem Haus ge-
hen, das jeden Ihrer Schritte verfolgt? Das sich fragt:

Ob die sich wohl gut amüsiert, ob die es wohl hier in Dublin schafft? In Wirklichkeit schert sich niemand darum. Warum denken Sie zur Abwechslung nicht mal über andere Leute nach?«

»Aber das tue ich doch. Ich denke über Nessa und Pauline nach …«

»O nein, das machen Sie nicht. Sie denken nur daran, was *Sie* ihnen angetan haben, ob *Sie* daran schuld waren, daß sie gekidnappt wurden und verschwunden sind oder ob die beiden *Sie* für doof halten.«

Jo sah ihn an.

»So, Vortrag beendet. Schlafen Sie jetzt.« Er stand auf, ebenso Sean.

»Sie haben wahrscheinlich recht«, meinte Jo.

»Er hat immer recht, dafür ist er bekannt«, sagte Sean.

»Vielen, vielen Dank. Am Anfang ist man hier ein bißchen einsam, da kreisen die Gedanken immer nur um einen selbst.«

»Ich weiß. Letztes Jahr ist es mir auch ein bißchen so gegangen.«

»Sligo?«

»Galway.«

»Nochmals vielen Dank.«

»Auf Wiedersehen, Jo.«

»Auf Wiedersehen, Sergeant, und vielen Dank.«

»Mickey«, bot er an.

»Mickey«, sagte sie.

»Und Sean«, sagte Sean.

»Und Sean«, sagte Jo.

170

»Vielleicht hast du Lust, mal mit mir auszugehen«, lud
Mickey sie ein.

»Oder mit mir?« meinte Sean.

»Ich hab sie zuerst gesehen, oder?« sagte Mickey.

»Das stimmt«, sagte Jo. »Das stimmt tatsächlich.«

»Erst wenn die beiden wieder wohlbehalten zu Hause
sind. Aber Montag abend hab' ich noch nichts vor ...«

»Du bist also sicher, daß sie zurückkommen?«

»Soll ich so gegen acht vorbeischauen? Wie wäre das?«

»Das wäre großartig«, meinte Jo. »Wirklich ganz großartig.«

# ENTSCHEIDUNG IN BELFIELD

Seit Jahren schon las sie regelmäßig die Kummerkastenseiten. Hin und wieder antwortete ein Ratgeber, man habe in den Augen Gottes schwer gefehlt und könne jetzt nur noch versuchen, es ab jetzt besser zu machen. Die meisten meinten jedoch, die Eltern würden verständnisvoll reagieren und man solle es ihnen so bald wie möglich sagen. Sie werden überrascht sein, hieß es auf der Kummerkastenseite, wieviel Toleranz, Verständnis und Unterstützung Sie in Ihrem Elternhaus finden.

Aber für Pats Elternhaus galt das nicht. Dort konnte sie weder mit Unterstützung noch mit Verständnis rechnen. Pats Mutter würde nicht lächeln wie die Leute im Film und sagen, vielleicht sei es so am besten und es wäre doch nett, wieder ein Baby im Haus zu haben, sie habe schon das Getrappel kleiner Füße vermißt. Und Pats Vater würde ihr nicht den Arm um die Schulter legen und einen langen trostreichen Spaziergang am Kai von Dun Laogharie mit ihr machen. Davon war Pat fest überzeugt, auch wenn auf den Kummerkastenseiten stets das Gegenteil behauptet wurde. Aber Pat wußte es besser, denn sie hatte es selbst miterlebt. Ihr war sonnenklar, daß Mum und Dad ihr keineswegs zur Seite stehen würden, stark und verläßlich wie Felsen in der Brandung. Denn vor fünf Jahren, als Pats Schwester Cathy schwanger war, hatten sie das auch nicht getan. Und es gab keinen Grund, warum sie ihre Einstellung in der Zwischenzeit geändert haben sollten.

Cathy hatte bereits ihr Collegestudium abgeschlossen, als das Familiendrama losging. Sie war zweiundzwanzig gewesen, hatte ihr eigenes Geld verdient und ein recht unabhängiges Leben geführt. Cathy hatte geglaubt, was auf der Kummerkastenseite stand, sie hatte gemeint, man könne mit Mum und Dad reden wie mit ganz normalen Menschen. Aber sie hatte sich getäuscht. Pat erinnerte sich noch genau an das Wochenende, an dem Cathy es bekanntgab. Es kam ihr vor, als wäre es das ganze Wochenende so weitergegangen. Cathy erklärte beharrlich, sie wolle Ian nicht heiraten, während Dad verlangte, sie solle den Burschen sofort hierher ins Haus bringen, und Mum jammerte, das komme dabei heraus, wenn man darauf vertraue, daß sich die Kinder wie erwachsene, verantwortungsbewußte Menschen verhalten. Cathy wirkte erschrocken und verwirrt. Immer wieder beteuerte sie, sie habe geglaubt, daß ihre Familie sich freuen würde.

Damals war Pat sechzehn gewesen, und sie hatte einen schweren Schock erlitten. Worte, wie sie an diesem Wochenende fielen, hatte sie noch niemals gehört. Dad entschuldigte sich im nachhinein sogar für manches, was er Cathy an den Kopf geworfen hatte, und Mum weinte unaufhörlich. Am Sonntagabend kam Cathy und setzte sich auf Pats Bett. »Davon geht die Welt auch nicht unter«, sagte sie.

»Doch, ich glaube schon«, erwiderte Pat, die kaum wagte, Cathy anzusehen, weil sie fürchtete, unter ihrer Taille die schreckliche Schande zu erblicken, die soviel Ärger machen sollte.

»Ich kann mir einfach nicht vorstellen, den Rest meines Lebens mit Ian zusammenzusein«, erklärte Cathy. »Wir beide – das wäre einfach lächerlich, es würde kein Jahr halten. Es ist einfach grauenhaft, wenn eine Ehe so anfängt, egal mit wem.«

»Aber liebst du ihn denn nicht?« fragte Pat. Was Cathy mit Ian gemacht hatte, tat man doch nur aus einem einzigen Grund – Liebe.

»Ach ja, irgendwie liebe ich ihn schon, aber ich werde mich noch in andere verlieben, und er auch.«

Das begriff Pat nicht, und sie konnte ihrer Schwester nicht helfen. Deshalb redete sie sinnloses Zeug, zum Beispiel, daß auf den Test auch nicht immer Verlaß sei und daß Ian vielleicht gerne heiraten würde, wenn Cathy es ihm richtig erklärte. Cathy hatte ihrer Familie die Sache sehr übelgenommen; sie wollte nicht einsehen, daß Mum und Dad in gewisser Hinsicht auch recht haben könnten. »Sie sind ja so liberal, das behaupten sie wenigstens«, höhnte sie. »Ständig sagen sie, sie seien dafür, daß die Scheidung erlaubt wird, sie seien für Verhütung und gegen Zensur, aber den Tatsachen wollen sie sich nicht stellen. Statt dessen verlangen sie von mir, daß ich einen Mann heirate, obwohl ich weiß, daß es mir und ihm und wahrscheinlich auch dem Baby das ganze Leben verpfuschen würde. Soll das etwa eine liberale Einstellung sein?«

»Ich glaube, sie denken, es wären die besten Voraussetzungen für ... für das Kind«, erwiderte Pat unsicher.

»Tolle Voraussetzungen ... man zwingt zwei Menschen, die das Kind am meisten lieben sollten, in eine Ehe, zu der sie nicht bereit sind. Und das in einem Land, wo man es nicht für nötig hält, irgendwelche Hilfen anzubieten, wenn eine Ehe scheitert.«

»Was für eine Bedeutung hätte denn die Ehe, wenn die Leute genau wissen, daß sie sich wieder trennen könnten?« Dieses Argument kannte Pat noch ganz genau aus dem Debattierclub in der Schule.

»Aber eine Ehe, die unter solch fragwürdigen Bedingungen zustande kommt, kann man doch auf keinen Fall eingehen! Noch dazu, wenn man genau weiß, daß man sich nicht mehr trennen kann«, wandte Cathy ein.

Fünf Tage später war sie nach London gegangen. Allen anderen hatte sie gesagt, sie habe sich für ein Aufbaustudium eingeschrieben, das es erst seit kurzem gab. Man könne dort eine besondere Qualifikation für Europäisches Recht erwerben; für die Zukunft sei eine solche Weiterbildung absolut notwendig. Mum hatte gesagt, da von Brüssel und Straßburg so viele Veränderungen ausgingen, sei Cathys Entscheidung ganz richtig. Aber Pat wußte, daß Cathy nicht mehr heimkom-

178

men würde. Für sie gab es keinen Zweifel, daß die Familie zerbrochen war und daß dieser Bruch viel tiefer ging als bei Ethna, die fortgegangen war, um Nonne zu werden. Ethna gehörte immer noch zur Familie, auch wenn sie in Australien lebte. Aber Cathy, die nur eine Flugstunde entfernt wohnte, war für immer fort.

Ethna hatte man gar nicht gesagt, warum Cathy nach London umgesiedelt war. An Weihnachten war der lange Brief mit der zierlichen schrägen Handschrift eingetroffen, in dem Ethna sich eingehend nach Cathys Studium erkundigte, ihre Adresse wissen wollte und fragte, wie lange sie an Weihnachten freibekam. Vielleicht hatte Cathy ihr geschrieben, aber in den Briefen, die wöchentlich zwischen Ethna und ihren Eltern ausgetauscht wurden, war davon nie die Rede. Woche für Woche lag auf dem Tisch in der Diele ein grüner Briefbogen für Luftpost, auf dem Mum einen Anfang machte und Dad und Pat einige Sätze hinzufügten, und Woche für Woche, ein wenig zeitversetzt, traf ein blauer Luftpostbrief aus Australien ein, der ausführlich davon berichtete, was diese und jene Schwester getan hatte. Aber Cathy wurde kein einziges Mal erwähnt.

Um die Zeit, als Cathys Baby hätte zur Welt kommen sollen, hatte Pat Mum nach ihrer Adresse gefragt: »Ich möchte ihr schreiben und fragen, ob wir irgend etwas für sie tun können.«

»Es gibt ganz bestimmt nichts, was wir tun könnten«, antwortete Mum erbittert. »Wir hätten wirklich gern alles getan, wenn es möglich gewesen wäre, aber nein, wir hatten keine Ahnung, deine Schwester wußte alles besser. Sie hat sich entschieden, allein fortzugehen. Ich glaube nicht, daß ihr unsere Hilfe willkommen wäre.«

»Aber, Mum, es ist doch dein Enkelkind. Dein erstes Enkelkind.« Pat war annähernd siebzehn und vollkommen empört.

»Ja, und für Ians Mutter, Mrs. Kennedy, ist es auch das erste Enkelkind. Aber gönnt man uns etwa dieses Glück mit Taufe und allem Drum und Dran? Ein Baby, das wir uns wünschen, das in eine richtige Familie hineingeboren wird, wie es wohl jedem Kind zusteht? Nein, nein, ich muß mir das Gewäsch anhören, sie wolle keine Familie gründen und nicht gebunden sein. Ich frage mich, ob sich Miss Cathy je überlegt hat, wo sie wäre, wenn ich genauso gedacht hätte?« Mum war vor Erregung rot angelaufen.

»Ich bin mir sicher, daß sie dir für alles sehr dankbar ist, Mum.«

»Ja, ganz bestimmt ist sie das. Sie muß wohl dankbar sein. Ein schönes Leben hätte sie gehabt, wenn ich sie zur Adoption freigegeben hätte, sobald sie das Licht der Welt erblickte, weil ich mich nicht binden wollte.«

»Aber du warst doch schon verheiratet, Mum, und du hattest Ethna.«

»Darum geht es nicht«, schrie Mum.

Und plötzlich begriff Pat, was gerade gesagt worden war.

»Will Cathy das Baby etwa weggeben? Das kann sie doch nicht machen!«

»Ich erfahre ja nicht, was sie tut. Sie zieht uns nicht ins Vertrauen, weder deinen Vater noch mich, aber ich könnte mir gut vorstellen, daß sie das macht. Wenn sie sich nicht an einen vernünftigen, netten Jungen wie Ian Kennedy ›binden‹ kann, dann ist es nicht gerade wahrscheinlich, daß sie sich mit einem unehelichen Kind belastet, das sie allein großziehen müßte.«

Pat suchte die Anwaltskanzlei von Ians Vater auf, wo er arbeitete. Er war ein sympathischer rothaariger junger Mann, eigentlich der netteste von allen Freunden, die Cathy gehabt hatte. Schade, daß sie ihn nicht hatte heiraten wollen.

»Ich möchte mit dir über Cathy reden«, sagte sie.

»Großartig. Wie geht's ihr?« fragte er.

»Gut, soviel ich weiß …«, antwortete Pat verwirrt.

»Schön. Bestell ihr liebe Grüße, wenn du ihr schreibst, ja?«

»Ich habe ihre Adresse nicht, und Mum macht Schwierigkeiten, weißt du, weil sie nicht mitreden darf.«

»Ich weiß auch nicht, wo sie jetzt steckt«, meinte Ian.

»Hast du denn keinen Kontakt mehr zu ihr?« fragte Pat entsetzt.

»Nein, das wollte sie nicht. Sie wollte frei sein, sagt sie.«

»Aber …?«

»Aber was?«

»Hält sie dich denn nicht auf dem laufenden … sagt sie dir nicht …?«

»Was denn?«

Pat überlegte. Sie hatten doch darüber gesprochen, ungefähr vor sechs Monaten, das wußte sie noch genau. Es hatte geheißen, daß Ian von ihrer Entscheidung wußte, wegen der Schwangerschaft nach England zu gehen. Ja, Ian war sogar ins Haus gekommen. Er hatte zu Dad gesagt, er bekenne sich gern zu seiner Verantwortung für das Kind, und er werde Cathy selbstverständlich heiraten, wenn sie ihn wolle. Pat wußte, daß er versprochen hatte, für das Kind zu sorgen, und es sehen wollte, wenn es zur Welt kam. Das konnte er doch nicht vergessen haben, oder?

»Tut mir leid, daß ich dumme Fragen stelle«, fuhr Pat fort. »Ich bin die Jüngste in der Familie, und niemand sagt mir etwas.«

»Ja?« Ian lächelte freundlich.

»Aber ich dachte, sie würde jetzt das ... Baby bekommen, und wollte nur wissen, wie es ihr geht ... deshalb bin ich hier.«

»Hat sie es dir etwa nicht gesagt? Sie muß es dir doch gesagt haben?« Ian machte ein besorgtes Gesicht.

»Was denn? Was soll sie mir gesagt haben?«

»Es war falscher Alarm – sie war gar nicht schwanger.«

»Das glaube ich nicht.«

»Natürlich! He, du mußt das doch wissen. Kurz nachdem sie nach London ging, hat sie geschrieben und es allen mitgeteilt.«

»Das ist nicht wahr!«

»Natürlich ist es wahr. Sie hat an alle geschrieben. Es

182

war zu früh für den Test, deshalb war das Ergebnis irreführend.«

»Warum ist sie dann nicht zurückgekommen?«

»Wie bitte?«

»Wenn es falscher Alarm war, warum ist sie dann nicht zurückgekommen, zu ihrer Arbeit, zu ihrer Familie, zu dir und so weiter?«

»Ach, Pat, das weißt du doch alles … sie war ein bißchen eingeschnappt wegen deiner Eltern. Sie dachte, sie würden sich solidarisch verhalten, glaube ich. Und auf mich war sie auch sauer.«

»Warum war sie denn auf dich sauer? Du hast doch versprochen, sie zu heiraten.«

»Aber das wollte sie ja nicht, sie wollte … ach, ich weiß es nicht … es war dann sowieso nicht mehr notwendig.«

»Warum ist sie dann nicht heimgekommen?«

»Wie gesagt, wir haben sie alle enttäuscht. Sie war wütend. Und als sie mir das mit dem falschen Alarm mitgeteilt hat, schrieb sie, ihr sei nicht danach, zurückzukommen. Das muß sie deiner Familie auch gesagt haben. Natürlich hat sie das.«

»Hat sie nicht«, erwiderte Pat mit Entschiedenheit.

»Aber warum denn nicht? Warum hat sie ihnen denn nicht den Kummer von der Seele genommen?«

»*Ihnen* den Kummer genommen?«

»Du weißt schon, was ich meine. Das ist so ein Ausdruck.«

»Sie hat überhaupt nicht geschrieben.«

»Ach, Pat, Unsinn, natürlich hat sie das! Vielleicht haben sie es dir nicht gesagt. Du hast doch selbst gesagt, daß man dir einiges verheimlicht.«

»Sie wissen nicht, daß es falscher Alarm war, soviel ist klar.«

Dann verabschiedete sie sich von Ian und versprach ihm, brav zu sein und niemandem Ärger zu machen.

»Du bist wirklich ein *enfant terrible*, weißt du. Du bist doch viel zu hübsch und zu erwachsen, um dich wie St. Trinian aufzuführen.«

Sie streckte ihm die Zunge heraus, und beide lachten.

Mum erklärte, sie wolle nicht über Cathy reden. Cathy habe mit ihr nichts besprechen wollen, warum solle sie also ihre Zeit damit vertun, über Cathy zu reden?

»Aber Ian sagt, er habe von ihr gehört, nachdem sie abgereist war. Es sei falscher Alarm gewesen, sie hat gar kein Baby bekommen, sie war überhaupt nicht schwanger. Ist das nicht eine gute Nachricht, Mum?« fragte sie flehentlich.

»Mag sein«, meinte Mum.

Als sie an diesem Abend einschlief, kam Pat ein erschreckender Gedanke, so daß sie sich hellwach im Bett aufsetzte.

*Jetzt* wußte sie, warum Mum sich nicht gefreut hatte. Bestimmt hatte Cathy eine Abtreibung gehabt! Deshalb gab es kein Baby, deshalb war Cathy nicht heimgekom-

men. Aber warum hatte sie es Ian nicht gesagt? Oder
Mum? Und vor allem, warum war sie nicht heimgekommen?

»Glaubt ihr, die anderen Nonnen lesen Ethnas Briefe?« fragte Pat ein paar Tage später, als der grüne
Luftpostbrief zugeklebt und versandfertig gemacht
wurde.
»Ziemlich unwahrscheinlich«, sagte Dad.
»Wir leben nicht mehr im Mittelalter. Ihre Korrespon-
denz wird nicht zensiert«, meinte Mum.
»Jedenfalls geht sie mit den anderen Nonnen teilweise
ziemlich hart ins Gericht. An dieser Schwester Kevin
läßt sie kein gutes Haar«, bemerkte Dad. »Ich glaube
kaum, daß sie das täte, wenn ihre Briefe gelesen würden.«
Immerhin liest Dad Ethnas Briefe so sorgfältig, daß er
die Schwestern auseinanderhalten kann, dachte Pat
erfreut.

Daraufhin hatte Pat an Ethna geschrieben. In ihrem
ersten Brief hatte sie vorsichtig die Lage sondiert. »Ich
werde älter und ein bißchen klüger, wenn auch nicht
viel. Was mich irritiert, ist der Mantel des Schweigens,
der über Cathy gelegt wird. Ich weiß weder, wo sie in
England wohnt, noch was sie macht und was jetzt
eigentlich mit ihr los ist. Könntest Du mir mitteilen,
was Du über die Situation weißt, und dann forsche ich
weiter ...«

Sie hatte eine Antwort von Ethna erhalten, nicht auf Luftpostpapier, sondern in einem richtigen Umschlag, auf dem stand: »Die Briefmarken, die Du wolltest.« Das dämpfte die Neugier, die Mum oder Dad vielleicht sonst gezeigt hätten. Der Brief, der darin steckte, war sehr kurz.

»Ich glaube wirklich, daß Du wegen nichts und wieder nichts herumrätselst. Die arme Cathy ist gestraft genug. Sie dachte, daß sie tatsächlich ein Kind bekommt. Und da sie nicht willens oder bereit war, den Vater zu heiraten, ist es eine Gnade, daß es sich als Irrtum erwiesen hat. In London ist sie glücklich, sie leistet dort Sozialarbeit. Gegen Vater und Mutter hat sie ihr Herz verhärtet, was sehr schade ist. Aber ich bin mir sicher, daß sie im Lauf der Zeit bereit sein wird, die Türen wieder aufzustoßen und sich mit ihnen zu versöhnen. Abgesehen von dem einen Brief, in dem sie mir das alles mitgeteilt hat, schreibt sie mir nicht. Da in den Briefen von zu Hause niemand ein Sterbenswörtchen von der Sache erwähnt hat, spreche ich es auch nicht an. Ich bete für sie, und ich bete für euch alle. Das Leben ist so kurz, und es kommt mir traurig vor, daß wir es damit vertun sollten, beleidigt und verletzt zu sein, wenn man doch nur die Hand auszustrecken bräuchte, um das ganze Unglück wegzuwischen.«

Wirklich eine große Hilfe, dachte Pat damals, genug bestraft, ihr Herz verhärtet, das ganze Unglück wegwischen. Nonnengewäsch. Und kein Wort der Kritik an Mum und Dad, die immer Briefe an die Zeitung

schrieben, um dagegen zu protestieren, daß man süd-
afrikanische Rugby-Teams ins Land ließ. Sie setzten
sich für die Landfahrer ein und sammelten Spenden
für Flüchtlinge. Warum waren sie gegen Cathy so hart-
herzig?

Pat hatte nicht zulassen wollen, daß Cathy einfach tot-
geschwiegen wurde, als wäre die Familie von einem
schrecklichen Verbrechen oder einer tiefen Schande
heimgesucht worden und als käme alles wieder in Ordnung, wenn man den Kopf in den Sand steckte. Nachdem sie Ethnas Brief erhalten hatte, stellte sie ihre
Eltern beim Abendessen zur Rede.

»In dieser Familie geht es zu wie bei den zehn kleinen
Negerlein«, bemerkte sie.

»Was meinst du denn damit?« Ihr Vater lächelte.

»Erst zieht Ethna ans andere Ende der Welt, und wir
sind zu viert. Ein halbes Jahr später verschwindet Cathy
spurlos, und jetzt sind wir nur noch zu dritt. Ob ich
wohl auch bald fort sein werde?«

Dad lächelte immer noch, machte aber ein verwirrtes
Gesicht. Schließlich stand er auf, um den Kaffee zu holen. Er wirkte müde und ein bißchen niedergeschla-
gen. Nicht wie der fröhliche Arzt, immer im eleganten
Anzug, immer optimistisch, immer das Beste im Auge,
sei es für seine Patienten oder für seine Nachbarn. Zu
Hause trug er seine Strickjacke, und Mum hatte eine
alten Pullover an, der unter den Armen ausgerissen
war. Schäbig und ein bißchen schlampig wirkten sie in
dem großen Eßzimmer mit den guten Möbeln und den

teuren Kristallkaraffen. Pat hatte das Gefühl, daß sie sich keine Mühe gaben, wenn sie mit ihr allein waren. Jedenfalls hatten sie viel eleganter und lebhafter gewirkt, als Ethna noch zu Hause wohnte und als Cathy noch da war.

»Wartet ihr nur darauf, daß ich weggehe, und das ist dann der Hattrick?«

»Was soll das, Pat? Was ist das für ein albernes Spiel?« Mum fand das nicht sehr komisch.

»Nein, es ist mir ernst, Mum. Von dieser Familie ist nicht mehr viel übrig, oder?«

»Sprich nicht so mit deiner Mutter.« Dad war überrascht und verletzt. Er hatte geglaubt, die Bemerkung mit den zehn kleinen Negerlein sei ein Scherz gewesen; jetzt artete es in einen Streit aus.

»Das ist einfach nicht normal. Menschen heiraten und bekommen Kinder, aber sie setzen sie doch nicht in die Welt, um sie so rasch wie möglich wieder loszuwerden.«

Mum war jetzt wirklich wütend. »Ethna war einundzwanzig, als sie ging. Zwei Jahre lang hatte sie sich vorgenommen, diesem Orden beizutreten. Glaubst du, wir haben gewollt, daß sie so weit weggeht? Oder überhaupt Nonne wird? Mach dich doch nicht lächerlich und denk erst mal nach, bevor du anderen verletzende Vorwürfe machst.«

»Gut, ich weiß, was mit Ethna los ist, aber was ist mit Cathy? Früher war dieses Haus voller Menschen, und jetzt sind nur wir übrig. Und wahrscheinlich wollt ihr, daß ich auch bald gehe. Wäre es euch recht, wenn ich mich am University College in Cork bewerbe oder in Galway oder vielleicht in England? Alles wäre besser als Belfield, dann hättet ihr mich aus dem Haus und wärt endlich allein.« Mit Tränen in den Augen stand sie auf.

»Entschuldige dich auf der Stelle bei deiner Mutter, hast du mich verstanden?«

»Warum bei Mum, ich rede mit euch beiden.«

Sie wollte schon hinausgehen, als Mum mit müder Stimme sagte: »Komm her, Pat. Komm her. Ich rede mit dir über Cathy.«

»Du schuldest ihr keine Erklärung, Peggy, nicht nachdem sie so mit dir gesprochen hat.« Dad war vor Ärger und Enttäuschung ganz rot im Gesicht.

»Setz dich, Pat. Bitte.«

Widerwillig und achselzuckend ließ sich Pat auf einen Stuhl fallen.

»Ich habe nicht vor, mit dir zu streiten, denn ich bin ganz deiner Meinung. Von der Familie ist nicht viel übriggeblieben, wirklich nicht. Als dein Vater und ich geheiratet haben, hatten wir uns das ganz anders vorgestellt.«

»Hör auf, Peg«, mahnte Dad.

»Nein, das Kind hat recht, wenn sie fragt, was geschehen ist. Herrgott, wir fragen uns das doch selbst immer wieder. Ganz anders hatten wir es uns vorgestellt. Vermutlich hatten wir gehofft, daß die Praxis größer wird und gut läuft. Das hat geklappt, und soweit ist auch alles völlig in Ordnung. Wir wollten einen lebendigen Freundeskreis, und auch da hatten wir Glück. Und wir sind gesund. Aber das Wichtigste für uns wart immer ihr drei. Das ist bei allen Eltern so, Pat, sie denken Tag und Nacht an das Wohl ihrer Kinder. Seit Ethna zur Welt kam, haben wir vor allem anderen an euch gedacht.«

Pat zuckte kaum merklich mit den Schultern. Das wollte sie nicht hören, das brauchten sie ihr nicht zu erzählen. Sie wußte ja, daß sie es versucht hatten. Und das Schulterzucken tat seine Wirkung. Mum verstand, was sie meinte.

»Ich weiß, daß du glaubst, ich sage das alles nur, um nett zu dir zu sein, oder daß wir vielleicht mit guten Vorsätzen angefangen haben, die uns mit der Zeit abhanden gekommen sind. Aber so war es nicht. Manchmal denke ich, die schönste Zeit für mich und für dich, Hugh, war, als Ethna sechs oder sieben war, Cathy fünf und du, Pat, ein Baby. Drei kleine Mädchen, die völlig von uns abhängig waren und uns glückselig anstrahlten …«

»Sicher, Mum. Ja. Ist klar.«

»Nein, laß mich einen Augenblick an den sentimentalen, kitschigen Teil denken, denn es hat ja nicht lange gedauert. Dann wart ihr alle so gescheit. Auch das war eine Freude für uns, manche unserer Freunde hatten nämlich Probleme. Na ja, als Problem wurde das nicht bezeichnet, aber das Kind von Soundso lernte erst mit sieben lesen, ein anderes kam in der

190

Schule nicht zurecht, wieder ein anderes hatte Schwierigkeiten mit den Lehrern oder fiel bei einer Prüfung an der Uni durch. Aber nicht ihr drei. Schon bei Ethna wußten wir, Klassenbeste, Prüfungen stellen kein Problem dar. Erinnerst du dich noch an Ethnas Abschlußfeier?«

»Ja ... an dem Tag habe ich schulfrei bekommen.«

»Und sie wirkte so gescheit ... das ist ein komisches Wort, aber so war es, weißt du, klare Augen, ein waches Gesicht, verglichen mit vielen anderen. Ich dachte, unsere Tochter ist sehr intelligent, sie hätte großartige Aussichten, wenn sie sich diese lächerliche Idee mit den Nonnen aus dem Kopf schlägt ...«

»Aber ich dachte, ihr wärt einverstanden gewesen?« warf Pat ein.

»Was blieb uns anderes übrig?« Zum erstenmal ergriff Dad das Wort. »Natürlich waren wir nicht einverstanden. Streng doch mal deinen Kopf an, Pat, stell dir vor, du hast ein hübsches Mädchen wie Ethna großgezogen, dazu noch blitzgescheit, wie Mum sagt, die gerade ein glänzendes Examen in Geschichte abgelegt hat und nun mit einer Herde ungebildeter Nonnen in eine Schule mitten im Busch ziehen will, nur weil sie ein Buch über dieses unselige Land gelesen hat und zufällig auf ein Anwerbeteam gestoßen ist!«

»Aber das habt ihr nie gesagt. Ich erinnere mich nicht ...«

»Du erinnerst dich nicht! Wie alt warst du damals – zwölf, dreizehn? Was hätte es genützt, wenn wir mit dir darüber gesprochen hätten? Es hätte doch nur den Streit geschürt.«

Mum fiel ihm ins Wort. »Wir haben nicht einmal mit Cathy darüber geredet, weil wir nicht wollten, daß Ethna unter Druck gesetzt wird. Wir haben nur mit ihr gesprochen.«

»Und was habt ihr von ihr erwartet?« wollte Pat wissen.

»Ich hätte mir gewünscht, daß sie ihren Magister macht und anschließend promoviert. Sie war wirklich eine gute Studentin. Ich habe mit einigen Leuten von der Universität gesprochen, die meinten, sie hätte das Zeug zu einer akademischen Laufbahn. Mir hätte es gefallen, wenn sie hier geblieben wäre und etwas aus ihrem Leben gemacht hätte, statt in der Wildnis zu sitzen und Schwester Kevins Wutanfälle zu ertragen.« Bei diesen Worten klang Dad sehr mutlos, als erinnerte er sich an den Kampf und an die Niederlage, die er eingesteckt hatte.

»Ja, das hätte ich mir auch gewünscht. Ich wäre froh gewesen, wenn sie hier geblieben wäre, ganz in der Nähe, das wäre so praktisch gewesen. Sie hätte sich ein kleines Auto kaufen, Freundschaften pflegen, an den Wochenenden an die Westküste fahren können. Irgendwann hätte sie jemanden aus ihrem Kollegenkreis geheiratet, einen Professor, und sie hätten ein Haus in der Nachbarschaft gekauft. Dann hätte ich bei ihren Kindern alles noch einmal miterlebt, wie sie aufwachsen, laufen lernen …«

»Das ist doch ein ganz normaler, vernünftiger Wunsch, oder?« sagte Dad, wie um sich zu verteidigen. »Statt mitanzusehen, wie ein ganzes Leben, eine Ausbildung, ein Talent weggeworfen wird.«

»Aber sie ist glücklich, das behauptet sie wenigstens«, warf Mum ein.

»Ich nehme an, daß ihre Briefe an uns ungefähr genauso nah an der Wahrheit dran sind wie die, die wir ihr schreiben«, sagte Dad. Daraufhin trat Schweigen ein, denn alle dachten darüber nach, was diese Bemerkung bedeutete.

»Und Cathy ...? fragte Pat leise und hoffte, daß nicht ein Stimmungsumschwung ihrer Mutter veranlassen würde, zu verstummen.

»Cathy«, sagte Mum.

»Cathy hat auch keine Schwierigkeiten gemacht. Alle anderen erzählten uns von den schlaflosen Nächten, die ihnen ihre Teenager bereiteten. Das kannten wir gar nicht.« Dad lächelte Pat an, als wollte er sich bei ihr bedanken. Sie empfand nagende Schuldgefühle.

»Und Cathy brachte öfter ihre Freunde mit als Ethna, es wurde viel gelacht, es ging sehr lebendig zu. Erinnerst du dich an den Sommer, als sie den ganzen Garten in Ordnung gebracht haben, Hugh?«

Dad lachte. »Alles, was ich beisteuern mußte, war ein kleines Faß Bier für den Abend. Sie gruben und jäteten, schnitten die Hecken, mähten die Wiese.«

»Damals sah der Garten nicht gut aus«, warf Mum ein.

»Richtig verwildert war er, und sie haben alles gerichtet.«

»Für ein bißchen Bier«, wiederholte Dad. Für einen Augenblick schwiegen sie. Pat sagte nichts dazu.

»Also hätte Cathy diejenige sein können, die bei uns bleibt, als Ethna wegging. Nicht daß wir unsere Liebe verlagert hätten. Wir haben nur einfach unsere Pläne und Hoffnungen anders ausgerichtet. Und sie konnte sich so begeistern, für alles.«

»Bei ihr hatten wir das Gefühl, daß wir unsere Sache gut gemacht hatten, sie erzählte so gerne – von den Vorlesungen, den Seminaren, dem Juraexamen, dem Praktikum ... alles war so lebendig«, erinnerte sich Dad.

»Und anscheinend verstand sie sich so gut mit Ian. Immer wieder dachte ich, sie ist erst zweiundzwanzig, viel zu jung, um eine Familie zu gründen. Aber dann sagte ich mir, daß ich schließlich auch erst zweiundzwanzig war, als ich geheiratet habe. Andererseits mußte ich mir damals über meine berufliche Laufbahn keine Gedanken machen. Dann wieder überlegte ich mir, da Ian und Cathy beide Juristen sind und Ians Vater eine Anwaltskanzlei führt, könnte sie doch durchaus Teilzeit arbeiten. Auch wenn sie ein paar Kinder hätten, wäre das leicht zu organisieren gewesen.«

Dad fiel ihr ins Wort. »Das hat deine Mutter gemeint, als sie sagte, wir hätten immer an euch Kinder gedacht. Wir konnten uns gut vorstellen, daß Cathy Ian heiratet, und zwar schon längst, bevor sie sich zum erstenmal geküßt haben.«

»Aber warum konntet ihr Cathys Entscheidung nicht genauso akzeptieren wie bei Ethna? Ihr wolltet ja auch nicht, daß Ethna fortgeht und Nonne wird, aber als sie es tat, wart ihr auch mehr oder weniger einverstanden.«

»Ja«, sagte Mum, »ja, sie hat dort ihr Glück gefunden, und es war ihr Leben. So sehr ich es mir wünschte, ich hatte keinen Einfluß mehr auf sie ... sie mußte tun, was sie wollte.«

»Und warum konnte Cathy nicht tun, was sie wollte?«

»Das war etwas anderes.«

»Aber warum, Mum, warum? Es ist doch nicht so, daß du und Dad prüde gewesen wärt. Eure Freunde hätten euch sicher nicht geschnitten, ihr hättet euch nicht vor Scham verkriechen müssen. Warum kann Cathy mit ihrem Baby nicht heimkommen?«

»Das ist etwas anderes«, sagte Dad.

»Ich kann mir nicht vorstellen warum. Wirklich nicht. Niemand hätte etwas dagegen. Auch Ian nicht. Ich habe mit ihm gesprochen. Er nimmt sich das mit Cathy nicht sehr zu Herzen – ›bestell ihr liebe Grüße von mir‹, hat er gesagt. Ethna hätte bestimmt nichts dagegen. Ich habe ihr wegen der Sache geschrieben, aber, aber ...«

»Du hast Ethna geschrieben?« fragte Mum überrascht.

»Ja, weil ich mir Klarheit verschaffen wollte.«

»Und ist dir das gelungen?«

»Nein, überhaupt nicht.«

»Worüber wolltest du dir denn Klarheit verschaffen?« fragte Dad.

»Ob Cathy nun ein Baby hat oder nicht. Ein ganz grundlegender einfacher Sachverhalt, der in jeder normalen Familie bekannt wäre.«

Dad sah Mum an, und sie nickte: »Sag es ihr.«

»Die Antwort ist ... daß wir es nicht wissen.«

»Ihr *wißt* es nicht?«

»Nein. Das ist die Wahrheit ... Wir waren über Cathys Einstellung entsetzt«, fuhr Mum fort. »Sie hat uns heftig kritisiert, uns und wie wir leben. Sie fand, unsere Haltung sei scheinheilig, wir würden Toleranz predigen, sie aber nicht üben.

Aber wir haben das nicht so gesehen. Verstehst du, es hatte nichts damit zu tun, daß wir sie nicht akzeptiert hätten oder um unseren Ruf fürchteten. Wir dachten einfach, daß Cathy eine Dummheit machte, mit ihrem überzogenen Schritt eine Protesthaltung einnehmen wollte, und zwar einfach so aus Prinzip. ›Schau mich an, ich bin zu modern eingestellt, um mich zu verhalten wie jeder andere, meinem Kind einen Namen und eine Familie und ein Heim zu geben, nein, dafür bin ich viel zu progressiv!‹ Das hat uns nicht gefallen, Pat, es sah zu sehr nach Studentenprotest aus ...

Wir müssen nicht alles noch einmal durchkauen, was da gesagt wurde. Wahrscheinlich hast du das meiste selbst mitbekommen. Aber um die Dinge auf den Punkt zu bringen: Cathy hat nur einmal etwas hören lassen, seit sie nach London gegangen ist. Ich deute immer an – nein, um ehrlich zu sein, ich belüge die Leute und behaupte, wir hätten von ihr gehört. Aber sie hat sich nur einmal gemeldet, und zwar zwei Wochen nach ihrer Abreise.«

»Hat sie geschrieben, daß …«

»Sie schrieb, es sei falscher Alarm gewesen, sie habe sich verrechnet und ihre Periode sei nicht so lange überfällig gewesen, wie sie gedacht hatte. Alles sei in Ordnung.«

Niemand sagte etwas.

»Hast du ihr geglaubt, Mum?«

»Nein.«

»Und du, Dad?«

»Nein, ich auch nicht.«

»War sie schon zu weit, als daß es ein Irrtum hätte sein können?«

»Sie sagte, sie habe eine Urinprobe in der Holles Street abgegeben, und dort hieß es, der Test sei positiv. Denen unterlaufen keine Fehler.«

»Aber sie behauptet es.«

»Nein, offenbar hat sie vergessen, daß sie uns das überhaupt erzählt hat.«

»Oh.«

»Also wissen wir nicht mehr als du«, sagte Mum und breitete hilflos die Hände aus.

»Aber warum sagst du, alles sei in Ordnung …?«

»Weil es auf die eine oder andere Weise irgendwann in Ordnung kommt und weil wir nicht wollen, daß Cathy mit allen möglichen Schwierigkeiten konfrontiert ist, wenn sie zurückkehrt. Unser Motto ist, die Dinge nicht unnötig kompliziert zu machen.«

»Was glaubt ihr dann, wenn ihr bezweifelt, was Cathy schreibt?«

»Was glaubst du denn?«

»Nein, was glaubt ihr?«

»Pat, entweder hatte sie einen Abbruch oder sie hat tatsächlich das Kind bekommen. Und wie du völlig richtig hervorgehoben hast, wäre das Baby diesen Monat zu erwarten, falls sie es zur Welt bringt.«

»Aber wir wissen es nicht?«

»Nein, wir wissen es nicht.«

»Wir wissen nicht einmal, wo sie ist?«

»Nein.«

Dann begann Mum zu weinen, und dabei legte sie den Kopf auf ihre Arme, die auf dem Tisch lagen, inmitten der Teller und der Speisen. Und Dad stand auf, trat zu ihr und tätschelte ihr unbeholfen die eine Schulter, und Pat tätschelte ihr unbeholfen die andere Schulter.

»Ist schon gut, Peg«, sagte Dad immer wieder.

»Ist schon gut, Mum«, sagte Pat immer wieder.

Es war nicht leicht gewesen, die Schulabschlußprüfung durchzustehen, wenn man nicht wußte, wo sich die eigene Schwester aufhielt, ob sie lebte oder tot war. Und wenn man nicht wußte, ob man nun Tante war oder nicht. Aber Pat hatte durchgehalten, und sie hatte es geschafft: sie hatte alle Prüfungen bestanden und gute Ergebnisse erzielt. Peggys und Hughs jüngere Tochter würde am University College Dublin studieren und schrieb sich als Studentin in Belfield ein.

In diesem Jahr traf kurz vor Weihnachten ein Brief von Cathy ein. Sie schrieb, sie habe bei ihrer Arbeit in London sehr viel menschliches Leid miterlebt, und es sei ihr klar geworden, daß der Grund dafür meist in der Familie zu suchen war. Sie wolle aufrichtig eingestehen, daß sie durch ihr Verhalten viel Unruhe gestiftet habe, und bitte um Verzeihung. Wenn es den Eltern recht sei, würde sie gern zu Weihnachten heimkommen, aber da sie so schwierig gewesen sei und sich über ein Jahr lang nicht gemeldet habe, könne sie es auch verstehen, wenn sie nein sagten. Sie gab ihnen ihre Adresse, an die sie die Antwort richten konnten. Sie wohnte in Hackney. Fünf Minuten nachdem der Brief eingetroffen war, schickten Mum und Dad ein Telegramm: »Willkommen daheim, liebste Cathy, bei den dümmsten Eltern und zum schönsten Weihnachtsfest aller Zeiten.«

Auch Pat hatte einen Brief von Cathy bekommen.

»Bestimmt fragst Du Dich, was die verlorene Tochter nun wieder im Schilde führt, und ich möchte Dich nicht vor den Kopf stoßen. Wenn wir uns sehen, werde ich Dir alles sagen, was Du wissen willst, falls Du Interesse hast; solltest Du dann keine Zeit für mich haben, verstehe ich das auch. Es war absolut egoistisch von mir, wegzugehen und Dich als Teenager im letzten Schuljahr zurückzulassen, so daß Du das ganze Drama allein durchstehen mußtest. Aber wenn es zur Krise kommt, denkt jeder nur an sich; zumindest habe ich das getan. Hoffentlich wird das Familientreffen kein Reinfall. Mit

den meisten meiner Freunde habe ich keinen Kontakt
mehr, deshalb wollte ich Dich fragen, ob Du nicht ein
paar Leute einladen könntest, damit sich kein Treib-
hausklima entwickelt und die Erwartungen an die Familie nicht zu hoch geschraubt werden. Bald höre ich
auf, zu bitten und zu nehmen, und fange an zu geben,
das verspreche ich Dir.«

Pat hielt das für sehr vernünftig. Für den Abend, an dem
Cathy heimkam, lud sie ihre Freunde vom College ein.
Mum war zum Flughafen gefahren, um Cathy abzuholen, und als Pat zu Hause eintraf, war ein ganz normales
Gespräch im Gange. Ja, alles wirkte so normal, daß es einem Angst machen konnte. Es schien, als wäre Cathy
nie weggewesen, als läge kein Geheimnis über den Ereignissen des vergangenen Jahres. Cathy sagte, Pat sehe
toll aus, offenbar kleideten sich die Studenten besser als
zu ihrer Zeit. Doch um noch weiter zu reden, blieb keine Zeit, denn man mußte sich um den Glühwein kümmern, und da gab es reichlich Gesprächsstoff: welche
Gewürze man nehmen mußte und wie man verhinderte, daß der ganze Alkohol verdampfte. Verblüfft hatte
Pat beobachtet, daß in der Küche alle ganz ungezwungen lachten, als Dad verkündete, er werde den Glühwein immer wieder abschmecken, nur für den Fall, daß
noch etwas fehle. »Du hast dich nicht verändert, Dad«,
lachte Cathy, und niemand zuckte mit der Wimper.
Cathys lange Abwesenheit gehörte nun zu den Fami-
lienerinnerungen. Man konnte sie erwähnen, ohne daß
Fragen gestellt wurden.

So ging es die ganzen Weihnachtstage über, und es schien die selbstverständlichste Sache der Welt, daß Cathy am Ende der Ferien ankündigte, sie werde endgültig heimkommen, sobald ein Ersatz für sie gefunden sei. Dann werde sie in Ians Kanzlei anfangen; in ein paar Monaten sei dort eine Stelle frei. Erstaunt hatte Pat beobachtet, wie Cathy und Ian Kennedy durch den winterlich verwilderten Garten schlenderten, an den Sträuchern zupften und diskutierten, was mit den steinhart gefrorenen Blumenbeeten geschehen sollte. Was ging in diesem rothaarigen jungen Mann vor? Fragte er sich denn nicht, ob Cathy in London vielleicht sein Kind zur Welt gebracht hatte, ganz allein im Krankenhaus, ohne Freunde, die sie besucht hätten? Machte er sich keine Sorgen um sein Kind, ihr gemeinsames Kind, das zur Adoption freigegeben worden war und nie wissen würde, wer seine Eltern waren?

Überlegte sich Ian Kennedy nicht, ob Cathy vor langer Zeit einen Arzt in England aufgesucht hatte, um eine Abtreibung zu planen, und dann für eine Nacht in eine dieser Kliniken gegangen war, die jeder kannte, um einen kleinen Eingriff unter Narkose vornehmen zu lassen, der zur Folge hatte, daß Cathys und Ians Kind nie das Licht der Welt erblicken würde? So dumm konnte er doch gar nicht sein, daß er sich mit der Vermutung zufriedengab, es habe sich um falschen Alarm gehandelt, nachdem das schwangere Mädchen über ein Jahr untergetaucht war.

Die Menschen benahmen sich wirklich immer eigenartiger, fand Pat. Je älter sie wurden, um so schwerer war ihr Verhalten zu begreifen. Ethnas Briefe enthielten nun freundliche, aber nichtssagende Bemerkungen über Cathy. Hatte sie denn schon vergessen, was sie zuvor über Strafe, das verhärtete Herz ihrer Schwester und ihre Gebote für Cathy geschrieben hatte? Sobald die Menschen ihren Platz im Leben gefunden hatten, verloren sie offenbar den Kontakt zur Realität und richteten sich bequem in ihrer kleinen Welt ein.

Über diese Gedanken hatte sie schon einige Male mit Rory gesprochen, und er hatte versucht, sie zu verstehen. Aber Rory fand, ihr ganzes Leben beruhe auf Lügen, und jeder, der ein Haus sein eigen nenne, habe den Kontakt zur gesellschaftlichen Wirklichkeit ohnehin bereits verloren. Rory hatte sie im Tutorenkurs in Wirtschaftswissenschaften kennengelernt, er war bei weitem der beste Student seines Jahrgangs und vielen an der Universität ein Dorn im Auge. Die ökonomischen Argumente für die Revolution, die Rory anführte, ließen sich nicht widerlegen. Rory war derselben Meinung wie Pat, die ganze Geschichte mit Cathy wirkte völlig absurd. Rory sagte, daß er Pat liebte, und Pat war sich ganz sicher, daß sie Rory liebte.

»Wenn du dich im ersten Jahr am College schon ernsthaft mit jemandem einläßt, ist das nicht gut«, hatte Cathy gesagt. »Dann bist du gebunden. Du solltest dir

die Freiheit bewahren, dich umzusehen, bis dir klar ist,
wen du magst und wen nicht. Ihr solltet nicht als Pär-
chen zusammenkleben wie die Tiere auf dem Weg zur
Arche Noah, sondern mit anderen Leuten etwas unternehmen.« Diese Bemerkung gefiel Pat gar nicht. Sie
mußte daran denken, wie Cathy gesagt hatte, sie wolle
sich nicht binden und Ian nicht heiraten. Außerdem
hörte sie eine Kritik an Rory heraus. Und das war nicht
erlaubt.

Mum und Dad fanden an Rory absolut nichts auszusetzen; sie hätten es gerne getan, aber er gab keinen Anlaß zur Klage. Gewiß lenkte er Pat nicht von der Arbeit
ab, vielmehr bestand er darauf, daß sie sich mehr ins
Zeug legte, als sie es selbst vorhatte. Sie habe für ihre
Seminararbeiten nicht genügend recherchiert, fand
er; also lieh er ihr Bücher, ging mit ihr in die Biblio-
thek und setzte sich ihr gegenüber. Da war es leichter,
den verdammten Stoff durchzuarbeiten, als sich Ausre-
den einfallen zu lassen. Er hielt auch nichts davon, die
ganze Nacht durchzufeiern. Mum und Dad hatte er erklärt, er trinke nicht viel, es bestehe also keine Gefahr,
daß er sich spätabends betrunken ans Steuer seines
klapprigen Kleinwagens setzte. Wenn sie zu Tagungen
oder Studentenfestivals in Cork oder Galway fuhren,
flocht Rory stets einen Satz ein, der dazu diente, Mum
und Dad zu beruhigen: »Ich liefere Pat zuerst im Mäd-
chenwohnheim ab, dann kann sie sich dort schon mal
einrichten, während ich mich umsehe, wo sie die Jungs
unterbringen …« Irgendeine nichtssagende kleine

Bemerkung, die verhinderte, daß Pats Eltern sich fragten, wie es wirklich stand.

Lange Zeit stand es genauso, wie Rory sagte.

»Vermutlich findest du es albern, es nicht zu tun«, hatte Pat gemeint.

»Albern nicht, aber schade«, hatte Rory erwidert. »Du mußt selbst entscheiden, was du tun möchtest. Ich halte nichts davon, jemanden unter Druck zu setzen. Vieles, was schiefgeht, geht nur deshalb schief, weil sich Menschen gezwungen fühlen, anderen einen Gefallen zu tun. Aber ich glaube, du irrst dich. Es würde uns beiden soviel Spaß machen, und es würde wirklich niemandem wehtun. Und wir können aufpassen. Schließlich sind wir nicht so unverantwortlich, ein Kind zu zeugen, das wir nicht wollen. Also würde ich einfach nur sagen, es wäre schade.«

Sie bewunderte Rory, seinen Eifer, seinen jungenhaften Enthusiasmus. Als sie in die Familienplanungsklinik ging, wußte sie, welcher Arzt an diesem Tag Dienst hatte. Er war ein Freund ihres Vaters. »Ich freue mich, daß Sie zu mir kommen. Sie sind ein vernünftiges Mädchen«, hatte der Freund ihres Vaters gesagt. Er verlangte keine Erklärungen, war nicht neugierig, verurteilte sie nicht. Alles war ganz einfach. Warum hatte Cathy es nicht genauso gemacht? Diese Kliniken hatte es doch schon zu ihrer Zeit gegeben!

Cathy war ihr nach wie vor ein Rätsel. In aller Seelenruhe lebte sie wieder zu Hause. Wenn sich jemand nach dem Kurs über EG-Recht erkundigte, den sie angeblich

204

belegt hatte, schüttelte sie den Kopf und sagte, sie habe ihn dann doch nicht gemacht, sie habe im Osten Londons bei der Gemeinde gearbeitet. Mum hatte richtig gehandelt, indem sie allen möglichen Konflikten aus dem Weg ging. Cathy kam zurück und machte praktisch dort weiter, wo sie aufgehört hatte. Nur für die Zwischenzeit, für all diese Monate gab es keine Erklärung. Was hatte sie getan, was war in ihr vorgegangen? Jetzt wirkte sie so gelassen. Manchmal ging sie mit Ian ins Theater, dann wieder traf sie sich mit anderen Leuten. Sie machte mit zwei Freundinnen Ferien auf den griechischen Inseln, und hin und wieder setzte sie sich abends mit Mum und Dad vor den Fernseher.

Pat wollte unbedingt mit Rory darüber diskutieren. »Ist es denn der Lauf der Dinge, daß sich alle darüber ausschweigen? Ist das normal? Ich meine, jetzt ist sie zu Hause, und niemand erwähnt mit einem Sterbenswort, daß sie schwanger fortgegangen und vierzehn Monate fortgeblieben ist, um dann heimzukommen und so zu tun, als wäre alles beim alten.

»Mhm.« Rory las.

»Warum denn nur? Warum sagen sie nichts? Es ist, als würde man nicht bemerken, daß jemand nackt ist, oder nicht erwähnen, daß er einen Autounfall hatte oder im Gefängnis sitzt. Das ist absurd.«

»Mhm, ich weiß«, meinte er.

»Aber anscheinend kümmert sie es nicht. Und ich bin die einzige, die es wissen will.«

»Ja, warum fragst du sie dann nicht?« meinte Rory.

»Cathy, hattest du eigentlich Probleme mit der Pille? Mußtest du vielleicht die Marke wechseln oder so?«

Cathy blickte von den Unterlagen auf, die sie studierte. Sie saß an dem großen Schreibtisch in ihrem Zimmer, das sie zu einer Art Büro umfunktioniert hatte.

»Nein, ich habe nie die Pille genommen, deshalb ist das nicht vorgekommen.«

»Du hast nie die Pille genommen?«

»Nein.«

»Wirklich erstaunlich.«

»Pat, du bist noch keine Einundzwanzig. Du wirkst nicht besonders überzeugend als alte, weise Soziologin, die sich über die Absonderlichkeiten des menschlichen Verhaltens äußert.« Bei diesen Worten lachte Cathy gutmütig.

»Ja, aber ... niemals?«

»Nein, niemals. Wenn ich sie genommen hätte, wäre dieser kleine Zwischenfall, an den du dich vielleicht erinnerst, nie passiert ...«

»Ja, und nach dem kleinen Zwischenfall ...?«

Pat fühlte sich, als hätte sie ein Minenfeld betreten. Nun mußte sie unbeschwert und gleichgültig klingen.

»Ach, nach dem kleinen Zwischenfall, da brauchte ich eigentlich ... wie soll ich es ausdrücken ... ich benötigte die Dienste eines Verhütungsmittels nicht.«

»Kein einziges Mal?«

»Nein, niemals.« Cathy lächelte ruhig und entspannt, als hätten sie darüber gesprochen, die Blumenrabatte neu zu bepflanzen.

»Oh.«

»Also bin ich dir da keine große Hilfe. Aber du könntest in die Familienplanungsklinik gehen. Sag es ihnen, wenn du die Pille nicht verträgst, dann geben sie dir eine andere.«

»Ja, gute Idee. Cathy?«

»Ja?«

»Weißt du noch damals ... der kleine Zwischenfall ... was ist eigentlich passiert?«

»Was meinst du mit der Frage?«

»Ich meine, hast du es durchgezogen? Hast du das Baby bekommen?«

»Ob ich was?«

»Hast du das Baby bekommen? In London?«

»Hey, was soll das? Machst du Witze?«

»Nein, im Ernst. Ich wünsche mir so, du würdest es mir sagen. Mir ist es zuwider, daß wir uns alle etwas vormachen. Es wirkt alles so aufgesetzt.«

»Was soll ich dir sagen?«

»Als du nach London gegangen bist, hast du dort das Baby bekommen?«

»Nein, natürlich nicht. Bist du noch bei Trost? Das ist wirklich eine ungewöhnliche Frage. Das Baby bekommen? Wo steckt denn das Baby jetzt? Glaubst du, ich habe es in einer Telefonzelle ausgesetzt?«

»Was hast du dann gemacht? Hattest du eine Abtreibung?«

»Jetzt mal im Ernst: Willst du mich auf den Arm nehmen? Natürlich nicht. Was redest du denn da ...?«

207

»Aber du warst schwanger.«

»Nein, das dachte ich nur. Ich war es nicht.«

»Doch, das warst du. Dad weiß es, er hat es gesagt, als du fort warst.«

»O nein, das ist ausgeschlossen. Ich habe ihnen geschrieben, daß es falscher Alarm war.«

»Das hat er dir nicht abgenommen.«

»Hör mal zu, fang bitte nicht an, wegen nichts und wieder nichts solchen Ärger zu machen. Es ist überhaupt nichts passiert. Warum nimmst du mich ins Kreuzverhör?«

»Ist das der Grund dafür, daß dir die Lust vergangen ist, die Lust auf Jungs und auf Liebe?« fragte Pat. »Es heißt, daß man danach schwere Depressionen bekommen kann.«

»Ich hatte keine Abtreibung, und ich hatte nie besondere Lust auf Jungs und auf Liebe. Und mir ist die Lust auch nicht vergangen.«

»Mehr sagst du nicht dazu?«

»Lieber Himmel, wo sind wir denn hier, Pat? Vor einem Revolutionstribunal von Rory? Du hast mir ein Dutzend Fragen gestellt. Ich habe sie alle aufrichtig beantwortet – was wirklich nett von mir ist, weil dich das alles nichts angeht.«

»Tut mir leid.«

»Nein, tut es nicht. Dir wäre es lieber, wir würden reden wie in einer dieser grauenhaften Selbsthilfegruppen, in denen alle dasitzen und scheußliche, ichbezogene, uninteressante Einzelheiten darüber ausbreiten,

was sie getan und gedacht und empfunden haben und
was sie dann wieder gedacht und dann wieder empfunden haben ... ehrlich, ich kann so etwas nicht ausstehen. Meine Güte, sogar Woody Allen macht sich darüber lustig. Damit lassen sich die Probleme der Welt
nicht lösen.«

»Womit dann?«

»Ich weiß nicht. Aber manche Schwierigkeiten ließen
sich vermeiden, wenn man die Dinge etwas leichter
nimmt und nicht zum Drama aufbläst.«

»Und das tust du?«

»Ich weigere mich, Probleme zu erfinden und die tragische Heldin zu mimen.«

»Tut mir leid, daß ich damit angefangen habe.«

»Mir nicht. Aber jetzt bin ich froh, daß du wieder aufhörst.« Cathy grinste.

Pat lächelte gezwungen.


»Siehst du, es liegt auf der Hand, daß sie lügt. Irgendwann muß sie gelogen haben.« Stirnrunzelnd zählte
Pat die Punkte mit den Fingern ab.

»Manchmal kannst du ganz schön langweilig sein,
Pat«, meinte Rory.

Sie war verletzt und durcheinander. »Du analysierst
doch auch oft, was die Leute sagen und warum uns die
Gesellschaft zwingt, zu lügen und Rollen zu spielen.
Warum ist es langweilig, wenn ich das mache?«

»Weil du dich wiederholst und schludrig argumentierst.«

»Wie meinst du das?«

»Du hast ja noch nicht einmal alle Möglichkeiten in Betracht gezogen, oder?«

»Doch, das habe ich. Entweder war sie nicht schwanger, oder sie war es. Und dann hat sie entweder das Baby bekommen, oder sie hatte eine Abtreibung.«

»Sie könnte doch eine Fehlgeburt gehabt haben, du Dummerchen.«

Das alles lag nun ein Jahr zurück. Pat erinnerte sich Wort für Wort an das Gespräch. Damals waren alle irgendwie an einem Wendepunkt angelangt. Am nächsten Tag, am Tag nach dem Kreuzverhör, hatte Cathy angekündigt, sie werde Ian heiraten.

Zur selben Zeit traf ein Brief von Ethna ein. Sie schrieb, daß sie aus dem Orden austreten wolle. Und vielleicht sei ihnen allen aufgefallen, daß sie ziemlich viel von Father Fergus berichtet habe. Fergus befinde sich derzeit in Rom, und der Laisierungsprozeß sei in vollem Gange. In Rom wollten sie und Fergus im Laufe des Sommers heiraten. Anschließend würden sie heimkommen und sich nach einer Lehrtätigkeit umsehen. Das würde nicht schwer sein, denn beide besäßen zahlreiche Qualifikationen und viel Erfahrung.

»Für dich entwickelt sich alles wunschgemäß, nicht wahr, Mum?« hatte Pat bemerkt.

»Es kommt nur darauf an, was ihr Mädels wollt. Das weißt du doch«, erwiderte Mum. Dabei lachte sie vor sich hin und versuchte sich ihren Triumph nicht anmerken zu lassen.

Damals war auch für Pat ein Wendepunkt gekommen, denn Rory hatte ihr von der Frau aus Südafrika erzählt, von Cellina. Pat hatte Cellina gemocht; sie hatte ihr geholfen, eine Solidaritätskampagne für Kommilitonen zu Hause zu organisieren, und sie hatte Cellina mit Rory bekannt gemacht. Daß auch Rory Cellina mochte, freute sie. Doch ihr war nicht klar gewesen, wie sehr er Cellina mochte, bis er es ihr sagte.

Sie hörte auf, die Pille zu nehmen. Um auf Cathys fabelhafte, altmodische Formulierung zurückzugreifen, sie hatte das Gefühl, daß sie die Dienste eines Verhütungsmittels nicht mehr benötigte. Sie arbeitete mit großem Eifer an ihrer Dissertation, und daheim betätigte sie sich im Haushalt. Cathys Hochzeit im Kreise der Familie, über die die Kennedys ebenso lautstark ihr Entzücken äußerten wie Mum und Dad. Dann folgte die Reise nach Rom. Warum nicht? Wenn Ethna schon einen so gewaltigen Schritt wagte, mußten sie alle dabeisein, und das waren sie auch. Mutter hatte Ethna wieder bei sich, und Cathy auch.

Aber sie war im Begriff, Pat zu verlieren. Vorübergehend vielleicht, wer weiß? Rory war aus Bonn zurückgekehrt, wo er mit Cellina lebte. Er war allein gekommen. Während der zwei Wochen, die er sich in Irland aufhielt, trafen sie sich häufig. Es wäre albern und schade gewesen, nicht mit ihm ins Bett zu gehen. Sie hatten viel Spaß miteinander, und sie taten niemandem weh, denn Cellina würde es nie erfahren. Und betrogen sie etwa jemanden? Das Wort Betrug hatte eine so subjektive Bedeutung.

Aber jetzt war Rory nach Bonn zurückgekehrt, und in der Holles Street, wo man sich in solchen Dingen nie irrte, hatte es geheißen, der Test sei positiv. Pat hatte im Laufe der Jahre genug erlebt, um den Ratgebern auf der Kummerkastenseite nichts mehr zu glauben. Am besten wäre es, wenn sie nach London fuhr, und zwar allein. Im Zusammenhang mit ihrer Arbeit. Es bestand ja die Möglichkeit, an die London School of Economics zu gehen – ja, das wäre eine gute Erklärung. Sie hatte schon oft von der LSE gesprochen. Mum und Dad würden sich für ein solches Projekt interessieren.

Und das Wichtigste war, daß sie regelmäßig schrieb und einen fröhlichen Eindruck machte.

# NEUES AUS MONTROSE

Es gab sieben Menschen, die an diesem Morgen beim Aufwachen daran dachten, daß Gerry Moore heute aus der Kurklinik entlassen wurde. Obwohl er natürlich nicht geheilt war. Alkoholismus war nicht heilbar. Vier dieser Menschen meinten nur achselzuckend, er sei vielleicht gar kein richtiger Alkoholiker – das ganze Problem werde heutzutage so schrecklich übertrieben. Früher hieß es eben, ein Mann hat einen über den Durst getrunken, aber heute sprach man gleich von Veranlagung und von den Drüsen und Blutwerten, und es gab neuerdings alle möglichen Allergien und Süchte. Zwei Menschen wußten aber sehr genau, daß er Alkoholiker war, nur die dritte, die an diesem Morgen aufwachte und sich auf Gerrys Entlassung freute, hatte nie auch nur einen Augenblick daran geglaubt, daß mit Gerry etwas nicht stimmte. Er war in diese Klinik gegangen, um einmal richtig auszuspannen, und das war alles.

Gerrys Mutter war dreiundsiebzig. In ihrem bisherigen Leben gab es nichts, wofür sie sich schämen mußte, und daran würde sich auch jetzt nichts ändern. Immerhin hatte sie fünf Jungen großgezogen. Drei von ihnen lebten im Ausland, und sie verdienten nicht schlecht; nur zwei waren in Irland geblieben, und von diesen beiden war Gerry eindeutig ihr Liebling. Ein großer, gutmütiger Bär, der keiner Fliege etwas zuleide tun konnte. Schlimm war nur, daß er sich zuviel Arbeit aufbürdete. Mehr als einmal hatte er ihr erklärt, daß er schon aus beruflichen Gründen häufig in Pubs gehen mußte, denn dort traf er sich mit seinen Kunden. Und ein erwachsener Mann konnte doch wohl nicht wie ein Kleinkind an einem Orangensaft nippen. Nein, er mußte mit seinen Geschäftspartnern etwas trinken. Sonst wirkte er nicht vertrauenswürdig. Und weil er oft bis spät in die Nacht unterwegs war, hatte er seine Gesundheit ruiniert, so hatte er ihr versichert. Deshalb mußte er für sechs Wochen in die Klinik gehen, um sich wieder ganz zu erholen. Niemand sollte ihn dort besuchen. In der ersten Maiwoche würde man ihn entlassen, hatte er erzählt. Und jetzt war es Anfang Mai, und er würde kerngesund wieder nach Hause kommen. Aber ob er in dem Haushalt, den seine heißgeliebte Emma führte, lange gesund bleiben würde, wagte sie zu bezweifeln. Halt. Gegen Emma durfte sie nichts sagen, denn alle fanden Emma einfach prima. Was sie über ihre Schwiegertochter dachte, behielt sie besser für sich. Sogar ihr Sohn Jack hielt Emma für eine Heilige. Ausgerechnet Jack, der sonst keinen Menschen beachtete …

Als Jack Moore an diesem Morgen aufwachte, lag ihm irgend etwas bleischwer auf der Seele. Eine ganze Zeitlang wußte er nicht, was es war. Er überlegte, was daran schuld sein mochte. Nein, mit Mr. Power vom Ausstellungsraum hatte er momentan keinen Streit; er mußte kein riesiges Wäschepaket in die Wäscherei bringen: Auch die Autowerkstatt hatte keine dicke Rechnung geschickt. Dann fiel es ihm wieder ein. Gerry wurde heute entlassen! Er hatte darauf bestanden, mit dem Bus zu fahren; es solle ihn bloß niemand abholen, schließlich sei er nicht behindert. Um so besser, jetzt mußte er ohnehin wieder allein zusehen, wie er zurechtkam. Jack wußte, daß Gerry den Klinikaufenthalt weidlich ausschlachten würde. Das war etwas Dramatisches, eine Glanznummer, die er zum besten geben konnte, wie damals die Sache mit dem Führerscheinentzug. Gerry hatte sie alle in den Bann gezogen mit der Geschichte, wie ihn der junge Polizist aufgefordert hatte, in das Röhrchen zu blasen. Seine witzigen Bemerkungen hatten sogar den Polizeibeamten ein Lächeln entlockt. Auch wenn ihm das letztendlich nichts genutzt hatte, der Führerschein war für ein Jahr futsch. Emma hatte in zehn Tagen fünfundzwanzig Fahrstunden genommen und die Prüfung auf Anhieb bestanden. Nun fuhr sie den Wagen und zog jedesmal den Schlüssel ab, wenn sie das Auto in der Garage ließ und Gerry allein zu Hause war. Emma war eine Heilige, ohne Übertreibung, eine Heilige. Er hoffte, ihre Kinder wußten das zu schätzen.

Als Paul und Helen Moore aufwachen, fiel ihnen sofort ein, daß Daddy heute entlassen wurde. Beim Frühstück waren sie stiller als gewöhnlich. Ihre Mutter mußte sie daran erinnern, daß sie Anlaß zur Freude hatten. Wenn sie von der Schule heimkamen, würde ihr Daddy zu Hause sein, soweit von seiner Krankheit genesen, wie man es erwarten konnte. Mit unbewegter Miene hörten sie zu. Sie sollten nicht solche Gesichter machen, hatte ihre Mutter gemeint, jetzt würde alles gut werden. Dad war aus eigenem Antrieb in diese Klinik gegangen, man hatte ihn untersucht und behandelt, und er konnte sich richtig erholen. Jetzt wußte er, daß Alkohol Gift für ihn war, und er würde das Trinken von nun an sein lassen. Paul Moore war vierzehn. Eigentlich hatte er nach der Schule seinen Freund Andy besuchen wollen, aber das sollte er wohl lieber bleibenlassen. Wo heute sein Vater heimkam und geheilt war. Zu sich lud Paul nie Freunde ein. Na ja. Es war ja nur der eine Tag. Helen Moore war zwölf; sie wünschte, ihre Mutter würde nicht ständig auf dieser Sache herumreiten, noch dazu mit diesem aufgesetzten strahlenden Lächeln. Da war ihr Father Vincent lieber, der meinte, der Herr richte alles so, wie es am besten sei. Laut Father Vincent war der Herr der Ansicht, für Dad sei es am besten, ständig betrunken zu sein. Zumindest glaubte sie, daß Father Vincent das sagen wollte. Bei ihm wußte man nie so genau, wie seine Aussprüche gemeint waren.

Als Father Vincent aufwachte, wünschte er, er würde Gerry Moores wahres Gesicht kennen. Er hatte ihn sechsmal in der Klinik besucht. Gerry hatte sich dort zu einem wahren Sonnenschein entwickelt; die Krankenschwestern, Nonnen und seine Mitpatienten hielt er mit seinen Geschichten in Atem – Geschichten über die Menschen, die er fotografiert hatte, abenteuerliche Erlebnisse, Mißgeschicke, die er gerade noch rechtzeitig behoben, Katastrophen, die er im letzten Moment abgewendet hatte. Wenn er dann mit dem Priester allein war, hatte er eine ernste Miene aufgesetzt, so wie sich andere Leute einen Regenmantel überstreiften, nur vorübergehend, wie etwas, was man nur ausnahmsweise trug. Ja, er habe begriffen, daß er krank war, aber sei das nicht zum Verrücktwerden – viele seiner Kumpel tränken genauso viel wie er und müßten nicht dafür büßen! Er dagegen mußte es aufgeben. Na wunderbar. Dann wieder erzählte er die alten Geschichten, wie er Kinostars auf dem Set fotografiert und Berühmtheiten kennengelernt hatte. Er schien völlig zu verdrängen, daß er seit vier Jahren keinen Bildband mehr veröffentlicht und seit zwei Jahren keinen richtigen Auftrag mehr bekommen hatte. Die meiste Zeit hatte er damit verbracht, mit diesem Bekannten vom Fernsehen zu trinken, diesem Kerl, der offenbar bereits um zwölf Uhr mittags mit seiner Arbeit fertig war und den Rest des Tages im Madigans verbrachte. Ein zäher Bursche, hatte der arme Gerry immer gesagt. Des sei ein zäher Bursche. Father Vincent hoffte, daß Des, der zähe Bursche, Gerry unterstützen würde, wenn er den Entzug hinter sich hatte. Aber er glaubte es nicht wirklich. Des war kein Mensch, auf den man bauen konnte.

Des Kelly wachte wie immer um fünf Uhr morgens auf. Leise schlüpfte er aus dem Bett, um Clare nicht zu wecken; im Laufe der Jahre hatte er eine gewisse Geschicklichkeit darin entwickelt. Seine Kleider verwahrte er in einem Schrank im Flur, so daß er sich im Badezimmer anziehen konnte, ohne sie zu stören. Nach einer halben Stunde war er gewaschen, angekleidet und hatte seine Cornflakes gegessen. Dann nahm er seinen Kaffee mit ins Arbeitszimmer, wo er sich die erste Zigarette des Tages anzündete. Gott, wie schön, daß Gerry endlich wieder aus dieser Klinik entlassen wurde, der arme Teufel war bestimmt heilfroh! Des hatte ihn einmal besucht und die Hälfte der Leute im Aufenthaltsraum gekannt oder zu kennen geglaubt. Gerry war es an diesem Tag nicht gutgegangen, deshalb hatte Des ihm nur eine Nachricht gekritzelt, daß er hier gewesen sei. Er hatte sich so hilflos gefühlt, weil ihm nichts anderes eingefallen war, als Gerry eine Flasche Whiskey dazulassen. Aber jetzt hatte Gerry das alles hinter sich, und geschadet hatte es ihm bestimmt nicht. Sie hatten das ganze Gift aus ihm herausgepumpt und ihm empfohlen, noch eine Weile lang die Finger davon zu lassen. Danach könne er allmählich wieder anfangen. Zumindest glaubte Des, daß man ihm das geraten hatte, es wäre das Vernünftigste. Wenn man dem Zeug so verfallen war wie der arme Gerry in den letzten Monaten, war es klüger, eine Weile auszusetzen. Was ihm furchtbar auf die Nerven ging, war dieses scheinheilige Gewäsch, daß es eine Krankheit sei. In ganz Dublin gab es keinen gesünderen Mann als Gerry Moore. Er hatte ein wenig Pech gehabt. Aber jetzt hatte er Zeit, sich in Ruhe zu überlegen, wie es weitergehen sollte, dann würde es mit seiner Karriere wieder bergauf gehen. Im Nu würde er wieder ganz oben sein. Zumindest, wenn diese neunmalkluge Emma nicht das Ruder übernahm und ihm das letzte bißchen Mumm austrieb. Gerry würde sich vorsehen müssen: Mit diesem schleimigen Father Vincent als Freund, dem miesepetrigen Bruder Jack und der neunmalklugen Emma konnte der arme Kerl ein paar richtige Freunde gebrauchen. Es gab nicht viel, was Des noch mit seiner Frau verband, aber auch sie rätselte darüber, warum ein Prachtkerl wie Gerry Moore ausgerechnet diese Emma geheiratet hatte. Seufzend klappte Des eine Akte auf. So früh am Morgen konnte er am besten arbeiten.

Emma wachte spät auf. Die ganze Nacht hatte sie kaum ein Auge zugetan und war erst in der Morgendämmerung in tiefen Schlaf gesunken. Wie dumm, daß sie nicht um sechs aufgestanden war, als sie sich unruhig herumgewälzt hatte; die zusätzlichen drei Stunden Schlaf waren es nicht wert. Müde stand sie auf und taumelte zum Waschbecken. Dort machte sie eine Art Katzenwäsche. Sie mußte lächeln über diesen Ausdruck, den ihre Mutter immer benutzt hatte. Katzen waren doch eigentlich reinliche Tiere. Ausgerechnet heute hatte sie verschlafen, und während sie sich im Spiegel betrachtete, sinnierte sie darüber, wie Sprichwörter aus der Kindheit uns ein Leben lang begleiten. Hastig zog sie ihren hellblauen Pulli über, schlüpfte in die Jeans und lief nach unten. Paul und Helen sahen sie so vorwurfsvoll an, als wäre sie eine Rabenmutter, die ihre Kinder im Stich läßt.

»Wir mußten uns das Frühstück selbst machen«, beklagte sich Helen.

»Du kommst zu spät zur Arbeit«, meinte Paul.

»Hier sieht es furchtbar aus, und heute kommt Daddy heim«, stellte Helen fest.

Emma biß sich auf die Lippe. Sie wollte ihre Tochter nicht anbrüllen und zwang sich zu lächeln. Die Kinder hatten es geschafft, überall in der Küche Wasser zu verschütten. Meine Güte, war es denn so schwer, kaltes Wasser in einen Wasserkocher zu füllen und dann zwei Tassen Instantkaffee aufzubrühen? Aber sie sagte nichts, sie stellte diese rhetorische Frage nicht, auf die Paul und Helen nur mit Schulterzucken und Gegenfragen reagieren würden. Sie hatten Kaffeepulver verschüttet, Butter auf das Spülbecken geschmiert, rings um den Toaster Krümel verstreut … ruhig, nur ruhig.

»Gut, wenn ihr mit dem Frühstück fertig seid, dann

ab mit euch. Heute abend gibt es ein Festmahl, ist das nicht toll?« Strahlend blickte sie von einem zum anderen.

»Warum bist du nicht rechtzeitig aufgestanden, Mummy, wenn es so ein toller Tag ist?« wollte Helen wissen.

Emma hätte ihr am liebsten eine Ohrfeige gegeben.

»Ich war die halbe Nacht wach und bin erst am Morgen in Tiefschlaf gefallen. Los jetzt, husch, husch, ihr müßt gehen …«

»Dauert das Festmahl lange? Kann ich danach noch zu Andy?«

»Von mir aus!« fuhr Emma ihn an. »Nach dem Essen kannst du tun, was du willst.«

»Kommt Father Vincent auch?« fragte Helen.

»Himmel, nein. Hat ihn etwa jemand eingeladen? Warum sollte er hiersein?« Emma klang beunruhigt.

»Weil er oft hier ist, wenn es eine Krise gibt.«

»Aber es gibt keine Krise! Die Krise ist jetzt vorbei, Daddy ist geheilt, wißt ihr, gesund. All die schrecklichen Dinge, die mit seiner Krankheit zusammenhingen, sind jetzt vorbei. Deshalb brauchen wir Father Vincent nicht mehr zur Unterstützung.«

»Du magst Father Vincent nicht besonders, stimmt's?« meinte Helen.

»Natürlich mag ich ihn, sehr sogar. Ich weiß nicht, wie du darauf kommst. Nur heute abend brauchen wir ihn eben nicht.« Während sie sprach, stellte sie Geschirr ins Spülbecken, wischte auf und schaffte ein wenig Ordnung.

»Würdest du sagen, daß du Father Vincent mehr oder
weniger magst als Dads anderen Freund, Mr. Kelly?«
Emma stemmte die Arme in die Seite. »Möchtet ihr
sonst noch etwas machen, bevor ihr zur Schule geht?
Vielleicht Scotland Yard spielen, oder Monopoly oder
Scharade? Wollt ihr jetzt wohl …«
Lachend zogen die beiden los. Emma aß die Reste von
ihrem Toast, spülte Tassen und Teller und ging dann
hinüber ins Wohnzimmer. Die Kinder hatten recht, es
sah unordentlich aus. Sie atmete einmal tief durch und
traf eine Entscheidung. Eine Stunde würde reichen.
Sie sandte ein Stoßgebet zum Himmel, daß sie an
einen verständnisvollen, netten Menschen geraten
würde, jemand, der wußte, daß sie keine Drückeber-
gerin war.
»Hallo, ist dort RTE? Können Sie mich bitte mit …«
Aber nein, sie legte wieder auf. Es war schlimm genug,
daß einer in der Familie andere hängenließ. Seit sie als
Sekretärin in Montrose arbeitete, hatte sie nicht einen
Tag gefehlt, und sie würde es sich nicht verzeihen,
wenn sie sich heute auch nur eine Stunde freinahm.
Rasch beseitigte sie das schlimmste Durcheinander,
verstaute herumliegende Zeitungen und Zeitschriften
in der Schublade, sammelte Tassen und Gläser vom
letzten Abend ein. Gerry hatte sowieso keinen Blick
dafür, ob ein Raum aufgeräumt war oder nicht.
Sie sortierte die verwelkten Blumen aus und gab den
übrigen frisches Wasser; dann holte sie ihre Willkom-
menskarte, schrieb »Von uns allen in Liebe« darauf

224

und stellte sie neben der Vase auf. Hastig zog sie die Haustür hinter sich zu, sprang auf ihr Fahrrad und schlug den Weg nach Montrose ein. Sie war etwas später dran als gewöhnlich, und nun war auf den Straßen mehr los, aber das machte ihr nichts aus, sie betrachtete es als Wettkampf. Emma Moore gegen die Autos, die Ampeln, die Steigungen. Während sie in die Pedale trat, dachte sie an schöne Dinge: daß sie in zwei Monaten zehn Pfund abgenommen hatte und wieder in ihre Jeans paßte, daß jemand sie wirklich und wahrhaftig für eine junge Frau gehalten hatte und nicht für die vierzigjährige Mutter zweier Teenager. Im Sommer, mit ein wenig Sonnenbräune, würde sie noch besser aussehen. Und sie erwog, sich Strähnchen machen zu lassen, falls das nicht zu teuer kam. Emma dachte an alles mögliche, nur nicht an ihren Mann Gerry Moore.

In der Klinik würde man Gerry Moore vermissen. Das beteuerten ihm Schwestern und Patienten. Bei seiner letzten Morgenvisite erklärte der Arzt, bei Gerry sei die Therapie ein voller Erfolg gewesen, da er nie in Depressionen versunken war.

»Sie waren die ganze Zeit über so gut gelaunt, Gerry, damit haben Sie den anderen Patienten sehr geholfen. Dabei muß ich zugeben, daß ich zunächst meine Zweifel hatte. Ich dachte, Sie würden hier nur Ihre Zeit absitzen und darauf warten, bis Sie entlassen werden und wieder an das Zeug kommen.«

»Dann müßte ich ja komplett verrückt sein«, entgegnete Gerry.

Der Arzt schwieg.

»Ich weiß schon, die Hälfte Ihrer Patienten sind so gut wie verrückt. Aber ich nicht. Ehrlich, ich weiß, was ich jetzt zu tun habe. Ich muß nur meinen Lebensstil ändern. Und das ist möglich. Es gab eine Zeit, da bin ich ohne Alkohol ausgekommen, und das war eine tolle Zeit. So wird es wieder sein.«

»Dann kommen Sie wieder hierher und halten Vorträge darüber«, lachte der Doktor.

Gerry mußte sich von einem Dutzend Freunden verabschieden. Er versprach, sie bald zu besuchen. »Das sagen alle«, meinten sie. Trotzdem nahmen sie es Gerry wirklich ab, er hatte so eine Art.

Schwester Dillon meinte, sie sei überrascht, daß ein Mann wie Mr. Moore, der so viele Freunde habe, sich von niemandem abholen ließ. Gerry hatte den Arm um ihre Schulter gelegt, als sie mit ihm zur Tür ging.

»Wissen Sie, ich bin schlanker geworden, attraktiver, ich bin jetzt gesund und kein Irrer mehr. Verglichen damit, wie ich hier ankam, habe ich mich gut gemacht. Da ist es doch besser, ich gehe meinen Weg und lasse mich dabei von der Welt bestaunen.«

Sie winkte ihm bis zum Ende der Straße nach. Er war ein wunderbarer Mensch, dieser Mr. Moore, und er hatte recht, er sah jetzt wirklich phantastisch aus. Niemand hätte gedacht, daß er schon fünfundvierzig war.

»Gehen Sie Ihren Weg, aber passen Sie auf sich auf«, rief sie ihm nach.

Sein Weg. Wohin hätte ihn dieser Weg früher geführt? Aber er durfte nicht daran zurückdenken und mußte aufhören, alles zu glorifizieren ... ein Drink war nur ein Drink, da war nichts Besonderes daran. Das wußte er. Er mußte die rosarote Brille abnehmen. Diese Pubs, in die er früher gegangen wäre, hatten nichts Anheimelndes, hier traf er keine Freunde, die ihn einluden, sich zu ihnen zu setzen; viele wirkten abstoßend und deprimierend. Und wenn er wirklich mal mit jemandem ins Gespräch gekommen war, war es ein verbitterter, gebrochener Mann gewesen, der ihn argwöhnisch beäugte. In seinem Wohnviertel, da gab es Pubs, in denen er Bekannte treffen konnte. Freunde. Weg mit der rosaroten Brille. Es hatte *kein* allgemeines Hallo gegeben, »Hey, ist das nicht Gerry, komm rüber zu uns, Gerry, was trinkst du?« Nein, so war es nie gewesen. Die Menschen waren ihm aus dem Weg gegangen, Himmel noch mal, vor allem in den letzten Monaten. Er wußte es, er hatte damit leben müssen. Menschen, die er seit Jahren kannte. Junge, die würden Augen machen, wenn sie sahen, wie er an einem großen Diät-Tonic mit einem Spritzer Angostura Bitter nippte, dem Getränk der Nichtalkoholiker. Hoho, sie würden überrascht sein! Das hätten sie dem alten Gerry nicht zugetraut, daß er sein Leben umkrempeln kann!
Gerry ging zu Fuß zur Bushaltestelle, eine kleine Reise-

tasche in der Hand. In der Klinik hatte er nicht viel gebraucht, nur seinen Bademantel, ein paar Schlafanzüge und seinen Waschbeutel, dazu noch das eine oder andere Buch, ehrlich, nicht mehr. Warum waren seine Koffer früher so schwer gewesen? Oh, natürlich, wegen dem Schnaps. Er hatte immer welchen für den Notfall in Reserve, und dazu seine Fotoausrüstung. Mit dem Alkohol war es jetzt für IMMER vorbei, aber in die Arbeit würde er sich mit doppeltem Elan stürzen. Er freute sich auf den Monat, der vor ihm lag. Erst einmal würde er sich eingewöhnen und eine Bestandsaufnahme machen. In den Wochen darauf würde er dann anfangen, Angebote für Spezialaufträge an potentielle Kunden zu verschicken. Bis Ende Juni konnte er schon wieder gut im Geschäft sein, vielleicht besser als früher. Der Bus kam, er stieg ein. Gutgelaunt griff er in seine Tasche, um das Geld herauszuholen, das Emma ihm dagelassen hatte. Er hatte es nicht nehmen wollen, aber als er in die Klinik gegangen war, hatte er natürlich kein Geld mitbringen dürfen; Emma hatte ihm etwas für Trinkgelder und Taxifahrten oder andere Kleinigkeiten gegeben. Er hatte es gehaßt, von ihr Geld annehmen zu müssen, das hatte er mehr als alles andere verabscheut.

Im Stadtzentrum stieg er aus. Die anderen Leute gingen unbeschwert ihrer Wege; offenbar hatten sie keine Probleme, keine wichtigen Entscheidungen zu treffen. Sie hatten Muße, Schaufenster anzusehen. Andere blinzelten, um im hellen Sonnenlicht zu erkennen, ob die Ampel auf Rot oder Grün stand. Einige Touristen spazierten geruhsam dahin, alle anderen schienen es eilig zu haben. Er betrachtete sie nachdenklich; wahrscheinlich konnten die meisten von ihnen ohne weiteres ein paar Gläser Schnaps, ein paar Halbe Bier oder eine Flasche Wein zum Essen trinken, aber ihnen lag wohl gar nichts daran. Der Anblick einiger Passanten, die das Abzeichen der Abstinenzler trugen, verdroß ihn zutiefst. Was solle diese völlige Enthaltsamkeit als Sühne für die Leiden Christi? Neun Zehntel dieser Burschen hatten nicht die geringste Ahnung, worauf sie da eigentlich verzichteten! Genausogut konnte er geloben, keine Mangos und Passionsfrüchte zu essen, die er noch nie probiert hatte. Über so ein Opfer war der Herr sicher nicht sehr erbaut; der Herr, falls es ihn gab, mußte wissen, daß diese Abstinenzler eine Bande von scheinheiligen Angebern waren. Sachte, sachte. Er mußte aufhören, den Alkohol als Seligmacher zu verklären. Er durfte sich nicht vorstellen, wie ein Drink die Welt in wunderbare Farben tauchte. Die Welt war doch auch ohne Alkohol schön. Und im Augenblick wollte er auch gar keinen Drink, oder? Nein. Gut, wo lag dann das Problem?

Behende sprang er in den Bus der Linie zehn, der gerade abfahren wollte. Da, direkt vor ihm, saß Clare Kelly. »Die reizende Clare ... was hab' ich für ein Glück!« sagte er mit gespielter Galanterie an die übrigen Passagiere gewandt.

Clare war unangenehm berührt und verärgert, ihm zu

begegnen. Das sah Gerry ihr an. Er hatte sie schon seit jeher für eine kalte, abweisende Frau gehalten. Sarkastisch war sie und schlagfertig. Der arme Des hatte zu Hause nichts zu lachen. Er wisse schon lange nicht mehr, was er mit ihr reden sollte, hatte er Gerry mehr als einmal erzählt. Er und Clare führten keine richtigen Gespräche mehr. Es herrschte ein ständiger Kriegszustand, in dem immer einer als Sieger hervorging. Keiner erinnerte sich mehr daran, wann der Krieg erklärt worden war, aber nun war es einmal so, und sie machten sich gegenseitig fertig, zu Hause und in der Öffentlichkeit. Obwohl es nicht mehr viele gemeinsame öffentliche Auftritte gab. Clare hatte kaum noch Zeit für die Freunde ihres Mannes. Und das war Des nur recht. Sollte sie nur zu ihren Verabredungen gehen, ihr eigenes Leben führen. Sollte sie doch mit ihren Freunden andere durch den Kakao ziehen, sie verhöhnen und verspotten. Er hatte nichts dagegen. Des, dieser prima Kerl, hatte Gerry so leid getan. Und wenn auch in seinem Leben so einiges schieflief, machte sich Emma wenigstens nicht über ihn lustig.

Clare war einen Sitz weiter gerutscht, damit er sich neben sie setzen konnte. »Du siehst großartig aus«, sagte sie.

»Es war ja auch nicht gerade billig«, meinte er lachend.

»Soll ich dir eine Fahrkarte lösen? Zweimal nach … fährst du nach Hause oder mußt du irgendwohin, um die Welt zu retten?« Er hielt inne, während der Schaffner wartete.

»Nach Hause«, lachte sie. »Du hast dich kein bißchen verändert, Gerry! Deine Lebensgeister haben Sie dir nicht ausgetrieben.«

»Nein, nur den Weingeist«, erwiderte er fröhlich und gab ihr die Fahrkarte, wie einem Kind.

»Hier, nimm, falls wir uns in die Wolle geraten, bevor wir zu Hause sind, und getrennte Wege gehen.«

»Kommst du direkt aus ... du weißt schon.«

»Ja, soeben entlassen. Sie haben mir meine Kleider zurückgegeben, ein bißchen Geld, um mich über Wasser zu halten, und ein paar Adressen von Menschen, die vielleicht einen trockenen Alkoholiker aufnehmen ...« Er lachte, verstummte dann jedoch, als er bemerkte, daß Clare keine Miene verzog.

»Hätte Emma dich nicht ...? Es ist nicht schön, daß du so ganz allein heimfahren mußt.«

»Ich habe darauf bestanden. Emma wollte mich nach der Arbeit mit dem Auto abholen, Des mit dem Taxi, mein Bruder Jack, dieser Sonnenschein, wollte mich auch nach Hause bringen, und Father Vincent hat gemeint, er bringt mir ein paar Flügel und einen Heiligenschein mit und weist mir den Weg ... aber ich habe es vorgezogen, allein heimzufahren. Das verstehst du doch sicher, oder?«

»O ja«, sagte Clare und schaffte es mit nur zwei kleinen Worten, ihre Überlegenheit zu demonstrieren.

»Nun, was hat sich da draußen in der wirklichen Welt so getan?«

»Nicht viel. Ohne dich war es ein wenig ruhiger.« Sie

lächelte nicht. Als ginge von ihm ein gefährlicher Einfluß aus, als wäre er jemand, der den Menschen nur Unheil bringt. Ihr Bedauern darüber, daß er wieder zurück war, konnte sie nur schwer verbergen. Doch er überhörte ihren Seitenhieb und lächelte sie freundlich an. Er mußte ganz ruhig bleiben, es hatte keinen Sinn, empfindlich zu reagieren, überall Beleidigungen, Sticheleien und Feindseligkeit zu sehen. Er durfte sich nicht abkapseln, nur weil den Menschen seine Entziehungskur peinlich war; er durfte sich nicht gehenlassen und sich wie früher trösten, nur weil die Welt ihn nicht verstand. Er mußte einfach locker bleiben.

»Oh, wenn das so ist, wird es Zeit, etwas dagegen zu unternehmen. Eine Welt, in der nichts los ist, nützt weder Gott, dem Menschen noch dem Teufel, wie man so schön sagt.« Er wechselte das Thema und lenkte ihre Aufmerksamkeit auf Abbrucharbeiten, die sie vom Bus aus sahen. »He, das erinnert mich an was. Kennst du den von dem irischen Maurer, der auf Arbeitssuche war und zu der Baustelle kam ...«

Clare Kelly musterte ihn, während er erzählte. Er war schlanker, seine Augen blickten klar. Eigentlich war er recht attraktiv. Natürlich hatte sie ihn schon seit Jahren nicht mehr nüchtern gesehen, das machte viel aus. Wie schon so oft fragte sie sich, was andere Leute an ihm fanden; er hatte keinen Funken Verstand. In seinem Schädel befand sich nur Stroh.

Als er geendet hatte, lächelte sie höflich. Aber Gerry machte es nichts aus, denn der Busschaffner und die

Umstehenden lachten lauthals. Und für sie war der Witz ebenso bestimmt gewesen wir für Clare.

Er freute sich über die Blumen. Das war eine liebevolle Geste von Emma. Er stellte seine kleine Reisetasche im Wohnzimmer ab und ging automatisch zu dem Schränkchen unter der Stereoanlage, um sich einen Drink einzuschenken. Erst als seine Hand am Türgriff lag, fiel es ihm wieder ein. Mein Gott, wie sehr sich diese Gewohnheit doch eingeschliffen hatte! Merkwürdig, während all den Wochen in der Klinik hatte er kein einziges Mal aus Gewohnheit heraus zum Alkohol greifen wollen, und hier zu Haue ... Er mußte an die nette junge Schwester Dillon denken, die gesagt hatte, zu Hause werde es ihm schwerfallen, sich ungezwungen zu bewegen, weil er viele Tätigkeiten automatisch mit Alkohol assoziierte. Manche Leute würden sich völlig neue Gewohnheiten zulegen, zum Beispiel, nach dem Heimkommen eine Tasse heiße Brühe zu trinken. Heiße Brühe? Er hatte die Nase gerümpft. Oder jedes andere ungewohnte Getränk, zum Beispiel heiße Schokolade. Diese Schwester Dillon war wirklich sehr nett gewesen, sie war mit seinem Problem so umgegangen, als hätte er nur ein wenig Pech gehabt und sich dummerweise die Masern eingefangen. Gestern abend hatte sie ihm sogar eine kleine Tüte Instantbrühe mitgegeben und gemeint, jetzt werde er vielleicht darüber lachen, aber schon bald könnte sie sich als nützlich erweisen. Er hatte erwidert, er sei so charakterfest, daß er den gesamten Inhalt der Hausbar in den Ausguß kippen werde. Das habe seine Frau vielleicht schon für ihn erledigt, hatte die Schwester darauf erwidert.

Gerry öffnete die Schranktür. Da standen sechs Flaschen rote Limonade, sechs Diättonic, sechs Coca-Cola. Außerdem eine Flasche Lime Cordial und ein Dutzend Dosen Tomatensaft. Er traute kaum seinen Augen. Es war doch ein bißchen eigenmächtig von Emma, den ganzen Alkohol wegzuschütten, ohne ihn wenigstens vorher zu fragen, ob es ihm recht sei. Er spürte, wie sich ihm vor Ärger der Magen zusammenkrampfte. Im Grunde war es sogar ziemlich eigenmächtig! Was sollte dieses ganze Gerede, daß sie ihm vertraute und ihn nicht unter Druck setzen wollte, wenn sie dann den ganzen Alkohol wegkippte? Es waren mehrere Flaschen Wein und zwei Flaschen Whiskey gewesen. Und das Geld wuchs schließlich nicht auf Bäumen.

Wütend ging er in die Küche, legte die Hände auf das Spülbecken und zwang sich, wieder zur Ruhe zu kommen. Er sah in den Ausguß. Ohne Rückfrage hatte sie Getränke im Wert von zwanzig Pfund einfach da hineingekippt. Da fiel sein Blick auf eine Schachtel in der Ecke, an der ein Zettel klebte. »Gerry, die habe ich aus der Hausbar genommen, damit die anderen Sachen Platz haben. Sag mir, was ich damit anfangen soll. E.« Ihm traten die Tränen in die Augen. Mit dem Handrücken wischte er sie weg, und er schniefte, als er das Streichholz anriß und die Gasflamme anzün-

dete, auf der er sich eine Tasse heiße Brühe kochen
wollte.

Mrs. Moore hatte im Laufe des Tages zweimal angerufen, aber es hatte niemand abgenommen. Diese Emma
und mit ihrer ach so wichtigen Arbeit. Was war sie
denn schon, eine bessere Schreibkraft! Daß sie in
Montrose arbeitete, schon mal in der Cafeteria mit Gay
Byrne am gleichen Tisch gesessen hatte, Miky Murphy
im Gang begegnet war, Valerie McGovern einmal im
Auto mitgenommen und sich mit Jim O'Neill von Radio Two eine Weile unterhalten hatte, machte sie das
schon zu etwas Besonderem? Beileibe nicht, sie war
trotzdem nur eine Sekretärin. Eine Sekretärin mit einem Herz aus Stein! Diese Frau hatte keinen Funken
Gefühl. Hätte sich nicht jeder normale Mensch an diesem Tag freigenommen, um den eigenen Mann nach
sechs Wochen in der Klinik willkommen zu heißen?
Aber nicht Emma. Der armer Kerl kehrte in ein leeres
Haus zurück!
»Ach, endlich erreiche ich dich, Gerry. Wie fühlst du
dich, geht es dir gut? Hast du dich schön erholt?«
»Es war toll dort, Mutter, einfach großartig.«
»Und hast du auch Medizin bekommen und Spritzen,
haben sie dich gut versorgt? Ich weiß nicht, warum du
nicht ins Vincent's gegangen bist. Das liegt doch gleich
bei euch in der Nähe. Und außerdem bist du privatver-
sichert.«
»Das weiß ich doch, Mutter, aber dort kann man nicht

diese Therapie machen. Ich habe mich einer kompletten Therapie unterzogen, weißt du, und Gott sei Dank hat sie angeschlagen. Aber natürlich weiß man das nie so genau. Es bleibt immer eine gewisse Unsicherheit.«

»Was meinst du mit Unsicherheit, du bist doch völlig in Ordnung! Warst du nicht ganze sechs Wochen da drin? Gerry! Hörst du mir zu? Wenn du dich immer noch nicht fit fühlst, solltest du noch jemand anderen konsultieren. Jemanden, den wir kennen.«

»Nein, Mutter, es geht mir wirklich gut.«

»Was haben sie dir für die Zukunft geraten? Etwas kürzertreten?«

»Nein, ganz im Gegenteil, ich soll aktiv sein, mich betätigen, bis zur Erschöpfung.«

»Aber bist du nicht deswegen hingegangen? Weil du völlig erschöpft warst?«

»Du weißt so gut wie ich, warum ich dort war. Weil ich ein Alkoholproblem hatte.«

Seine Mutter schwieg.

»Aber jetzt ist alles wieder in Ordnung, ich weiß, was ich mir selbst angetan habe, und damit ist jetzt Schluß.«

»Es wird eine Menge Unsinn geredet. Laß dich von diesen Therapeuten nicht verrückt machen, Gerry. Mit dir ist alles in Ordnung, du kannst wie jeder normale Mann mal einen trinken.«

»Was du sagst, ist nicht gerade hilfreich, Mutter. Ich weiß, daß du es gut meinst, aber die Tatsachen liegen nun mal völlig anders.«

»Tatsachen, Tatsachen ... das haben sie dir in dieser Klinik da eingeredet. Tatsache ist, daß dein Vater jeden Tag seines Lebens getrunken hat, worauf er Lust hatte, und er ist immerhin siebzig geworden, der Herr sei seiner Seele gnädig. Wenn er nicht diesen Schlaganfall gehabt hätte, wäre er noch viel älter geworden.«

»Das weiß ich doch, Mutter, und es ist sehr lieb von dir, dich so um mich zu sorgen. Aber glaub mir, ich wurde sechs Wochen lang eines Besseren belehrt. Ich darf den Alkohol nicht mehr anrühren. Für mich ist er wie Gift. Das ist traurig, aber es ist eine Tatsache.«

»Ach, das wird man sehen, das wird sich zeigen. Dieser moderne Quatsch. Emma hat mir das schon erklärt. Lauter Unsinn. Früher, als ich jung war, hatten die Menschen etwas anderes zu tun, als solche Broschüren zu schreiben und zu lesen, die einem alles verbieten – keine Butter, keine Zigaretten, kein Alkohol. War das Leben damals nicht wunderbar, als man sich um solche Dinge noch keine Gedanken gemacht hat?«

»Das stimmt, Mutter, das stimmt«, sagte Gerry müde.

Eine ganze Weile hatte nichts ihr Glück getrübt. Als Gerry und Emma jung verheiratet waren, stand er beruflich glänzend da. In den sechziger Jahren konnte man in der Werbung eine Menge Geld verdienen: Einmal galt es, im Studio eine Flasche und ein edles Glas abzulichten, dann wieder ging es um ein im Bau befindliches Bankgebäude, dessen Entstehungsprozeß fotografisch dokumentiert werden sollte, das Gelände, die Arbeiter, die Gebäude. Er hatte Kontakte zu allen Agenturen, Aufträge gab es genug. Emma hatte sich für seine Arbeit stets begeistert – sein Beruf sei viel interessanter und abwechslungsreicher als ihrer. Sie war Lehrerin für Buchführung und Rechnungswesen an einer Berufsfachschule und hatte nie Karriere machen wollen. Als Paul unterwegs war, hängte sie ihren Beruf ohne Bedauern an den Nagel. Mit Helens Einschulung hätte Emma die Möglichkeit gehabt, wieder zu arbeiten, aber sie machte keine Anstalten dazu, sich eine Stelle zu suchen. Das lag auch schon wieder gute sieben Jahre zurück. Schließlich verschlechterte sich die Auftragslage in der Werbebranche gravierend, es gab kaum noch Arbeit für Fotografen. Aber nun konnte auch Emma in ihrem Beruf nicht mehr Fuß fassen. Lehrkräfte, die vor fünfzehn Jahren das letztemal unterrichtet hatten, wollte niemand einstellen, warum auch? Deshalb hatte sie bei dem Fernsehsender als Schreibkraft angefangen und sich noch glücklich geschätzt, daß sie die Stelle bekommen hatte.

In der Klinik hatte man ihm vermittelt, daß es nicht sehr hilfreich war, sich zu stark mit der Vergangenheit zu beschäftigen; das führe nur zu Selbstmitleid oder Wehmut. Oder man bekam den Eindruck, daß alles unweigerlich habe so kommen müssen, und das war auch nicht gut. Denn dann neigte man zu der Ansicht, man sei für seine Handlungen gar nicht verantwortlich. Am besten hörte er jetzt also auf, an die Vergangenheit zu denken, an die gute alte Zeit, als die Welt noch in Ordnung war. Er machte sich die heiße Brühe und schnupperte argwöhnisch daran, als er sie mit ins Wohnzimmer nahm. Dort fiel es ihm allerdings schwer, nicht an früher zu denken. Da stand das Hochzeitsfoto im Silberrahmen, das sie beide jung und schlank und strahlend zeigte. Sein Vater und Emmas Eltern, alle bereits verstorben, lächelten förmlicher. Im Blick seiner Mutter lag Zuversicht, als hätte sie schon damals gewußt, daß sie lange leben würde.

Dann die Bilder von Paul und Helen, die Serie, die er aufgenommen hatte. Sie mache sich in der Wandnische sehr gut, schwärmten Besucher. Eine Langzeitdokumentation von Kindern, die während der siebziger Jahre aufwuchsen und sich vor dem Auge des Betrachters in Erwachsene verwandelten. Doch vor etwa fünf Jahren war die Serie abgerissen. Die ehemaligen Kinder schienen in einer Zeitfalle festzusitzen.

Wieder schweifte sein Blick zu dem Hochzeitsfoto, und es juckte ihn in der Nase und in den Augen wie vorhin, als er Emmas Nachricht gelesen hatte. Das arme Mädchen. Ja, mit ihren vierzig Jahren war sie noch immer ein Mädchen, und sie hatte zwei Jahre lang mit ihrem Sekretärinnengehalt vier Personen ernährt. Mehr war es nicht gewesen. Natürlich hatte er dann und wann einen Scheck erhalten: Tantiemen für einen seiner Bildbände, eine kleine Summe für eine Aufnahme aus seinem Archiv, die er für einen Kalender zur Verfügung gestellt hatte, ein paar Pfund für die Erlaubnis, etwas nachzudrucken. Aber diese Schecks hatte er selbst eingelöst, und er hatte das Geld ausgegeben. Emma hatte die Familie ernährt. Bei Gott, er würde es wiedergutmachen, wirklich. Er würde ihr jeden Penny und jede Stunde des Kummers und der Sorgen zurückzahlen. Wieder wischte er sich die Augen, er mußte stark sein. Gerry Moore war heimgekehrt, und von nun an würde er zu Hause wieder das Ruder übernehmen.

Emma wollte nicht anrufen, solange es im Büro so ruhig war. Der Anruf war zu wichtig, sie konnte nicht plötzlich auflegen, wenn sie das Gefühl hatte, daß die anderen lauschten. Nervös blickte sie auf die Uhr: mittlerweile mußte er zu Hause sein. Sie wünschte, sie hätte das Haus gemütlicher hergerichtet, ging im Geiste noch mal die Einkäufe durch, die sie in der Mittagspause gemacht hatte. Heute abend wollte sie ein Festmahl für die Familie kochen. Hoffentlich bereute er seine Entscheidung, allein heimzufahren, nicht bereits. Vielleicht war es keine so gute Idee gewesen, nach sechs Wochen in der Klinik in ein leeres Haus zurückzukommen, wo er ein neues Leben beginnen mußte. Zu ihrer großen Freude füllte sich das Büro mit Menschen, und sie konnte sich umdrehen und zu Hause anrufen.

»Hallo?« Seine Stimme klang ein bißchen zögernd, verschnupft sogar, als hätte er sich erkältet.

»Herzlich willkommen zu Hause, Liebling«, sagte sie.

»Du bist eine Wucht, Emma«, sagte er.

»Das nicht, aber ich bin in eineinhalb Stunden zu Hause und kann es kaum erwarten, dich zu sehen. Toll, daß du endlich wieder da bist.«

»Es war ein schöner Empfang. Danke für die Blumen und die Karte.«

»Warte, bis du siehst, was wir heute abend essen – du wirst denken, du wärst in einem Nobelhotel.«

»Ich bin geheilt, das weißt du.«

»Natürlich bist du das. Du bist sehr stark und hast ein großartiges Leben vor dir, wie wir alle.«

Er klang wirklich so, als wäre er erkältet, aber vielleicht weinte er auch – sie wollte es nicht ansprechen, falls er wirklich weinte. Es wäre ihm womöglich peinlich, daß sie es merkte.

»Die Kinder müssen jeden Augenblick heimkommen, dann hast du Gesellschaft.«

»Ich komme schon zurecht. Es ist sehr nett von dir anzurufen. Ich dachte, du dürftest vom Büro aus nicht nach Hause telefonieren.« Sie hatte ihm erzählt, die Geschäftsleitung habe private Telefongespräche während der Arbeit ausdrücklich verboten, damit er sie nicht anrief, wenn er betrunken war.

»Oh, heute ist ein besonderer Tag, da breche ich die Regel«, log sie.

»Ich hole dich da bald raus, keine Angst«, versprach er.

Plötzlich fiel ihr wieder ein, wie sehr es haßte, daß sie die Familie ernährte.

»Das ist schön«, sagte sie. »Bis bald.« Sie legte auf. Das Gespräch war gut verlaufen. Sie flehte zu Gott, daß er wieder in Ordnung war. Einer ihrer Kollegen hatte ihr erzählt, er habe seit zwanzig Jahren keinen Tropfen mehr angerührt. Ein netter Mann, sehr witzig, sehr erfolgreich, obwohl er in seiner Jugend offenbar ein ziemlich ausschweifendes Leben geführt hatte. Vielleicht entwickelte sich Gerry ähnlich wie er. Sie mußte an ihn glauben, ihm vertrauen. Sonst war die Therapie völlig umsonst gewesen.

Paul kam als erster nach Hause. Als er seinen Dad in dem großen Sessel sitzen und die *Evening Press* lesen sah, stockte sein Schritt, und er trat von einem Fuß auf den anderen. In dieser Umgebung hatte er ihn schon lange nicht mehr gesehen, viel länger als die letzten sechs Wochen. Dad war seit einer Ewigkeit kaum noch zu Hause gewesen.
Er legte seine Schulbücher auf den Tisch.
»Wie schön, daß du wieder da bist«, sagte er.
Gerry stand auf und legte beide Hände auf die Schultern seines Sohnes. »Kannst du mir verzeihen, Paul?« fragte er und sah dem Jungen dabei fest in die Augen.
Paul wand sich und lief rot an. Noch nie war ihm etwas so peinlich gewesen. Warum sagte Dad bloß so scheußlich sentimentales Zeug? Das hörte sich ja an wie aus einem blöden alten Film im Fernsehen: Würde er ihm verzeihen? Einfach ekelhaft.
»Klar, Dad«, sagte er und entzog sich seinem Griff.
»Bist du mit dem Bus gekommen?«
»Nein, wirklich, schon seit Stunden möchte ich dir das

unbedingt sagen. Und ich bin froh, daß ich Gelegenheit dazu hatte, bevor die anderen kommen.«

»Das ist schon in Ordnung, Dad. Jetzt geht es dir jedenfalls gut, das ist alles, was zählt.«

»Nein, überhaupt nicht. Wozu hat man einen Sohn, wenn man nicht mit ihm reden kann? Ich möchte dir nur sagen, daß ich mich lange, zu lange nicht um unsere Familie gekümmert habe. Ich habe mich davor gedrückt, aber jetzt bin ich wieder da, und es wird wieder so werden wie früher, als du noch ein Baby warst – daran erinnerst du dich natürlich nicht mehr –, nur daß du jetzt schon groß bist.«

»Ja«, sagte Paul völlig verdutzt.

»Und wenn ich euch Vorschriften mache über die Schulaufgaben und eure Mithilfe im Haushalt, sollt ihr das nicht einfach so hinnehmen. Ihr könnt zu mir sagen: ›Was kommandierst du Blödmann uns hier eigentlich herum, wo warst du, als wir dich gebraucht haben?‹ Ich werde euch zuhören, Paul, und euch Rede und Antwort stehen. Wenn wir alle zusammenhalten, wird aus uns wieder eine richtige Familie.«

»Solche Sachen kann ich nicht sagen. Ich bin einfach froh, daß du wieder da bist, Dad, und daß alles ausgestanden ist, die Krankheit, meine ich, ehrlich.«

»Guter Junge.« Sein Vater zog ein Taschentuch heraus und putzte sich die Nase. »Du bist so ein guter Junge. Danke.«

Pauls Mut sank. Der arme Dad war in ziemlich übler Verfassung, vielleicht hatte in dieser Klinik sein Ver-

243

stand gelitten. Er redete so sentimentales Zeug und hatte Tränen in den Augen. So ein Mist, jetzt konnte er nicht mehr fragen, ob er zu Andy gehen durfte. Das würde einen Riesenwirbel verursachen, und vielleicht brach sein Dad dann in Tränen aus. Mein Gott, wie deprimierend das alles war!

Auf dem Heimweg sah Helen im Pfarrhaus bei Father Vincent vorbei.

»Stimmt etwas nicht?« Der Priester vermutete gleich das Schlimmste.

»Nein, Mummy sagt ständig, wir haben keine Krise, also ist wahrscheinlich alles in Ordnung. Ich wollte Sie nur fragen, ob Sie heute abend nicht unter irgendeinem Vorwand bei uns hereinschneien könnten ...«

»Nein, Kind, das ist für deinen Vater der erste Abend zu Hause, da möchte ich nicht stören. Ihr wollt bestimmt unter euch sein. Heute abend geht es nicht, aber ich komme an einem anderen Abend, vielleicht in ein bis zwei Tagen.«

»Ich fände es ehrlich gesagt besser, wenn Sie heute kommen, gleich zu Anfang.«

Der Priester wollte helfen, wußte aber nicht, wie. »Helen, was könnte ich schon sagen, was tun? Warum wäre meine Anwesenheit von Nutzen? Wenn du mir das erklären kannst, komme ich natürlich.«

Helen dachte einen Augenblick nach. »Ich weiß nicht, wie ich es ausdrücken soll, Father Vincent, es ist eben so eine Erfahrung von früher. Wenn Sie dabei waren, war alles nicht so schlimm, dann haben sie sich ein bißchen zusammengerissen. Sie wissen schon, Mummy und Daddy, dann haben sie nicht aufeinander herumgehackt und so schreckliche Dinge gesagt.«

»Ja, aber ich glaube nicht …«

»Sie haben vielleicht keinen Unterschied bemerkt, aber wenn Sie nicht dagewesen wären, hätte Daddy noch viel mehr getrunken und Mummy hätte ihn angeschrien, er soll sich vor uns zusammennehmen …«

Das Kind wirkte sehr aufgeregt; Father Vincent beeilte sich zu antworten: »Ich weiß, ich weiß, und so etwas passiert in vielen Familien. Du mußt nicht denken, daß es nur bei euch manchmal laut wird, das kann ich dir versichern. Aber du vergißt eines, Helen, dein Vater ist geheilt. Und Gott sei Dank hat er es aus eigenem Antrieb geschafft. Es war nicht leicht, und am schwersten war das Eingeständnis vor sich selbst, daß er nicht mit Alkohol umgehen kann. Das hat er jetzt eingesehen, und es geht ihm gut, wirklich gut. Ich habe ihn in der Klinik besucht, weißt du. Er wollte nicht, daß ihr Kinder da hingeht, aber glaub mir, er ist ein neuer Mensch. Nein, besser gesagt, er ist wieder ganz der alte, so wie er früher war, und es gibt überhaupt keinen Grund, sich Sorgen zu machen.«

»Er ist immer noch Daddy.«

»Schon, aber jetzt trinkt er nicht mehr. Er ist in großartiger Verfassung, du wirst staunen. Nein, Helen, heute abend besuche ich euch nicht. Vielleicht komme ich

am Wochenende auf ein Viertelstündchen vorbei. Ich
rufe vorher an.«

Helen war nicht zufrieden, das sah man ihr an. »Ich
dachte, Priester müßten der Gemeinde helfen. Zumindest sagen Sie das im Religionsunterricht immer.«

»Ich helfe euch doch, indem ich mich zurückhalte.
Glaub mir, ich bin älter als du.«

»Das bekommt man von den Erwachsenen immer dann
zu hören, wenn ihnen nichts mehr einfällt«, entgegnete
Helen.


Als Emma mit dem Rad nach Hause fuhr, sah sie
Helen, die trübsinnig einen Stein vor sich herkickte.

»Kommst du jetzt erst heim?« fragte sie, verärgert darüber, daß Helen nicht schon zu Hause war, um Gerry
willkommen zu heißen.

»Ich habe auf dem Weg noch Father Vincent besucht«,
erklärte Helen.

»Weswegen?« Emma war beunruhigt.

»Eine Privatangelegenheit. Was man mit seinem
Beichtvater bespricht, geht niemanden etwas an. Es
gibt schließlich ein Beichtgeheimnis.«

»Entschuldige«, sagte Emma. »Aber er kommt doch
wohl nicht zufällig heute abend bei uns vorbei, oder?«

Helen sah ihre Mutter erstaunt an. »Nein, das hat er
nicht vor.«

»Gut. Ich möchte nämlich, daß wir unter uns sind.
Lauf du schon voraus und sag deinem Vater guten Tag.
Ich komme gleich nach.«

Widerstrebend ging Helen weiter. Als sie sich am Tor umwandte, sah sie, wie ihre Mutter Kamm und Spiegel hervorholte und sich das Haar richtete. Wie blöd Mummy manchmal war. Wozu kämmte sie sich jetzt das Haar? Zu Hause sah sie doch sowieso keiner. Sie hätte sich lieber im Sender hübsch zurechtmachen sollen, wo ihr vielleicht jemand über den Weg lief, der sie beachtete.

Gerry drückte Helen so fest, daß sie kaum noch Luft bekam.

»Meine Güte, wie groß du schon bist! Ein richtiger Teenager«, rief er.

»Ach Dad, so lange ist das auch wieder nicht her, seit du mich das letztemal gesehen hast. Du warst doch nur ein paar Wochen weg. Und jetzt hörst du dich an wie ein alter Matrose, der nach Monaten auf See heimkehrt.«

»Genauso fühle ich mich, das hast du gut getroffen«, sagte er.

Helen und Paul wechselten einen einigermaßen entsetzten Blick. Dann hörten sie Mum, die das Fahrrad an die Garagenwand lehnte, und alle sahen zur Hintertür. Durch die Spülküche stürmte sie in die Küche, sie war erhitzt vom Radfahren. Auf dem Arm trug sie eine riesige Tüte voller Lebensmittel. Gerry fand, sie sah in Jeans und T-Shirt sehr jung aus.

Sie umarmten sich lang und innig, ohne Rücksicht auf die Kinder und auf die Tatsache, daß Gerry seine zweite Tasse heiße Brühe und Emma ihre Einkäufe in der Hand hielt.

»Gott sei Dank, Gott sei Dank«, sagte Gerry immer wieder.

»Du bist wieder da, du bist wieder da«, erwiderte Emma. Mit ernstem Blick betrachteten die Kinder sie von der Tür zum Flur aus. In ihren Gesichtern war zu lesen, daß sie die Szene fast so schlimm fanden wie alles, was sie zuvor durchgemacht hatten.

Beim Abendessen klingelte das Telefon. Emma, den Mund voller Garnelen, sagte, sie wolle abnehmen.

»Es ist wahrscheinlich deine Mutter. Sie hat gesagt, daß sie anruft.«

»Das hat sie bereits getan«, sagte Gerry.

Es war Jack. Er sei im Geschäft aufgehalten worden. Mr. Power habe kurz vor Geschäftsschluß entschieden, die Möbel im Ausstellungsraum anders aufzustellen, damit die Putzfrauen die Winkel säubern konnten, die sie sonst nicht erreichten. Emma hörte sich zweieinhalb Minuten lang eine Schmährede auf Mr. Power an; sie machte beschwichtigende Laute. Schließlich änderte sich Jacks Tonfall.

»Ist er schon da?« flüsterte Jack verschwörerisch.

»Ja, Gott sei Dank, seit heute Nachmittag. Er sieht kerngesund aus. In dieser Klinik sollten wir uns alle mal verwöhnen lassen, das sage ich dir.« Sie lachte unbeschwert und hoffte, Jack würde sich davon anstecken lassen.

248

»Und gibt es … irgendein Anzeichen von …«

»Er ist in bester Stimmung und läßt dich schön grüßen – wir sind nämlich gerade beim Essen, weißt du, es gibt ein Willkommensmahl.« Würde Jack nun endlich kapieren, daß er zur Essenszeit angerufen hatte?

»Kann er dir zuhören, ist er gerade im Zimmer?«

»Ja.«

»Nun, dann kann ich jetzt nicht reden. Ich rufe später noch mal an, vielleicht, wenn er schon im Bett ist.«

»Warum versuchst du es nicht morgen früh, besser noch morgen vormittag? Samstag ist ein guter Tag, da sind wir alle zu Hause, und dann kannst du auch mit Gerry selbst reden. In Ordnung?«

»Ich weiß nicht, ob ich es am Vormittag schaffe.«

»Nun, dann eben im Laufe des Tages …« Sie blickte zu Gerry, und in liebevollem Einverständnis verdrehten beide die Augen. »Wenn du dir nur endlich ein Telefon zulegen würdest, dann könnten wir dich anrufen. Ich finde es schrecklich, daß du immer nach Münzen kramen mußt.«

»Die Grundgebühr kommt mir zu teuer, die Telefonrechnungen sind doch astronomisch. Nein, da ist mir der Münzfernsprecher lieber, ich habe einen gleich in der Nähe. Nur am Samstag ist er immer von Jugendlichen belagert.«

»Ist schon gut, wann du es eben schaffst, Jack.«

»Wie du damit umgehst, ist einfach fabelhaft. Es gibt nicht viele Frauen, die das könnten.«

»Das stimmt«, lachte sie. Er war so ein einsamer

Mensch, sie wollte ihn nicht zu schnell abwimmeln. »Und wie geht es dir?« erkundigte sie sich deshalb.

Jack erzählte es in aller Ausführlichkeit: Er habe einen steifen Nacken, weil es im Geschäft zog, Mr. Power jedoch darauf bestand, daß die Tür, durch die es zog, offenblieb. Die Umsätze gingen zurück, weil sich die Leute immer mehr darauf verlegten, auf Auktionen einzukaufen und sich alte Möbel selbst herzurichten. Das ruiniere das ganze Geschäft. Emma bedeutete Paul, der neben ihr saß, ihr den Teller herüberzuschieben. Sie ärgerte sich über Jack, weil er so unsensibel war und zur Essenszeit angerufen hatte. Aber wenn sie jetzt auflegte, hätte sie ein schlechtes Gewissen, und gerade heute abend wollte sie sich ohne belastende Gedanken einfach entspannen.

Während Jack weiterplapperte, ließ sie ihren Blick über den Tisch schweifen. Alle schienen sich prächtig zu verstehen. Gerry sah phantastisch aus, er hatte auch abgenommen. Sie wurden dem jungen Paar auf ihrem Hochzeitsfoto immer ähnlicher. Sein Kinn wirkte straffer, sein Blick war strahlend, und er hatte endlose Geduld mit den Kindern, was ja gar nicht einfach war. Besonders Helen war empfindlich wie eine Mimose, und Paul fehlte jegliche innere Ruhe. Jack schien nun endlich zum Schluß zu kommen. Er würde morgen anrufen und mit Gerry reden. Er hoffe, Gerry würde es zu schätzen wissen, daß Emma arbeiten ging und die Familie ernährte und zusammenhielt. Wenn er doch nur schon früher zur Vernunft gekommen wäre und

nicht ihre ganze Existenz aufs Spiel gesetzt hätte!
»Aber jetzt ist alles in bester Ordnung«, meinte Emma
müde. Jack stimmte ihr zweifelnd zu und legte auf.
»Hat er sich über meine Verfehlungen ausgelassen?«
fragte Gerry.
»Ein bißchen schon«, lachte Emma. Gerry stimmte
mit ein, und einen Augenblick später auch die Kinder.
Es kam einem normalen Familienleben so nahe wie
schon seit ungefähr vier Jahren nicht mehr.

Gerry verbrachte den Samstag in seinem Arbeitszimmer. Das Haus hatte vier Schlafzimmer, und beim Kauf
hatten sie sofort entschieden, daß das Elternschlafzim-
mer sein Arbeitszimmer werden sollte. Andere miete-
ten sich ein Büro, da schien es nur sinnvoll, daß Gerry
den größten Raum mit dem besten Licht zum Arbeiten
bekam. Das daran angrenzende kleine Bad wurde die
Dunkelkammer. Früher einmal war das Arbeitszimmer
ein Wunder an Organisation gewesen. In einer riesigen alten Kommode, einem prächtigen Möbelstück,
waren die aktuellen Vorgänge untergebracht. Das war
ebenso effektiv wie in jedem modernen Stahlakten-
schrank, sah aber hundertmal besser aus. Die Beleuchtung war durchdacht, an den Wänden hingen gerahmte Fotos; einige zeigten ein Einzelobjekt, wie Gerrys
berühmte Aufnahme von dem Diamanten; andere
waren Zeugnisse seiner Erfolgsgeschichte. Gerry, wie
er eine Auszeichnung erhielt, Gerry, der Spaßvogel,
mit einem strahlenden Lächeln im Gesicht. Dann gab

es noch den riesigen, überquellenden Schreibtisch, auf dem sich in letzter Zeit hauptsächlich Rechnungen und Werbezettel angehäuft hatten; auch Absagen sowie allerhand Krimskrams, der das Ablagesystem sprengte.

Als Gerry sein Arbeitszimmer zum erstenmal wieder betrat, hatte er geseufzt, aber Emma hatte ihm zur Seite gestanden.

»Sag mir, was du noch brauchst – außer ein paar Müllsäcken, um den ganzen Krempel loszuwerden«, meinte sie.

»Und einer Flasche Whiskey, um den Schmerz zu betäuben, der einen bei diesem Anblick überkommt«, ergänzte er.

»Du armer Kerl, ist es so schlimm?« erwiderte sie unbekümmert.

»Nein«, sagte er. »Ich bin nur theatralisch. Ein Dutzend Plastiksäcke dürfte genügen.«

»Alles solltest du nicht wegwerfen« warnte sie beunruhigt.

»Aber vieles werde ich ausmustern, Schatz. Ich muß noch einmal ganz von vorn anfangen, das weißt du.«

»Du hast es schon einmal geschafft, du schaffst es wieder«, sagte sie und ging nach unten.

Gerry legte sich vier Kategorien zurecht: richtiger Müll; Müll, den er noch einmal durchsehen wollte; Ablage für die Akten; Kontakte für die Zukunft.

Beinahe alles schien in eine der Kategorien zu passen,

er war mit sich zufrieden und summte sogar, während er die Herkulesarbeit verrichtete.

Emma, die gerade die Betten machte, hörte ihn. Sie hielt inne und schwelgte in Erinnerungen daran, wie es früher gewesen war. Gerry hatte pfeifend und summend in seinem Zimmer gearbeitet, war leichtfüßig nach unten gesprungen und hatte sich ins Auto gesetzt, um einen Auftrag zu erledigen. Damals hatte neben dem Telefon ein dicker Block gelegen, wo sie notierte, wer wann in welcher Angelegenheit angerufen hatte. Sie hatte sich stets so tüchtig und hilfsbereit gezeigt, daß seine Kunden sie oft gefragt hatten, ob sie Mr. Moores Partnerin sei. Eine ziemlich feste Partnerin, hatte sie lachend erwidert – das hatten sie beide sehr amüsant gefunden. Nun hatte schon seit Monaten, beinahe Jahren das Telefon nicht mehr für Gerry geklingelt, außer vielleicht wenn Des Kelly anrief oder sein Bruder Jack, um ihm etwas vorzujammern, oder seine Mutter, die stets eine ganze Litanei von Beschwerden hatte. Gab es wirklich Grund zur Hoffnung, daß sie irgendwann wieder ein normales Leben führen würden? Forderte sie das Schicksal heraus, wenn sie daran glaubte, daß er trocken bleiben und sein Geschäft wieder in Schwung bringen würde? Sie wußte es nicht. Und sie konnte auch niemanden fragen. Sie konnte sich nicht an die Anonymen Alkoholiker wenden und ihr Problem mit anderen Ehefrauen und Angehörigen besprechen, das wäre nicht fair gewesen. Wenn Gerry selbst zu den Anonymen Alkoholikern gegangen wäre, dann wäre es etwas anderes gewesen; dann hätte auch sie sich einer Selbsthilfegruppe anschließen können. Aber Gerry wollte das nicht, er wollte nicht jede Woche zu einem Treffen gehen, wo irgendwelche Langweiler aufstanden und sagten: »Ich bin Tadgh und ich bin Alkoholiker.« Nein, heutzutage machte man das mit Hilfe einer Therapie, und das hatte er getan. Und er war geheilt.

Sie seufzte. Warum schob sie ihm immer noch die Schuld zu? Er hatte es auf seine Weise versucht, und er hatte es geschafft. Die sechs Wochen hatten ihn stärker und entschlossener gemacht. Seit zwei Tagen war er nun zu Hause, und er kam gut zurecht. Sie mußte aufhören, sich Sorgen zu machen, sie mußte den Argwohn und die Furcht verscheuchen, die Angst vor dem ersten Anruf von Des Kelly, dem ersten Streit, der ersten Enttäuschung. Würde er auch danach noch die Kraft haben, zuversichtlich in die Zukunft zu blicken?

Gerry hatte vier sauber verschnürte Säcke voller Müll in der Garage verstaut. Er bestand darauf, daß Emma nach oben kam, um sein Werk zu bewundern. In ihren Augen wirkte das Zimmer immer noch wie ein Schlachtfeld, aber für ihn war eine gewisse Ordnung zu erkennen, also zeigte sie sich begeistert. Beim Aufräumen hatte er drei Schecks im Wert von insgesamt zweihundert Pfund gefunden. Sie waren längst ungültig, aber man konnte sie neu ausstellen lassen. Er war sehr zufrieden über seinen Fund und fand, sie sollten das mit einem Abendessen im Restaurant feiern.

»Bist du sicher, daß sie nicht bereits neu ausgestellt wurden? Einer ist schon drei Jahre alt.« Doch sofort bereute Emma ihre Worte. Es klang, als gönnte sie es ihm nicht. Hastig fuhr sie fort: »Und wenn schon. Du hast recht, wohin sollen wir gehen?«

Er schlug einen Pub mit Speiselokal vor. Sie zuckte mit keiner Wimper. Mit solchen Situationen würde sie von nun an häufig konfrontiert werden; also sollte sie sich besser gleich daran gewöhnen. Nur weil Gerry Moore nicht mehr trank, würde man in Irland nicht aufhören, Alkohol zu verkaufen, auszuschenken und dafür zu werben.

»Wunderbar«, meinte sie begeistert. »Zur Feier des Tages wasche ich mir noch die Haare.«

Wenig später rief Des Kelly an.

»Wie geht's, alter Junge?« fragte er.

»Ich bin fit für die Olympischen Spiele«, verkündete Gerry stolz.

»Sind dabei auch ein paar Gläser Orangensaft erlaubt, oder ist das mehr, als dein gestählter Körper verträgt?«

»Oh, mein gestählter Körper verträgt alles, aber nicht heute abend. Ich führe Emma fein zum Essen aus, als Dankeschön.«

»Dankeschön?«

»Dafür, daß sie die Stellung gehalten hat, während ich da drin war.«

»Oh, ja, natürlich, sicher …«

»Aber morgen gern, Des, wie üblich. Halb eins?«

»Klasse. Bist du sicher, daß du nicht …«

»Ganz sicher. Aber erzähl mir von dir – was treibst du in letzter Zeit so?«

Des erzählte ihm von dem Drehbuch, für das er Blut und Wasser geschwitzt hatte und das von so einem Schnösel, der keine Ahnung hatte, abgelehnt worden war. Ein anderes sei dagegen gut angekommen und sogar in der Zeitung lobend erwähnt worden.

»Ja, daran erinnere ich mich noch. Das war, bevor ich in die Klinik gegangen bin.«

»Wirklich? Schon möglich. Da habe ich wohl etwas durcheinandergebracht. Nun, was gibt es sonst noch? Das übliche. Ich habe dich vermißt, alter Junge, wirklich. Ohne dich gab es nicht viel zu lachen. Ich habe das Madigan's ausprobiert und war im McCloskey's und drunten in der Baggot Street, im Waterloo House, im Searson's und im Mooney's, aber da gab es niemanden zum Reden. Ich bin froh, daß du wieder draußen bist.«

»Ich auch.«

»Sind sie schlimm mit dir umgesprungen?«

»Überhaupt nicht. Sie waren in Ordnung, ich konnte selbst entscheiden. Wenn ich etwas nicht mitmachen wollte, mußte ich nicht.«

»Na, das ist doch gut.«

»Und du kannst beruhigt sein, ich werde dir keine Broschüren in die Hand drücken mit dem Ratschlag, nicht mehr so tief ins Glas zu schauen«, meinte Gerry schmunzelnd. Auch Des lachte ziemlich erleichtert.

»Gott sei Dank. Dann bis morgen, Kumpel, und genieße deinen Flitterwochenabend.«

Gerry wünschte, er hätte Schecks im Wert von zweitausend und nicht von zweihundert Pfund gefunden, dann wäre er mit Emma wirklich noch einmal in die Flitterwochen gefahren. Vielleicht konnte er das nachholen, wenn er beruflich wieder auf den Beinen war. Er würde darüber nachdenken. Wie herrlich wäre es, sich auf einer Insel wie Lanzarote für zwei Wochen ein Ferienhaus zu mieten! Ein Patient in der Klinik hatte sich dort sogar ein Haus gekauft, zusammen mit anderen Iren, so daß sich eine richtige irische Kolonie gebildet hatte. Sie waren eine lustige Clique und hatten eine Menge Spaß, brachten sich tonnenweise zollfreien – nun, diese Seite mußte er vergessen, aber jedenfalls gab es dort wundervolle Strände, und es war sogar im Winter herrlich warm. Er machte sich wieder an die Arbeit. Die Abteilung »Kontakte« bereitete ihm die größten Schwierigkeiten, denn bei den Agenturen war viel im Umbruch. Einige hatten sich zusammengeschlossen, andere waren vom Markt verschwunden. Es gab viele neue Namen. Und bei vielen alten Namen hatte es böses Blut gegeben – wegen eines Auftrags, den er angenommen und dann nicht erledigt hatte, einer Arbeit, die man nicht akzeptiert hatte. Herrgott, vielleicht war es einfacher, irgendwo im Ausland noch einmal von vorn anzufangen? Zum Beispiel in Australien? Dublin war ein Dorf, wenn man jemandem mittags etwas erzählte, wußte es abends die ganze Stadt. Na ja, schließlich hatte niemand behauptet, daß es einfach sein würde.

Als es Zeit wurde, sich zum Ausgehen umzuziehen, war Gerry auf einem Tiefpunkt. Die Kinder waren aus dem Haus, Paul war wie üblich bei Andy, Helen beim Tennis. Heute morgen beim Frühstück hatte sie gefragt, ob sie genügend Geld für Tennisstunden hätten. Falls nicht, sei es auch nicht weiter schlimm, und sie würde ihren Eltern nicht damit in den Ohren liegen. Aber wenn das Geld da war, würde sie gerne mitmachen. Gerry hatte darauf bestanden, daß sie mitmachte, und wollte ihr sogar einen neuen Schläger kaufen, falls sie sich als talentiert erwies. In bester Laune war sie losgezogen. Nach der Stunde würde sie bei einer Freundin, die in der Nähe des Tennisplatzes wohnte, zum Abendessen bleiben.
Emma frisierte sich das frisch gewaschene Haar; sie saß im Slip an der Frisierkommode und sah Gerry hereinkommen.
Erst dachte sie, er wollte mit ihr ins Bett gehen. Letzte Nacht hatten sie nicht miteinander geschlafen, sie waren nur Seite an Seite dagelegen und hatten sich an den Händen gehalten, bis er eingeschlummert war. Jetzt schien ein geeigneter Zeitpunkt. Aber nein, das war das letzte, woran er jetzt dachte; daher war sie froh, daß er von ihren Flirtversuchen keine Notiz genom-

men hatte. Wenn er ihr Geschäker gar nicht bemerkt hatte, bedeutete sein finsterer Blick auch keine Zurückweisung.

»Wie schön, mal wieder auszugehen. Ich freue mich richtig darauf.«

»Das mußt du mir nicht auch noch unter die Nase reiben. Ich weiß sehr gut, daß du schon seit einer Ewigkeit nicht mehr ausgegangen bist.«

Sie verbiß sich eine gekränkte Antwort. »Worauf hast du Appetit, weißt du es schon?« fragte sie. Es war ein verzweifelter Versuch, ein unverfängliches Thema anzuschneiden.

»Wie zum Teufel soll ich das wissen, bevor ich die Speisekarte gesehen habe? Ich habe keine Röntgenaugen. Und der Heilige Geist verrät mir auch nicht, was es gibt.«

Sie lachte. Dabei hätte sie ihm am liebsten die Bürste und alles, was sonst noch auf der Frisierkommode lag, an den Kopf geworfen und ihm gesagt, er könne sich seine Einladung sonstwohin stecken. Das Essen würde ohnehin sie bezahlen, denn diese ungültigen Schecks mußten ja erst neu ausgestellt werden, falls das überhaupt noch ging. Sie wollte ihm ins Gesicht schreien, daß dieses Haus in der Zeit ohne ihn ein Ort des Friedens und der Ruhe gewesen war. Aber statt dessen entgegnete sie bloß: »Ich weiß. Ich bin eben ein unverbesserlicher Vielfraß und kann immer nur ans Essen denken. Achte gar nicht auf mich.«

Er rasierte sich über dem kleinen Handwaschbecken

in ihrem Schlafzimmer. Ihre Blicke trafen sich, und er lächelte. »Du bist zu gut für mich.«

»Nein, ich bin genau das, was du verdienst«, widersprach sie in heiterem Ton.

Im Auto ergriff er ihre Hand.

»Entschuldige«, sagte er.

»Ist schon gut,«, entgegnete sie.

»Ich habe mir den Abend vorgestellt, der vor uns liegt. Ohne Wein zum Essen und so. Das war ein bißchen hart.«

»Ich weiß«, sagte sie mitfühlend.

»Aber du sollst Wein bestellen. Das mußt du, sonst ist das Ganze Schwachsinn.«

»Du weißt, daß mir nichts daran liegt. Ich kann genausogut Mineralwasser nehmen.«

»Es gehört zum Erfolg der Therapie, daß es einen nicht stört, wenn andere trinken. Ich hatte vorhin im Haus nur eine kleine Verstimmung, ich weiß auch nicht, warum. Aber jetzt ist wieder alles in Ordnung.«

»Sicher, und ich kann auch ein oder zwei Gläschen trinken, wenn es dir nichts ausmacht.«

Sie steckte den Schlüssel ins Zündschloß und fuhr los. Eigentlich hätte er seinen Führerschein wiederbekommen können, aber er hatte noch keinen Antrag gestellt, oder was immer man sonst dafür tun mußte. Und in den letzten Monaten hätte er ohnehin nicht mehr fahren können. Sie hatte ihm die Schlüssel angeboten, als sie am Auto angekommen waren, aber er hatte den Kopf geschüttelt.

Als sie im Lokal die Speisekarte studierten, entdeckten sie ein befreundetes Paar, das sie seit einer Weile nicht mehr getroffen hatten. Emma sah, wie die Frau ihren Mann anstieß und in ihre Richtung deutete. Nach eingehender Musterung kam er herüber.

»Wenn das nicht Gerry Moore ist! Ich hätte dich kaum erkannt, so gut siehst du aus. Und du auch, Emma …«

Sie begrüßten ihn mit scherzhaften Bemerkungen und lachten dabei; beide strichen sie über ihren flachen Bauch, als der Mann sagte, sie müßten eine Schönheitsfarm besucht haben, so fabelhaft sähen sie aus. Emma meinte, ihre schlanke Figur habe sie nur ihrem Fahrrad zu verdanken, und Gerry erklärte, bei ihm liege es daran, daß er nicht mehr trinke. Sie hatten die erste Hürde in einem Hindernislauf genommen. An der Art, wie das Paar danach tuschelte, erkannte Emma, daß noch viele Hürden vor ihnen lagen. Die Neuigkeit würde die Runde machen, und dann würden die Leute kommen, um nachzuprüfen, ob es wahr war. Gerry Moore, der alte Schnapsbruder, ein neuer Mensch! So etwas hat die Welt noch nicht erlebt, er rührt keinen Tropfen mehr an, er hat letztes Jahr ein Vermögen verdient, ist wieder einer der Top-Fotografen. Er hat sich so verändert, es ist kaum zu glauben, und auch seine Frau. Bitte. Bitte, lieber Gott, mach, daß es so kommt.

Father Vincent schaute am Samstagabend vorbei. Er klopfte lange an die Haustür. Vom Wagen war keine

Spur zu sehen, da stand nur Emmas Fahrrad, und niemand öffnete. Er nahm an, daß die ganze Familie ausgeflogen war. Trotzdem, das Mädchen war ganz blaß vor Sorge gewesen. Hoffentlich war Gerry nicht gleich wieder aus der Rolle gefallen und zurück in die Klinik gebracht worden. Eine ganze Weile lang überlegte er, ob er eine Nachricht hinterlassen sollte oder nicht, und entschied sich schließlich dagegen. Falls der arme Gerry wirklich einen Rückfall gehabt hatte und wieder eingeliefert worden war, würde so ein Willkommensgruß etwas makaber wirken. Wie so oft wünschte Father Vincent, er wäre Hellseher.

Paul kam von Andy nach Hause und schaltete den Fernseher ein. Kurz darauf folgte Helen; einträchtig machten sie es sich mit einem Erdnußbuttersandwich und einem Glas Milch auf dem Sofa bequem und sahen fern. Dann hörten sie Stimmen und einen Schlüssel, der sich im Schloß drehte.

»Ach je«, sagte Paul. »Das habe ich ganz vergessen, *er* ist ja wieder da. Nimm dein Glas, Helen, und gib mir die Teller. Wir müssen klar Schiff machen. Hier muß alles blitzen!« Helen mußte lachen, als Paul die Stimme ihres Vaters nachäffte, aber sie spähte nervös in die Diele hinaus, um zu sehen, ob er betrunken war.

Seit Gerry wieder zu Hause war, brauchten sie viel mehr Geld als zuvor. Emma konnte sich eigentlich nicht erklären, warum. Für Alkohol gab er nichts mehr aus, und abgesehen von diesem Samstagabend im

Restaurant gingen sie nicht aus oder luden Gäste ein. Gerry kaufte sich auch nichts zum Anziehen und keine Haushaltsgegenstände. Warum reichte dann ihr Gehalt nicht mehr so lange wie früher? Einen gewissen Anteil machten Briefpapier und -marken aus. Gerry hielt sein Versprechen und verschickte Konzepte an potentielle Auftraggeber – lauter fröhliche, muntere Briefe, die zwischen den Zeilen sagten: Ich bin wieder da, ich bin geheilt, ich bin noch immer ein großartiger Fotograf. Außerdem kochte er neuerdings, er probierte neue Rezepte aus, die er nicht mit Alkohol assoziieren konnte. Sie hatten schon eine beachtliche Summe für Curry-Zutaten ausgegeben, aber dann hatte er die Lust daran verloren und gemeint, es lohne den Aufwand nicht. Wenn sie ein gutes Curry wollten, könnten sie ebensogut in einem Lokal eines holen. Sie nahm es ihm nicht übel, auch wenn sie selbst jeden Penny zweimal umgedreht hatte, damit es noch für Strom, Gas und Telefon reichte. Wovon sie den Rest des Monats leben sollten, war ihr ein Rätsel. Allein bei dem Gedanken an die nächste Telefonrechnung wurde ihr flau im Magen.

An einem Abend hatte Gerry fast fünfzehn Minuten lang mit jemandem in Limerick telefoniert, und er hatte von Anrufen in Manchester und London erzählt. Sie hatte nichts dazu gesagt, sie betete nur insgeheim, daß die Früchte all dieser Gespräche spätestens dann geerntet werden konnten, wenn die nächste Telefonrechnung fällig wurde.

Gerrys Mutter fand, er habe sich in dieser Klinik sehr verändert. Sein Besuch bei ihr verlief nicht sehr erfolgreich. Sie hatte eigens für den Anlaß eine kleine Flasche Whiskey besorgt, die nun in der Vitrine neben den Porzellanhunden stand. Ach, komm schon, einer schadet doch nicht.

»Nein, Mutter. Das ist ja gerade der springende Punkt. Ich habe so eine Veranlagung, bei mir wirkt Alkohol wie Gift. Das habe ich dir doch erklärt. Und auch Emma …«

»Ach, Emma. Hochgestochenes Geschwätz. Alkoholallergie. Ich kann's nicht mehr hören.«

»Ich auch nicht, Mutter, aber zufällig ist es nun mal eine Tatsache.« Gerry verlor allmählich die Geduld.

»Du trinkst jetzt den einen, und dann hören wir auf zu streiten«, hatte seine Mutter erwidert.

»Es wäre jetzt ganz einfach, ›danke, Mutter‹ zu sagen, das Glas zu nehmen und den Inhalt wegzukippen, wenn du gerade nicht hersiehst. Aber das kann ich nicht. Das kann ich verdammt noch mal nicht. Geht das vielleicht irgendwann mal in deinen Kopf?«

»Du mußt mich nicht auch noch anschreien, ich mach' schon genug durch«, entgegnete seine Mutter, und dann hatte sie zu weinen angefangen.

»Hör mal, Mutter. Gib mir die Flasche, die du freundlicherweise für mich gekauft hast. Ich schenke sie Father Vincent für den Basar. Er kann sie als Preis in der Tombola verwenden oder so. Dann ist sie nicht verschwendet.«

264

»Das werde ich nicht tun. Ich habe den Whiskey gekauft, um ihn einem Gast anzubieten, der genügend
Manieren besitzt, ihn nicht auszuschlagen.«
Sie fanden kein anderes Thema, bei dem sie einer Meinung gewesen wären. Gerry verabschiedete sich, und
er hoffte, daß kein anderer Mensch auf Erden sich so
schlecht mit seiner Mutter verstand wie er. Als er an
diesem Tag nach Hause kam, saßen Paul und Emma in
der Küche und stritten. Sie hatten ihn nicht kommen
hören.
»Aber warum denn bloß! Kannst du mir vielleicht sagen, warum ich das tun soll? Er ist nicht behindert, er
ist nicht schwachsinnig, warum müssen wir dann unbedingt auf glückliche Familie machen und uns jeden
Tag vollzählig um den Abendbrottisch versammeln?
Wenn ich erst nach dem Essen zu Andy rübergehe, ist
es zu spät, dann ist der ganze Abend im Eimer.«
»Dann lade doch Andy zu uns ein.«
»Das kannst du vergessen.«
Da trat Gerry ein und blickte von einem zum anderen.
»Du kannst den Abend gerne bei deinem Freund verbringen, Paul, wenn du das möchtest. Emma, könnte
ich dich mal im Arbeitszimmer sprechen?«
Als er nach oben ging, hörte er Helen nervös kichern.
»Genau in diesem Ton redet die Mutter Oberin, wenn
sie einen von der Schule wirft«, sagte sie und verbiß
sich ein Lachen.

»Der Junge hat recht. Ich bin nicht schwachsinnig, und diese Familienmahlzeiten gehen mir allmählich auf die Nerven, wenn du es genau wissen willst.«

»Ich dachte, weil ich doch den ganzen Tag nicht da bin … damit du wieder einen geregelten Tagesablauf hast …«

»Du dachtest, du dachtest, du dachtest … Das ist das einzige, was in diesem Haus zählt.«

Ungläubig sah sie ihn an.

»Wirklich, Emma, Tag und Nacht …«

Zwei dicke Tränen tropften herab, und zwei weitere kullerten über die Backen wie Regen am Fenster. Aber sie machte keine Anstalten, sie abzuwischen, und auch keinen Versuch ihm zu widersprechen oder zuzustimmen. Sie gab sich geschlagen.

»Sag was, Emma. Wenn du anderer Meinung bist, sag es mir.«

»Was gibt es noch zu sagen?« schluchzte sie. »Ich liebe dich so sehr, aber ich kann es dir einfach nicht recht machen. Lieber Gott, was soll ich noch tun, damit du zufrieden bist? Anscheinend mache ich alles falsch.«

Er nahm sie in den Arm und strich ihr übers Haar.

»Hör auf, hör doch auf«, bat er. Schluchzend vergrub sie ihr Gesicht in seinem Hemd.

»Du bist so lieb. Und ich bin ein Scheißkerl, ein richtiger Scheißkerl.« Emma äußerte ersticketen Protest.

»Und ich liebe dich auch und brauche dich …«

Mit tränennassem Gesicht sah sie zu ihm auf. »Wirklich?«

»Natürlich«, versicherte er.

Ein Stockwerk tiefer sagte Helen zu Paul: »Sie sind ins Schlafzimmer gegangen. Ist das nicht merkwürdig?«

»Dann wirft er sie wohl nicht hinaus.«

»Was glaubst du, machen sie da?«

Paul lachte wissend. »Dreimal darfst du raten.«

Helen war entsetzt. »Das kann nicht sein. Dafür sind sie doch schon viel zu alt!«

»Warum hätten sie sonst die Tür abgeschlossen?« widersprach Paul.

»Himmel, ist das ekelhaft! Das hat uns gerade noch gefehlt.«

In diesem Augenblick klopfte Father Vincent an die Haustür. Helen, die ihn durch die Türscheibe erkannte, war die Situation so peinlich, daß sie, anstatt ihm zu öffnen, hilfesuchend zurück zu Paul rannte.

»Was soll ich ihm bloß sagen?« fragte sie. »Einem Priester kann man doch nicht erzählen, was wir vermuten.«

Paul ließ ihn herein. »Mum und Dad sind oben, sie haben sich ein bißchen hingelegt. Wenn es Ihnen nichts ausmacht, würde ich sie lieber nicht stören.«

»Nein, natürlich nicht.« Father Vincent wirkte verwirrt. »Aber darf ich Ihnen eine Tasse Tee oder Kaffee anbieten?« Der Priester meinte, er wolle keine Umstände machen.

»Einen Drink?«

»Nein, du lieber Himmel, nein.«

»Wir haben Alkohol im Haus. Dad besteht darauf, daß wir welchen für Besucher dahaben.«

Father Vincent blieb etwa zehn Minuten, ohne etwas zu trinken und praktisch ohne etwas zu sagen. Als er sich an der Haustür verabschiedete, drehte er sich noch mal um und spähte vorsichtig zur Treppe hinauf. »Wenn euer Vater rückfällig geworden ist und eure Mutter Hilfe braucht, soll sie mich einfach anrufen.« Paul meinte, er glaube nicht, daß seine Mutter jetzt Hilfe benötige, und als die Tür sicher versperrt war, kugelten er und Helen sich vor Lachen bei der Vorstellung, Vater Vincent könnte an die Schlafzimmertür klopfen und ihrer Mutter Hilfe anbieten.

Gerry und Emma lagen in ihrem großen Doppelbett, und Gerry sagte: »Es ist schon so lange her. Ich hatte Angst, daß es nicht ...«

»Du warst wundervoll«, versicherte Emma. »Genauso wie früher.« Dabei rechnete sie im Geiste nach, wie viele Tage seit ihrer letzten Periode vergangen waren. Nein, es bestand keine Gefahr, das durfte einfach nicht sein. Allein die Vorstellung, jetzt schwanger zu werden, war unerträglich. Emma nahm die Pille schon seit zwei Jahren nicht mehr. Schließlich gab es einige Nebenwirkungen, weshalb man sie nicht jahrelang schlucken sollte. Und warum hätte sie die Pille auch nehmen sollen, wenn nicht die geringste Gefahr bestand, schwanger zu werden?

Jack fand es schade, daß Gerry wieder zu Hause war, denn das bedeutete das Ende einer liebgewordenen Gewohnheit. Jeden Sonntag hatte er Gerry in der Klinik besucht, und am Montagabend war er dann nach der Arbeit mit dem Bus zu Emma und den Kindern gefahren, um zu berichten, was er gesehen, gesagt und erfahren hatte und was er darüber dachte. Die ersten Male hatten sie seinem Bericht gespannt gelauscht, weil das Leben ohne Gerry neu und ungewohnt für sie war. Später war es zum Ritual geworden. Emma kochte etwas Gutes, und nach dem Essen spülten alle gemeinsam das Geschirr. Sie beschlossen den Abend, indem sie sich in das große gemütliche Wohnzimmer setzten – das war viel angenehmer als sein kleines, vollgestopftes Apartment – und fernsahen. Emma hatte gelegentlich etwas zu flicken, und weil die Kinder meistens noch Hausaufgaben erledigten, stellten sie den Ton leise. Den ganzen April und Mai hatte Jack zur Familie gehört. Aber nun gab es keinen Anlaß mehr für ihn zu kommen.

Wie hatte er diese Abende in Emmas Gesellschaft genossen; sie war so nett zu ihm gewesen und hatte interessiert zugehört, wenn er von der Arbeit erzählte! Er fühlte sich einfach wohl bei ihr. Gerry war ein Irrer, es war total verrückt, das alles wegzuwerfen und statt dessen mit einem Haufen Idioten sein ganzes Geld zu vertrinken. Bei einem Mann ohne Zuhause konnte man das verstehen, aber bei Gerry, der Emma hatte? Das ging über Jacks Horizont.

Der Sommer erschien allen sehr lang. Father Vincent grübelte oft darüber nach, ob er die Moores irgendwie beleidigt hatte. Jedesmal, wenn er sie besuchte, hörten diese beiden Kinder, die ihm früher ganz normal vorgekommen waren, nicht auf, albern zu kichern. Gerry hatte ihm brüsk zu verstehen gegeben, daß er keine Erfolgsgeschichten von ehemaligen Trinkern hören wollte, und Emma war so beschäftigt, daß sie lediglich Höflichkeitsfloskeln von sich gab. Sie hatte Schreibarbeiten für zu Hause angenommen und ihn einmal gefragt, ob er für die Pfarrgemeinde noch Mitarbeiter brauche. Als er erklärte, ehrenamtliche Kräfte seien immer willkommen, hatte sie gemeint, sie könne es sich leider noch nicht leisten, auf ihren Lohn zu verzichten.

Mrs. Moore fand, Gerry sei in letzter Zeit aufbrausend und unduldsam geworden. Ihre Enkel ließen sich nur selten bei ihr blicken, und diese Emma hatte offenbar soviel zu tun, daß ihr keine Zeit mehr blieb, um auch nur am Telefon ein paar Worte mit ihr zu wechseln.

Paul verliebte sich in Andys Schwester, aber Andys ganze Familie machte einen Monat Urlaub in Griechenland. Wenn Paul zweihundert Pfund gehabt hätte, hätte er sie dort besuchen können. Er fragte seinen Dad, aber der meinte nur, er sei alt genug und solle sich das Geld verdammt noch mal selbst verdienen. Seine Mum hatte gejammert, was für ein kleiner Egoist er doch sei. So viel Geld hätten sie bestimmt nicht übrig, um ihm einen Urlaub zu finanzieren.

Helen langweilte sich schrecklich und machte sich große Sorgen. Nachdem sie mit ihrem Aussehen jahrelang mehr oder weniger zufrieden gewesen war, fand sie sich nun potthäßlich. Ausgerechnet jetzt, wo es darauf ankam, sah sie mit einemmal so abstoßend aus. In ihren Büchern standen die Mütter ihren Töchtern mit Rat und Tat zur Seite, ließen sie ihr Make-up benutzen und kauften ihnen neue Kleider. Aber ihre Mutter meinte nur, sie solle aufhören herumzujammern, dafür sei später immer noch genug Zeit.

Auch Des erschien der Sommer endlos. Für Gerry empfand er schiere Bewunderung – da saß er mit ihnen zusammen, als wäre nichts gewesen, und gab wie jeder andere eine Runde aus. Trotzdem war es nicht mehr das gleiche. Des konnte sich nicht damit abfinden, daß Gerry trocken war, er wartete darauf, daß er wieder mit seinen Freunden zu trinken anfing. Ohne ihn machte es keinen Spaß. Teufel aber auch, Gerry war schon ziemlich extrem; als er noch getrunken hatte, hatte er so über die Stränge geschlagen, daß man ihm in mehreren Kneipen Lokalverbot erteilte. Und jetzt, wo er trocken war, übertrieb er schon wieder. Anstatt es wie jeder normale Mensch geruhsam anzugehen und ein wenig aufzupassen, führte er sich auf wie so ein blöder Abstinenzler und saß da mit seinem Glas Bitter Lemon oder Mineralwasser oder was er jetzt eben so trank.

Für Gerry zog sich der Sommer endlos hin, und die Antworten auf seine Briefe kamen nur schleppend. Aufträge hatte er so gut wie keine bekommen. War es möglich, daß die gesamte Fotobranche zusammengebrochen war, und er hatte es nicht bemerkt? Aber es mußte noch Aufträge geben; er sah doch die Fotos in Werbeanzeigen, im Fernsehen und in Zeitschriften. »Vielleicht«, hatte Emma vorgeschlagen, »vielleicht solltest du ihnen nicht deine alten Arbeiten zeigen, sondern etwas Neues. Kannst du nicht eine Mappe für einen neuen Bildband zusammenstellen?« Hatte Emma eigentlich die leiseste Ahnung, wieviel Zeit es kostete, ein ganzes Buch vorzubereiten? Man schnappte sich nicht eben mal die Kamera, machte hundertfünfzig beliebige Aufnahmen, numerierte sie von eins bis hundertfünfzig durch, und fertig war das Buch. Zunächst brauchte man ein interessantes Thema, dann gab es Provisionen. Viele seiner alten Fotos waren Auftragsarbeiten, die man ihm abgekauft hatte. Ach, wie mühselig sich der Wiedereinstieg in den Beruf doch gestaltete! Bergab war es so schnell gegangen. Oder dramatisierte er seine Situation jetzt nur ein bißchen?

Eines Tages in diesem endlosen Sommer fiel Emma auf, daß sie keine Freunde hatte. Tatsächlich hatte sie keine einzige Freundin. Sie konnte mit niemandem über Gerry reden, hatte es noch nie gekonnt. Ihre Mutter hatte ihn immer reichlich großspurig gefunden, und ihr Vater hatte ihn für unzuverlässig gehalten. Aber das hätten sie über jeden Heiratskandidaten ihrer Tochter gesagt. Mit ihrer Schwester sprach sie immer nur über deren fünf Kinder, die in der Schule stets zu glänzen schienen. Mit ihrer Schwiegermutter konnte sie auch nicht reden, und ganz bestimmt nicht mit diesem Des Kelly, der sie immer ansah, als wäre sie eine Giftschlange. Der arme Jack war so nett und hilfsbereit, aber ziemlich beschränkt, mit ihm konnte sie sich nicht ernsthaft über Gerrys Zukunft unterhalten. Gegen Father Vincent, mit dem sie vor zehn Jahren gut befreundet gewesen waren, hatte sie eine unerklärliche Abneigung entwickelt. Er hatte immer liberale Ansichten vertreten und äußerte sich gern allgemein zu irgendwelchen Fragen, aber das half ihr jetzt nicht weiter. Sie brauchte jemanden, der ihr einen konkreten Rat geben konnte. Gerry war nun seit vier Monaten wieder zu Hause; die ganze Zeit über hatte er keinen Penny verdient. Sich darüber zu beklagen schien verfrüht und außerdem ungerecht, denn schließlich hatte er in dieser Zeit auch keinen Tropfen Alkohol getrunken. Bei den Ärzten in der Klinik konnte sie sich auch keinen Rat holen. Sie hatten ihr empfohlen, sich kooperativ zu zeigen und ihn nicht zu gängeln. Und das tat sie ihrer Meinung nach auch. Aber du meine Güte, wie lange sollte das noch so weitergehen? Schon hatten sich Schulden angesammelt – was sie jetzt paradoxerweise mehr beunruhigte als in seinen Trinkertagen. Denn die Rechnungen vom Weinhändler hatten für sie etwas gespenstisch Unwirkliches gehabt. Dagegen wirkten die hohen Kosten für Telefon, Fotoausrüstung, Druckaufträge und erlesene Kochzutaten ziemlich alltäglich, so als könnten sie zur Dauereinrichtung werden. Emma wollte eigentlich nur wissen, wie lange es noch so weitergehen würde. Wie lange mußte sie noch sein Ego streicheln, sein Selbstbewußtsein wiederaufpäppeln? Mit anderen Worten, wann konnte sie ihm erzählen, daß in einem Fotostudio in der Stadt eine Stelle frei war? Natürlich für eine Tätigkeit weit unter dem Niveau eines Gerry Moore, aber sie kannte den Mann, dem es gehörte, und er brauchte einen Assistenten. Durfte sie es wagen, Gerry diesen Vorschlag zu machen, ihm erklären, daß es übergangsweise, für ein bis zwei Jahre, eine gute Lösung sei und er nach der Arbeit seine Kontakte auffrischen könne? Nein, bestimmt war es noch zu früh, sonst hätte sie keine Bauchschmerzen bekommen, wenn sie nur daran dachte.

Im September gingen sie zu einer Hochzeitsfeier. Da sie die Brautleute nur flüchtig kannten, hatte sie die Einladung überrascht. Doch als sie hingingen, stellte sich heraus, daß die halbe Stadt eingeladen war. Es wurden keine Kosten und Mühen gescheut, damit sich die vierhundert Gäste amüsierten.

»Ist es nicht großartig, wenn man seinen Kindern eine solche Hochzeit ausrichten kann? Daran werden sie sich ihr ganzes Leben lang erinnern«, hatte Gerry geschwärmt. Etwas in seinem Ton ließ Emma von ihrem Teller mit geräuchertem Lachs aufblicken. Sie starrte auf sein Glas. Er trank Champagner. Alles Blut wich aus ihrem Gesicht.

»Nur ein kleines bißchen Champagner, wir sind

schließlich auf einem Fest«, sagte er. »Bitte, bitte, Emma. Halt mir jetzt keine Predigt, sag jetzt bloß nicht, das ist der Anfang vom Ende.«

»Gerry!« Emma verschlug es den Atem.

»Schau, das ist eine große Hochzeit. Ich kenne hier niemanden, ich bin unsicher und weiß nicht, was ich mit den Leuten reden soll. Nur drei oder vier Gläser, nicht mehr. Es ist schon gut, morgen bin ich dann wieder trocken, wie üblich.«

»Ich flehe dich an ...«, sagte sie.

Er hatte sein Glas einem Kellner hingehalten, der gerade vorbeikam.

»Warum flehst du mich an?« Nun klang seine Stimme hart und schneidend, sie hatte einen höhnischen Unterton. »Worum könntest du mich bitten, du, die du alles hast?«

Er war laut geworden, Blicke richteten sich auf sie. Emma fühlte eine solche Panik wie früher als Kind, wenn sie auf dem Rummelplatz gewesen war. Sie hatte es gehaßt – den Autoskooter, das Kettenkarussell, die Geisterbahn und vor allem das Toboggan. Genau wie im Toboggan fühlte sie sich jetzt, auf einer schwindelerregenden Fahrt, bei der sie nicht wußte, wie sie sie überstehen sollte.

»Was meinst du, könnten wir jetzt vielleicht gehen?« fragte sie matt.

»Es hat doch gerade erst angefangen«, protestierte er.

»Bitte, Gerry, ich würde alles dafür geben.«

»Was gibst du mir, Champagner, Spaß, etwas zu lachen? Nein, von dir bekomme ich eine Gardinenpredigt, ein paar heiße Tränen, und wenn ich ganz brav bin, noch einen Teller Hackfleischauflauf.«

»Nein, das stimmt nicht.«

»Was, keinen Auflauf? Oh, dann ist ja alles klar, dann muß ich bleiben.«

Nun senkte sie die Stimme. »Aber was ist mit deiner Zukunft, deinen Plänen? Gerry, du hast so lange durchgehalten, in fünf Monaten keinen einzigen Tropfen. Wenn du schon trinken mußt, warum ausgerechnet hier, warum nicht mit Freunden?«

»Ich habe keine Freunde.«

»Ich auch nicht«, entgegnete sie ernst. »Das habe ich erst kürzlich festgestellt.«

»Also«, sagte er und küßte sie auf die Backe. »Dann gehe ich jetzt und suche uns welche.«

In der Nacht mußte er sich dreimal übergeben, er würgte und erbrach sich in das Handwaschbecken im Schlafzimmer. Am nächsten Morgen brachte sie ihm auf einem Tablett eine Kanne Tee, eine Packung Aspirin, eine halbe Grapefruit und die *Irish Times* ans Bett. Mit einem matten Lächeln nahm er alles in Empfang. In der Zeitung war ein Foto des jungen Brautpaares, auf dessen Hochzeit sie gewesen waren. Wie glücklich und strahlend sie wirkten! Emma setzte sich auf die Bettkante und schenkte ihm Tee ein.

»He, es ist schon nach neun. Gehst du heute nicht zur Arbeit?« fragte er.

»Nein, heute nicht. Ich habe mir freigenommen.«

»Werden sie dich nicht feuern? Schließlich haben wir Rezession.«

»Das glaube ich nicht. Nicht wegen einem Tag.«

»Das ist das Problem, wenn man verheiratete Frauen einstellt, nicht wahr? Sie müssen daheimbleiben und auf ihre Babys aufpassen.«

»Gerry.«

»Du hast ihnen erzählt, daß du keine Babys mehr hast, aber trotzdem mußt du jetzt daheimbleiben und dich um eines kümmern.«

»Hör auf, trink deinen Tee ...«

Seine Schultern zitterten. Er vergrub den Kopf in den Händen. »O Gott, es tut mir so leid, Emma, meine arme, arme Emma. Es tut mir so leid, und ich schäme mich so.«

»Hör schon auf und trink deinen Tee.«

»Was habe ich getan?«

»Darüber sprechen wir später, wenn es dir bessergeht. Trink jetzt.«

»Ich muß es wissen.«

»Es war nicht schlimmer als früher, du weißt schon.«

»Was?«

»Ach, das ist schwer zu beschreiben, du hast dich ein bißchen danebenbenommen. Du hast angefangen zu singen und ihnen gesagt, du seist geheilt und könntest jetzt damit umgehen, der Alkohol sei nun dein Diener und nicht mehr dein Meister ...«

»Du meine Güte.«

Sie schwiegen beide.

»Geh zur Arbeit, Emma, bitte.«

»Nein. Wie gesagt, das ist schon in Ordnung.«

»Warum bleibst du zu Hause?«

»Weil ich mich um dich kümmern will«, sagte sie einfach.

»Du willst mich bewachen«, meinte er traurig.

»Nein, natürlich nicht. Es ist deine Entscheidung, das weißt du genau. Ich bin keine Aufseherin, und das möchte ich auch nicht sein.«

Er nahm ihre Hand in seine. »Es tut mir so schrecklich leid.«

»Ist schon gut.«

»Es ist ganz und gar nicht gut. Ich wollte, du könntest sehen, wie es in mir drinnen aussieht. Alles war so trist und hart und gnadenlos. Immer das gleiche. Lieber Johnny, ich weiß nicht, ob du dich an meine Arbeiten erinnerst. Lieber Freddie. Lieber Soundso …«

»Still, hör auf.«

»Nein, danke, ich nehme ein Perrier. Nein, danke, ich trinke nicht, nein, wirklich, ich nehme lieber etwas Nichtalkoholisches, nichts mehr, nichts, nichts, nichts. Willst du mir vorwerfen, daß ich mal ein bißchen Spaß haben wollte, nur ein einziges Mal, mit ein paar Gläsern Champagner? Willst du das wirklich?«

»Nein, das will ich nicht. Mir war nicht bewußt, daß alles so trostlos für dich ist. Ist es die ganze Zeit so?«

»Die ganze Zeit, jeden Tag, jede einzelne Minute.«

Sie ging hinunter in die Küche und setzte sich an den Küchentisch. Und sie faßte den Entschluß, ihn zu verlassen. Nicht sofort natürlich, nicht heute, nicht einmal dieses Jahr. Sie würde vielleicht bis zu Helens vierzehntem Geburtstag warten, im Juni. Paul war dann sechzehn, fast siebzehn sogar. Dann konnten sie selbst entscheiden, was sie tun wollten. Sie machte sich eine Tasse Pulverkaffee und rührte gedankenverloren um. Die meisten Menschen, die sich trennen wollten, handelten viel zu impulsiv. Das würde ihr nicht passieren. Sie würde sich genügend Zeit lassen und es richtig anpacken. Zuerst würde sie sich einen neuen Job suchen, einen guten Job. Schade, daß sie beim Sender aufhören mußte, aber er war zu nah, in jeder Hinsicht zu nah. Wenn sie völlig frei gewesen wäre, hätte sie dort Karriere machen können. Aber nein, unmöglich, sie mußte weg. Vielleicht nach London, aber zumindest in einen anderen Stadtteil, hier konnte sie nicht bleiben. Das wäre zu belastend.

Sie hörte, wie er sich oben die Zähne putzte. Er würde an diesem Morgen auf einen Drink ausgehen, das wußte sie. Es war unmöglich, ihn daran zu hindern. Er brauchte nur zu sagen, er müsse etwas besorgen; wenn sie anbot, es für ihn zu übernehmen, würde er sich etwas einfallen lassen, was er wirklich nur persönlich erledigen konnte.

So würde es vielleicht noch fünfunddreißig oder vierzig Jahre weitergehen. Das würde sie nicht aushalten, nicht mit diesem Knoten im Bauch. Sie konnte nicht jahrelang Nacht für Nacht im Halbschlaf im Armsessel liegen und sich fragen, in welchem Zustand sie ihn diesmal heimbringen würden. Und noch schlimmer war es, daheimzusitzen und darauf zu warten, daß er wieder anfing. So wie sie es die letzten fünf Monate getan hatte … Natürlich würden alle ihr die Schuld zuschieben: Sie sei egoistisch, habe kein Herz, kein Pflichtgefühl. Wie konnte jemand nur so grausam sein? Emma dachte, daß bestimmt viele Menschen so grausam sein konnten, wenn sie nur die Möglichkeit hatten zu gehen oder wenn die Situation so schlimm war wie ihre.

Sie hörte Gerry herunterkommen.

»Ich bringe das Tablett«, sagte er wie ein Kind, das gelobt werden will.

»Oh, schön, danke.« Sie nahm es ihm ab. Er hatte weder Tee noch Grapefruit angerührt.

»Hör mal, ich fühle mich prima. Warum gehst du nicht zur Arbeit? Wirklich, Emma, du würdest nur eine halbe Stunde zu spät kommen.«

»Na ja, vielleicht, wenn du meinst …«

»Klar, ich bin völlig in Ordnung«, beteuerte er.

»Was hast du heute vor? Willst du wieder ein paar Briefe verschicken?«

»Ja, ja.« Er war ungeduldig.

»Dann kann ich ja gehen.« Sie stand auf. Sein Gesicht entspannte sich vor Erleichterung.

»Mach das. Es tut dir gut. Ich kenne dich doch.«

»Was ich dir noch sagen wollte: Paddy hat eine Stelle frei. Im Moment braucht er nur einen Assistenten, aber wenn es dich interessiert, nimmt er dich gerne. Vielleicht für ein oder zwei Jahre, bis du wieder Fuß gefaßt hast.« Sie sah ihn hoffnungsvoll an.

Nervös erwiderte er ihren Blick. Er ahnte nicht, daß von seiner Antwort ihrer beider Zukunft abhing.

»Als Assistent? Ein Handlanger für Paddy, ausgerechnet für Paddy! Du liebe Zeit, er muß verrückt sein, wenn er so etwas vorschlägt. Das hat er nur gesagt, damit er triumphieren kann. So was würde ich nie im Leben machen.«

»Gut. Ich wollte nur, daß du es weißt.«

»Oh, es ist nicht gegen dich gerichtet, nur gegen Paddy, diesen Widerling.«

»Ist schon gut.«

»Es ist übrigens sehr nett von dir, daß du mir keine Vorwürfe machst und mir nicht sagst, daß ich mich und uns beide lächerlich gemacht habe.«

»Das würde nichts bringen.«

»Ich mache es wieder gut. Hör mal, ich muß heute morgen in der Stadt etwas erledigen, brauchst du irgendwas …?«

Wortlos schüttelte sie den Kopf und ging in die Garage, um ihr Fahrrad zu holen. Sie schob es zum Tor und drehte sich noch einmal um, um zu winken. Es war völlig gleichgültig, daß die Leute ihr die Schuld in die Schuhe schieben würden. Das taten sie jetzt schon. Ein Mann beginnt nur zu trinken, wenn in seiner Ehe etwas nicht stimmt. In gewisser Hinsicht stand Gerry ganz gut da, wenn sie ihn verließ. Dann würden die Leute sagen, der arme Teufel hat bestimmt über die Jahre so einiges aushalten müssen.

# MAEVE BINCHY
# BEI KNAUR

*Der grüne See*
Roman

*Die irische Signora*
Roman

*Die Straßen von London*
Roman

*Echo vergangener Tage*
Roman

*Ein Haus in Irland*
Roman

*Im Kreis der Freunde*
Roman

*Irische Freundschaften*
Roman

Knaur

*Jeden Freitagabend*
Roman

*Silberhochzeit*
Roman

*Sommerleuchten*
Roman

*Rückkehr nach Irland*
Roman

*Unter der Blutbuche*
Roman

»Das Wechselspiel mit den Gefühlen beherrscht
Maeve Binchy perfekt. Liebe und Leidenschaft,
Mut und Verzweiflung, Glück und Geborgenheit –
eine Riesenmenge fürs Herz liefert die irische
Schriftstellerin. Wohldosierte Schmöker
fürs Gemüt.«
*Die Welt*

Knaur

# MAEVE BINCHY

*Miss Martins größter Wunsch
und andere Weihnachtsgeschichten*

Die irische Bestsellerautorin Maeve Binchy
beweist mit viel Liebe zum Detail,
daß sie eine Meisterin der kleinen Form ist.
Anrührende Geschichten von all den kleinen
und großen Ereignissen rund um die Advents- und
Weihnachtszeit – voller Charme und voll von der
melancholischen Heiterkeit der Grünen Insel.

Knaur